女房逃ゲレバ猫マデモ

喜多條 忠

ハルキ文庫

角川春樹事務所

女房逃ゲレバ猫マデモ

解説　重松 清

1

「こんどはもう帰ってこないね。ママの荷物もきれいさっぱりなくなっちゃったし。パパ、ひとりだね。まあ仕方ないじゃん。やっていくしかないじゃん」

小学三年のパセリが妙に明るい口調で言う。なんだコイツ張り切ってるじゃないか。

幼稚園年中組のユタカが大きめの茶色い封筒を持ってきた。

保険証券と銀行の預金通帳。残金は二万円也。

「おう、上等やね」

メモ書き一枚。

——お世話になりました。子供たちのことよろしくお願いします——

「おう、上等やね」くり返す。

ソファーに浅く坐って天井を見上げる。今日から大バーゲンセールじゃ。まだローン二年めのこの家も、車も、今日までの思い出やできごとにつながるいっさいのものはすべてバーゲンセールじゃ。

やるぞ。

なんだか体の奥深くから力が湧いてくるのがわかる。

「おーい、お二階さんたち、降りてこーい」

俺は二階に向かって大声を張りあげる。少しは下の気配を窺っていたのか三人の男たちがそれなりの表情を浮かべて階段を降りてくる。

いわゆる「作詞家の弟子ども」。というより、勝手にマイペースで我が家に住みついたり、通いで来て二階でゴロゴロしている連中。

「はい。見てのとおりで、君たちも今日で解散。元気でね」俺は宣言する。

「勘弁してくださいよ。先月下宿引き払ったばかりなんすよ」手紙をしつこく書いてきて、いつの間にか二階の仕事場で寝泊まりしている四国出身の男が言う。

「だめ！　解散！」俺は念を押す。

「わかりました。センセイもお元気で。何か不便なことありましたら、いつでも電話ください」茨城出身でギターのうまい、近々結婚するとかいう男が言う。

「センセイ、これからどうされるんですか、大丈夫ですか、僕ヒマですからこのままここにいてお手伝いできることあったらやりますけど……」少々内股で歩くクセがあるが、五島列島出身でラジオ局のフォークコンテストでグランプリを獲り——センセイが審査委員長でしたから——というだけの理由で住みついている男がそれでも三人の中でいちばん心配そうな顔をして言う。

「ありがとね。ひとつだけ頼もうかな。女房《アイツ》が玄関の前にドーンと置いてった車、ガレージに入れてくれる？　俺、免許ないし、さっきもボンネットの上、歩いて玄関まで来たし……」

「はいわかりました。車動かしときます」

「解散！　おつかれさま」俺はもういちど言い放った。

三人の男どもは、自分の荷物やらギターやらを抱えて家を出ていった。

「ガラーン」男どもが出ていって玄関のドアを閉めたとき、俺は声に出して言った。

「ガラーン」ユタカがマネをした。

女房《アイツ》が出ていって最初の夕食は近くのファミレスとなる。当然のことなんだろう。

「いやあ、なんかセイセイした気分だな。アイツらときたら、昼メシでも俺が『ザルそば』と言っても『じゃ僕は天丼でいいです』とか『俺、今日は親子丼ぐらいにしとこうかな』とか平気で言うもんね。

センセイが『ザルそば』って言ったら、弟子はせいぜい『盛りそば』とか『素うどんでけっこうです……』とか、どっちかっちゅうと、蚊の鳴くような小声で言うもんだろうが……」

「パパってほんとうはえらいケチなんじゃない？」

夕陽を片手でさえぎるようにしてパセリが痛いところを突く。坂の並木道には、もう枯れ葉が靴の上まで覆うようにつもっている。

　レストランでこの姉弟は、注文を何にするかで必ずひと悶着あってケンカを始める。しかし今夜は、パセリは「カレー」ユタカは「ハンバーグライス」とあっさり決めた。

　俺はオムライス。えーと強《し》いて言ってみれば「自業自得のオムライス」「身から出たサビのオムライス」「覆水盆に返らずのオムライス」「後悔先に立たずのオムライス」……ウェイトレスに何か気のきいた注文の仕方でもしようかと思ったが、ヘンな格言ばかりがオムライスの上に乗っかってくる。料理が出てくる間も、まだ考えてる。ぼうーと。「海を見ていたオムライス」「三人ぼっちのオムライス」……歌のタイトルになるかな？　ならんな。

　けっきょくオムライスは無残なかたちになって半分残した。ユタカがさすがに目敏《めざと》く見つけて残りを平らげた。今日はパセリもユタカも食事中いちどのケンカもしなかった。

「二人とも今日はおとなしいな」俺が言うと、「パパがおとなしいからじゃない」とパセリが一瞬、微妙な間をあけて表情も変えずに言う。コイツ。

ほんとうに痛いところをうまく突いてくる。痛い。

＊

三ヵ月前の深夜だった。

俺をめがけて投げつけられたグラスは、ほんの少し体を躱《かわ》したせいで食卓の木の椅子を直撃して砕け散った。椅子の背もたれのところにはグラスの鋭い大きな欠片《かけら》が突き刺さっていた。女房《アイツ》の俺に対する深い憎悪が、そのままのかたちで、キラキラと眩《まばゆ》く突き刺さっていた。

「あー、スウーとした。ワタシ一回やってみたかったのよ。こんなこと」

吊り上がっていた女房《アイツ》の目尻は下がり、どこか微笑《わら》っているような表情を浮かべていた。

「あなたの女たちの住所も電話も写真までもみんなそろってる。そうよ興信所に頼んだわよ。裁判したら私の勝ち。あなたに勝ち目はないわよ。わかってるわね」

女房《アイツ》の蒼白だった顔に血の気がうっすらと戻ってきている。俺も同じくらいは落ち着こうと思う。さっきからやっているが椅子に刺さったガラスの欠片はまだ抜くことができない。

「くやしいわよ」

「そうか、くやしいか」

「くやしいわよ」

「悪かったな」

「そうじゃない。興信所に高いお金取られてくやしいのよ」

ハハハ。俺は笑った。欠片が椅子から抜けた。椅子には三角の傷あと。

「いくら取られた？　興信所に」

「言わない。言えないくらい……」

「それで俺の女って何人？」

「四人」

「バカ、興信所に行って半分返してもらってこい。半分しか調べ上げてないんだから
……」

こんなときでも俺は頭の中で貧相なギャグを思いつく。ま、いいか。これで何かひとつ終わった。しっかりと終わった。

2

「ちゃーふー、ちゃーふー、ちゃい、ちゃい、ちゃーふー……」

真新しい自転車の前には、ユタカが乗る幼児イスが取りつけられている。俺は一生懸命ペダルをこぐ。後ろの買い物カゴには食料やら洗剤やらが山盛りになっている。コバンザメのように横にくっついて走るパセリの乗った自転車も新しく買ったものだ。

「ちゃーふー、ちゃーふー、ちゃい、ちゃい、ちゃい」

下り坂で自転車のスピードが乗ってくると、このユタカの意味不明な叫びが出る。両手をあげてユタカは叫ぶ。小肥りのスーパーマンか、お前は。

「おい、なんて言ってるんだ？　ユタカは」

パセリに走りながら訊《き》く。

「ほっときなさいよ。どうせ意味なんてないんだから」パセリが少し恥ずかしそうに言う。微笑《わら》い方が女房《アイツ》、いや元女房にそっくりだ。やだなァ、これから何度も同じこと思うのかと思う。仕草や表情ってのは教えなくても似ちゃうよなァ。でもパセリには、この感じを気づかせちゃイカンだろうなァ。

駅前の山万酒店のおやじが声をかけてきた。このおやじは口が悪い。悪気はないんだが……。

「なんだい、あのクリーム色のデッカイ外車はどうしたい。カアちゃん病気か？　いつもカアちゃん運転してるだろ？　びっくりしたなあ自転車二台、まるでボリショイサーカスの熊の曲乗り親子みたいだもんなァ」

「ちょい、ちょい、おやじ、缶ビール一ダースちょうだいよ」俺は自転車を降りて、おやじを引っ張るようにして店の奥へ連れてゆく。

「おやじよお、別れちゃったんだからさあ」

「やっぱり。いつ？」

「昨日」

「それで子供、あんたが？」

「そうよ」

「ふーん、よく置いてったなァ、それであんたが育てるの？　大変じゃんかよ」

「そう」

「モメたろ？」

「ん？」

「いや、親権とか、あんだろうよ、裁判とか慰謝料とかよ」

「おやじ、いつから週刊誌の記者になったんだよ」

「マア、マア」

「二ヵ月ぐらいはゴタゴタしたかな。でも俺が子供育てるってことでなんとか……」

おやじは缶ビールを自転車の荷台に放り込んだ。手にはいつの間にかアイスキャンディーを三本持っている。

「ハイよ。まァ仕方ないやね。元気出すしかねぇなあ、こんど〝やもめの作詞家〟なんて歌でも出すんだなァ。いや笑いごとじゃなく」

「笑ってるのはおやじだろうが」

俺はもらったキャンディーの袋を開け、パセリとユタカに一本ずつ手渡す。

「もう秋も深まってるっちゅうにアイスですか?」

隣のロイヤル靴店のおやじさんも顔を出して急にニコニコ笑って言う。二ヵ月に一度の駅前商店街のゴルフ会に俺もときどき参加している。どうやらウワサはもうしっかり行き渡っているようだった。

商店街からの帰り道、ユタカは食べ終わったキャンディーの棒を指揮棒のように振りまわしながらまた、自転車の前のイスで奇声を発する。

「ちゃーふー、ちゃーふー、
ちゃい、ちゃい、ちゃい、ちゃい、
ちゃーふー、ちゃーふー、
ちゃい、ちゃい、ちゃい、ちゃい」

俺も大声で合わせてやる。親子だからさ。

「ちゃーふー、ちゃーふー、ちゃい、ちゃい、ちゃい」

「ちょっと二人とも、いい加減にしなさいよ」

パセリがちょっとふくれっ面をして我われから離れようと自転車のスピードを上げる。

「ちゃーふー、ちゃい、ちゃーふー、ちゃい、コレでいいのだ、ちゃーふーちゃい」

俺とユタカは声を合わせてパセリのあとを追いかける。ボリショイサーカス、熊の曲乗り。秋空のイワシ雲にはサーカスの客寄せジンタが似合ってる。

心機一転というコトバがあったろう。もう何年か十六ビートの忙しい日々がつづいてきていたと思う。今日からは三拍子のゆったりとしたワルツの暮らしが始まるのだろうか。

俺は二つの新しい弁当箱を前にして煙草を燻《くゆ》らせる。ユタカの弁当箱はゴレンジャーの絵が描いてあるものだ。パセリの弁当箱はシンプルなピンクのプラスチック製。ユリの花模様。今日の「ボリショイサーカスご一行」のメインの目的はこの弁当箱を買いに行くものだった。そして弁当の中味であるオカズと。

ユタカの幼稚園は仕方がないとしても、せめてパセリは給食のある公立の小学校にやっていればよかったと思う。

俺はいったい何を考えているのだ。いったい何が考えられるのだろう。いつまで「今日」をつづけなければならないのかもわからない。

つづけられるのか。ほんとうに。

まあいい。とりあえずやってみるしかないだろう。女房《アイツ》だって人間だ。俺も人間。女房《アイツ》がやってきたことぐらいは男の俺にもできるはずだ。いちおうの秘策もある。今日駅前の本屋で買った分厚い辞書のような『お弁当３６５日』という本。パラパラとめくってみる。でき上がりのカラー写真が眼に飛び込んでくる。フムフム、パンダ弁当、ドラえもん弁当……いろいろある。海苔で髪の毛。生姜かウィンナーソーセージでくちびるか。「簡単なランチメニュー」、「夕食の定番」まである。親切だなあ。至れり尽くせり。時計を見た。もう十二時をまわっている。朝は六時起床か。最初の日だから五時半だろうなあ。目覚まし時計をセットしてリビングのソファーで眠る。今夜の眠りは「気絶」に近い。

目覚ましが鳴った。体が重い。どうやらソファーで眠ってちょっと風邪をひいたらしい。少し熱っぽい気もする。米を研ぐ。学生下宿ではよく米を研いだ。金のないときでも、白い温かいメシに醤油でもマヨネーズでもなんでもかけて食えばうまかった。友人と二人で冬の寒い日、電気釜いっぱいにメシを炊いて実家から送ってきていた塩昆布だけで腹いっぱいメシを食った。あのときの幸福感たらなかった。

コーフク？　コーフクって、なんだ？

いまは降伏か？　バカか俺は。まだ陽も昇らない。外はまだ真っ暗な台所で米を研ぐ。スゴロクで言えば学生のころのふりだしに戻るってやつか。米を研ぐ手に思わず力が込もる。

なんとかパンダ弁当を二つつくり終えてリビングで一服。台所は散らかっていて振り返りたくもない。鶏の唐揚げを添えて……などと実力以上に張り切ったのが裏目に出た。小麦粉や片栗粉は小学校の運動会の夕方のグランドみたいにあちこちに白く飛び散り、跳ね散った油は流し台までベトベトにしていた。

寝呆《ねぼ》け眼《まなこ》のパセリが二階から台所に降りてきた。

「えらく散らかしてるよねえ。お弁当つくったの？　へえ、パパだってちゃんとやれるじゃん」

パセリはそれだけ言うと中も見ないでカバンに弁当箱を詰め込んで学校へ出かける。

俺はユタカを自転車に乗っけて幼稚園まで送っていく。幼稚園の前では子供を送ってきた母親たちが屯《たむろ》している。

「アラ、ユタカ君、いいこと！　パパが送ってくれたの？　いいわねェ」

何が「アラ、いいわねェ」だとアカンベーして言い返したい思いを照れ笑いで隠す。笑顔でえりか先生がユタカの手を取って玄関へ連れていってくれる。ユタカはえりか先生がお気に入りだ。

弁当づくりが始まって一週間ほどは何も考えられないくらい、ただ忙しい日々。疲れはしたが、なんだかこのままやっていけそうな気もしはじめていた。

作詞の新しい仕事はすべて断ることにした。

メロディーや詞は、そのときの自分の体の中から出てくる息と同じだ。いまの俺の息は弁当箱を開けたときの玉子焼きや福神漬けのムワーとした臭《にお》いだけだ。恋でもなければ、港でも乃木坂のスナックの香りでもない。

昔に嗅《か》いでいた匂いを思い出して書いたところで、まず無駄だろう。そんな古い匂いのレコードを買う人はいないだろう。それくらいわかっている。

この三年ほど、ずいぶんと歌を書いた。その間、俺の睡眠時間は四時間あればいいほうだったろう。打ち合わせをして詞を書く。直しを入れる。作曲家との打ち合わせ、レコーディング。歌手へのアドバイスもある。ときにはトラックダウンにまでつき合うこともある。そんないくつもの工程があって、それが一日のうちに十回以上も重なる。そして飲みに行く。遊ぶ。思いきり遊ぶ。そしてまた、机やピアノの前に向かう。言葉が面白いように体の中（頭の中じゃなくて）から弾け出てくる。原稿用紙には書く前からもうでき上がった詞が書かれているような気がした。まるで「塗り絵」だ。「塗り絵」には線が描かれている。その線の中に好きな色を埋めていくだけ。昨夜の女の何気ないひと言。ハッとした仕草。頭じゅう、体じゅうで眼には見えない感覚の霞網《かすみあみ》を張りめぐらせているから、簡単に「塗り絵」の歌ができる。

色、体温、心の揺れ……この三つを少し丁寧に見つめ、そして描く。たったそれだけのことに気をつけるだけでいくつかのヒット曲が出た。

売れているアイドル歌手のLPの十二曲すべてをひと晩で書いた。ディレクターが「〆切は今日だけど……」と半ば嘲笑《あざわら》うような口調で言ったからだった。「やってやる」原稿用紙を仕事場の床に十二枚敷きつめた。まず先にタイトルを十二個書き並べ、詞は一行ずつ、十二枚の原稿用紙へ順番に落としていった。夕方から次の日の夜明けまでかかって十二曲が完成し、その中の一曲がシングルカットされ大ヒットした。六本木の若い女の子が歌い踊るミニクラブでは、どの店に行ってもその歌が歌われていた。ミニクラブでディレクターに甘えるように訊いた。

「ひと晩で書いた十二曲中の一曲がこの歌。俺、慢心してる？　慢心していい？」

「慢心してる。でも慢心してもいい」そう言ってディレクターは両手で俺の頭を持ってグラグラと揺すった。あのころがたぶん、絶頂だった。

そのときテーブルの上からひっくり返ったブランデーグラスが床に落ちて割れた……。

あのころの日々から数年。三ヵ月前、女房《アイツ》から投げつけられたグラスの欠片《かけら》には酒の香りのいっさいはなかった。いま俺の胸の奥深いところで、まだその欠片は鋭く刺さって、子供が弁当を開けるときの臭《にお》いのまま発酵を始めている。

＊

「パパ、そろそろあの『日替わりキャラクター弁当』、やめてくれる?」

パセリがそう言いだしたのは俺が弁当をつくりはじめて十日ほど経ってからだった。

「男の子らが毎日私のお弁当のぞきにきて、『本日はウルトラマン』とか『やったネ! サリーちゃん』とか発表してからかうのよ。私、お弁当のフタをタテて手で隠して食べてるじゃん。ユタカのはあれでもいいけど、私のはイヤ。ふつうのにして。ふつうの」

——なら自分でつくっていけ——と言いそうになるのをグッと呑み込む。

ユタカは毎日お弁当の感想を言うが、そういえばパセリは四、五日前から何も言わなくなっていた。そういうことだったのか。

パセリにはどうやらもうひとつ問題があるようだった。学校から帰ってくると毎日のように誘い合わせて遊んだり、お互いの家に行ったりしていた五軒隣りの女の子が突然交流を絶ったらしい。その子は素直な子で、どうやら噂を聞いたお母さんから「もうあの家に行ってはいけません」と引導を渡された様子だ。パセリがその子の家に行って玄関ベルを鳴らし大声を出して呼んでも出てこないという。「家に入っていくの、見てたのに」とパセリは不満そうな顔をして言った。

「あの子はパセリと違って公立の小学校だから、そろそろ塾とかに行かされるようになって忙しいんじゃないの？」俺はトボケて言った。

そろそろ子供や俺に対して周囲のリアクションが少しずつ返ってきた気配があった。

ユタカがテレビのチャンネルを急に変えた。ん？ と思った。それはユタカがよく見ていた番組だったからである。幼稚園児たちが、お兄さんやお姉さんと一緒に遊ぶ。やがてお母さんたちも参加して一緒に遊ぶ。「お母さんとナントカ」という番組である。

胸を一瞬、突かれた。ユタカはチャンネルを変えてアニメを見ている。そうか、この番組のタイトルもいまの我が家には「軽いタブー」となるのか。いままで子供と一緒によく見ていたものだっただけにショックがあった。

災害でも不幸でも、それは自身が当事者であるかないかは決定的な差異を持つ。当事者はその瞬間から苦しみがつづく。しかし部外者はその事件があったことすら、やがて完全に忘却してゆく。

「お母さんとナントカ」というタイトルにはおそらくなんの罪もない。ただ俺たちは一瞬にして、あるときからそのタイトルの持つ本来の幸福感から切り捨てられた側にまわってしまっただけのことだ。ユタカのたった五年の人生のチャンネルを切り替えさせたのは誰だ。俺だ。

＊

わずか一ヵ月にして、俺にもジャブが効いてきたようだった。実は『お弁当365日』という本にも書かれていない遠大な構想が俺にはあった。人気マンガのキャラクターは二度使えない。歌でも「二番煎じ」と言われるのはいちばんの屈辱とされている。だからひととおりキャラクターシリーズが終わったら、こんどは「名画シリーズ」に取り組む予定だった。モナリザ、北斎の赤富士、……それが終わると「世界名所シリーズ」だ。エッフェル塔、ピラミッド、難しそうだがアマゾンのピラニアの姿が弁当箱いっぱいにあるなんて素晴らしい。世界中のどこを探しても、まずない弁当だろう。そんな野望もパセリの「ふつうのお弁当にして」というひと言で急に萎《な》えはじめた。

やがて弁当のオカズには前夜の「残りモノ」冷蔵庫の中の「ありモノ」が目立ちはじめた。ユタカは不平を言ったが、パセリはそのほうがいいようである。いちどわずかな手抜きを覚えると元には戻りにくい。ご飯の上に目玉焼きを乗せて「ほていの焼き鳥缶詰」を缶詰のまま持たせ「おかず海苔」をひと袋オマケにつけてというような体《てい》たらくになるには三ヵ月とかからなかった。早い話ボクシングで言えば、早いラウンドから気づかずに打たれつづけたジャブとボディがゆっくりと効いてきたのだ。疲れてきたのだ。

一日十本以上はあった仕事依頼の電話は、すべて断っているうちに一本減り二本減りして、もうまったくかかってこなくなっていた。

家を売ろうと考えていた。三人暮らしにちょうどいい家賃の一軒家へ移るか、マンションにするか、とりあえず家賃暮らしに戻ろう。

この生活《くらし》がどれぐらいつづくものか皆目見当もつかないが、家を売った金がしばらくは助けてくれるだろう。助け？　俺はいつから「助け」という言葉が思い浮かぶ奴になったのだ？

――女や女房《アイツ》にできることぐらい、男の俺にできないはずはない――そんな豪語を自分に吐いていた俺はどこへ行ったのだ。

「助けに行きましょうか？」俺が女房《アイツ》と別れたことを知った「女たち」は電話でみんなそう言った。そして少なくとも一回は夕食をつくった。ユタカは無邪気に喜んだが、パセリのチェックは強烈だった。やはり、「女たち」は「女たち」であるから「女たち」だった。母とは対極にいる「俺のためだけの女たち」だとパセリの表情は無言で教えていた。

それでも三段重ねの重箱にめいっぱいのごちそうを入れて月に一、二度、玄関の前に黙って置いていく女もいた。最初、子供たちは久しぶりの料理に歓声をあげた。食べている最中にパセリが軽い口調で言った。

「コレ、玄関の前に置いてあったんでしょ。おいしいけど、ひょっとして毒でも入ってたりして……全員白雪姫になっちゃうかも」

パセリとユタカはそのあとも重箱の料理を食べつづけたが、俺の箸《はし》はパセリのひと言で止まっていた。

「パパって、やっぱり気が小さいよね。ビビリンチョなんだから」

パセリの眼には急に大人になったようなオンナの光があった。

3

予想どおり……というか、ユタカがちょっとした問題を起こした。家の前にある怪獣映画をつくっているスタジオからもらってきたカラースプレーで、隣近所の家の表札を塗装してしまったのだった。赤や緑、なかには金色にまで表札はスプレーで染まっていた。三色づかいなんてものまであった。

ユタカと一緒に謝りながらシンナーで消してまわった。石の表札はとれたが木の表札はどうしようもなく弁償せざるを得ない。激怒して門柱ごと取り替えろと言う家もあった。かなりの損失は覚悟せざるを得なかった。シンナーと雑巾を持って一軒一軒のベルを押し、ユタカと二人で謝る。実はユタカひとりでやったものではなく、近所の子供たちと調子に乗ってやったものらしい。でも言いだしたのはユタカだった。

ユタカも数軒まわったあとで、どうやら事の重大さに気がつきはじめたようだった。少し涙目にもなってきている。泣きたいのは俺だぜ。

二人とも疲労困憊《こんぱい》して家に戻ったのは、もう夜の八時過ぎだった。パセリが事情を察してか冷蔵庫の「ありモノ」を並べ、夕食らしきものを食卓に出してくれていた。メシを食う前に、ここはひとつユタカにケジメのひと言を言っておかねばならないところだと思った。

「ユタカ、お前は今日、したらいけないことをしたよな」

ユタカはコクリとうなずく。

「お前が自分の顔や服にカラースプレーをかけられたらどうする？　怒るだろ。人にされたら嫌なこと怒るようなことは人にするな。わかったな」

「ハイ」

珍しくユタカが神妙な返事をする。

三人は冷たい晩飯を食べはじめた。

ユタカが二つめのコロッケを食べ終わったときに俺の眼を見ながら言った。

「パパさあ」

「なんだよ」

もういい。わかったんならもういい。そう言おうと思った。そのとき、

「だいたいにおいてさ」

「ん？」

「だいたいにおいてパパがやっちゃいけないっていうことのほうが……面白いことが多いよね」

少し長い沈黙がユタカのそのひと言でつづいた。

「言えてるかも」パセリが少しうなずいてアジフライに箸《はし》を伸ばした。

なんなんだろう、ここの家族は。そう思った途端、ハハハハハハと俺は口からメシを飛ばしながら大声で笑いはじめた。つづいてパセリがハハハ、最後にユタカがハハハハと笑いはじめ、俺は笑いごとで済ましちゃいけないと思いながらも、どうしようもなく笑っているのだった。


パセリがまだ幼稚園のころ、歌の詞の書きだしに詰まってギブアップ状態になったことがあった。〆切はもう一週間近く過ぎている。焦《あせ》れば焦るほど、将棋で言えば最初の一手が指せないまま制限時間が迫ってくるようなものだった。

パセリを連れて近所の公園に行った。天気がよく、人もたくさん出ていた。公園の一角に人の集まっているところがあった。鳥カゴがたくさん並べられ、マニアたちが九官鳥の羽の虫干しをしているのだという。パセリが鳥カゴをのぞきこんだ。

「オハヨー、コンニチワ」

九官鳥がいきなり大きな声を出した。

「ボク、キューチャン、アナタハ？

ボク、キューチャン、アナタハ？」

鳥はたてつづけにパセリに向かって語りかける。

「ホラ、エライだろ。この鳥はちゃんと人の言葉をしゃべるよ。すごいよね」俺は言った。

パセリは黙っている。鳥に語りかけようともしないで、鳥の言葉を聞き、鳥を見つめている。初めての体験でびっくりしたのだろう。

突然パセリが俺を見上げて言った。

「パパ、この鳥さんたち、かわいそうじゃない？　鳥さんには鳥さんの言葉があるんでしょ？　どうしてむりやり人の言葉をしゃべらせられてるの？」

こんどは俺が言葉を失った。

俺はパセリを連れて帰ってすぐに書きはじめた。

人の言葉をしゃべれる鳥が
昔の男《ひと》の名前を呼んだ
憎らしいわね………

歌はヒットした。

そうか「だいたいにおいてパパがやっちゃいけないっていうことのほうが……面白いことが多い」か。

パセリにも教えてもらった「原点」。俺がもう失くしかけていた子供の眼。

子供たちの言わないほんとうの淋しさ……俺には、見えているようで、まったく見えていないことが多すぎる。

＊

表札の事件があってほどなく、リビングの窓からユタカが家に向かって歩いて帰ってくるのが見えた。何か様子がおかしい。

ガタコン、ガタコン、ガタコン……ユタカが家に近づいてくるにつれ、その音は大きくなってゆく。ユタカは木靴を履いている。俺がオランダからお土産で買ってきた赤と緑と黄の模様が鮮やかなものだ。それだけではなかった。ユタカは胸に何かを抱いている。動くものだ。ユタカが玄関に木靴で入ってきたとき、その胸に抱かれている動くものがなんだかハッキリわかった。

猫だった。それもヘンな猫だった。痩《や》せこけた大人の猫だが、頭にはまるでお正月の羽根つきで負けたときに塗られる墨の落書きみたいな模様がいっぱいだった。体は黒白だが、顔はまるで「罰ゲーム」の落書きだった。眼から鼻にかけての黒は左右バラバラで、右眼のまわりはマッ黒で左眼のまわりは白。森の石松が黒い眼帯をしているような剽軽《ひょうきん》なものがある。そして鼻の下は、チャップリンのチョビ髭をさらに大きくした黒い鼻マスクのようになっている。

「これ、飼うよ」

ユタカは玄関のマットの上に抱いていた猫をそっと降ろした。近くの公園に三匹捨てられていたうちの一匹だという。それにしても、よりによってこんな面白すぎる顔の猫を拾ってくるとは……。

「この猫の顔、なんとかならんのか？　ならんなァ……それにしてもスゴい。意表つき過ぎじゃないのか？」そう言ってはみたが、見れば見るほど、あきれ、そして笑いのこみ上げてくる顔である。

「名前つけてやってよ、パパ」

「名前か……ポン太……だな、ポン太がいい」

「なんだか犬みたいな名前だけど……ま、いいか。ポン太だってよ、お前」

ユタカは猫を抱き上げ頬ずりをした。

ポン太、ポン太っていうのはなんだっけ。

ああ、そうか、以前よく行っていた蒲郡《がまごおり》の形原《かたはら》温泉の芸妓の名か。そういやあ、熱海にも京都にもいたなァ「ポン太」。え？　オス猫かあ。まあいいや、「ポン太」で決定。

ポン太のトイレのしつけには、ほぼ一ヵ月を要した。ただでさえ子供二人がいるのに、もう一匹家族を抱えた。毒食わばなんとかだ。どうせ家族なら三人も四人も一緒だ。だめなら「一家と一匹心中」でええじゃないか。

しかしこのユタカが拾ってきた猫の「ポン太」が、俺にとってかけがえのない存在になってゆくとは、このときまったく思ってもみなかった。

4

半年近く経ったころ、子供たちと俺との暮らしも少しずつ進化の兆しをみせてきた。子供たちに持たせる弁当の中味こそ退化の兆しを見せはじめていたが……。

パセリが自分の分の弁当をつくりはじめた。最初はつくり置いたものを「時間がないからいいわよ」と言って弁当箱に詰め込んでいたが、そのうちに玉子焼きぐらいは自分で焼くようになってきた。ずいぶんと味のない玉子焼きや真っ黒こげになった玉子焼きも食べさせられたが、ユタカの分や俺の分まで焼いてから学校へ出かけるようになった。

するとや俺がひとりでやっていた掃除も、パセリは一緒にやってくれるようになった。ユタカは猫のポン太の世話を思ったよりやっていた。振り返って考えると、ポン太が我が家にやって来てから、どこかしら俺の「孤軍奮闘ペース」は「一家共闘ペース」にゆっくり変わってきたような気がする。ポン太は案外「福ネコ」なのかもしれない。

それにしても「ポン太」のみすぼらしさは凄みがあった。前足と後ろ足と胴体との付け根部分は、痩せすぎていて、とくに後ろから見ると、そこだけ抉《えぐ》れたようになっていた。目脂《めやに》も体毛についている蚤《のみ》も立派なものだった。

ユタカの話によれば、幼稚園の帰りに公園で一ヵ月ほど前から見かけた猫だそうだ。三匹の野良猫のうちのポン太だけが逃げずにヨロヨロとユタカの足もとへ来てスリスリを始めたという。ただ一ヵ月前と比べて、体重が見た目にも半分近くまで落ちているのがわかった。これから寒くなったらとてもダメだと思ったから拾ってきたと言う。

最初から人に寄ってきたところをみると、どうやらポン太は飼い猫だったようである。近ごろは引っ越しやらでも平気で猫は捨てられるものらしい。ポン太は、それでも野良猫経験者らしい凄みをときおり垣間見せた。容器に入ったエサや水には最初、難色を示した。水は風呂場の手桶の水が好みのようである。それも蛇口から滝のように落ちる部分の水を狙って飲みたがる。たぶん、公園の水道か噴水の水を飲んでいたのだろう。

体重は一ヵ月経っても百グラムほどしか増えなかった。医者に診せると、「相当、衰弱してるね。でも寄生虫はいない。ま、かなり捨てられたストレスが大きかっただろうし、エサの摂《と》り方もうまくできなかったんじゃないかな。でも性格はおとなしいね。こうして診察台の上でもじっとしてるし眠りそうになってる。暴れる体力がもうないのかもね」という診たてとなった。

病院から連れて帰って、子供たちが寝たあとじっくりとポン太の寝顔を見ていた。ヒゲと眼の上のマツ毛は立派なものである。ただ長すぎるから推定三才ぐらいと医者は言ったが、かなりの老猫に見えないこともない。

そうか。捨てられて暴れる体力もないのか……ストレスが強すぎたのか……。

待てよ。どこかで聞いたような話だよな。ひょっとしていまの俺、この「痩せこけポン太」と似てるってか。いや同じってか？

俺は出ていった四国出身の弟子の口グセを真似した。

「ちょっと、もう、カンベンしてよ」

そういえば俺の体力のなさにも、子供のころから自信があったものだった。頭ばっかり大きくて体はヒョロヒョロ。幼稚園に入ってすぐにつけられたアダ名は「干し大根」だった。そのことをなんとなく憶えていて、いまでも俺は「干し大根」は食わない。

幼稚園は入り口に並べてあった桜草が満開のころに入園し、園児室から見える枇杷《びわ》の木に黄金色の実がたくさんついて、おいしそうになっていた雨の日に退園した。全員でやる「お遊戯」にどうしてもついていけなかったからだ。川口先生というやさしげな女の先生が、俺にカスタネットをひとつくれて懐柔《かいじゅう》しようとしたがだめだった。

どうして俺は、あのお遊戯室で、ヨダレカケの白さと紺色の制服の、まるでペンギンたちの群れのような集団の中に入ってゆけないのだろうと、自分でも不思議に思っていた。「協調性」という言葉はまだ知る由もなかったが、俺は枇杷の実の柔らかなうぶ毛を濡らす梅雨の雨を見ながら、初めての断絶感を味わっていた。

幼稚園をやめて家に籠《こ》もったころから俺はよく熱を出した。扁桃腺がしょっちゅう腫れて食べ物が喉をとおらない。ますます痩せた。お袋はリンゴを擂《す》ってジュースにして飲ませるのだった。擂ったリンゴを絞るときのガーゼの匂いは好きだった。医者に連れていかれたら「肺浸潤《はいしんじゅん》」だと診断された。小児結核の前症状を当時はそう呼んでいた。

「小学校は一年くらい遅らせて入れなきゃいけないみたいやし」お袋がオヤジと声を潜《ひそ》めて相談していたのを憶えている。

「なァ、ポン太」と俺はソファーの隅で洟《はな》ちょうちんをプシュッと鳴らしながら寝ているポン太に語りかける。

「なんかお前と似てるだろ、いやポン太が俺に似てるのか。ヒョロヒョロなら俺はお前に負けてなかった。それでもなんとかここまで生きてきたんだから、お前もがんばれ」

　ポン太は手を伸ばして「梅の花」をした。指の股をグッと開いて力を入れると手の裏側の肉球が「梅の花」に似ているからだ。不思議なことにポン太は、家に来て間もなく、子供たちが「ウメのハナ！」と言うと指をグッと全開するようになった。そうだ、食わせてもらっている以上、それぐらいの芸はしたほうがいい。

　小学校には担任の先生の理解があって一年遅れることもなく入学した。ただし運動は歩くのもだめで、乳母車の登下校。何しろ、少し動いただけで高熱が出た。

　お袋が俺を乳母車に乗せる。俺は車の底に身をひそめる。テント生地の湿っけた臭《にお》い。

「ハイ、密輸品到着！」そう言ってお袋は学校の人目のない物陰で俺を乳母車から降ろす。隅っこのゴミや綿ボコリをいじるくらいしか乳母車の中ではすることがない。

　キョロキョロ目配りして俺はグランドの隅から姿をあらわす。

　体育の授業のときは俺ひとりが教室に残る。当然クラスのほかの子たちは不審がる。

「先生言うてたけど、お前ホンマに病気か？」

「俺らにうつる病気やないやろな」

「みんな竹の棒、体育の時間に登らされてるんやで、お前も登れや、ズッコイやんけ」

俺は頭をコヅかれながら窓の外を見る。

石炭ストーブの時代である。石炭当番というのがあって、バケツを持って石炭室というところに行く。用務員さんがスコップでバケツに石炭を入れてくれる。窓からの光が舞い上がる石炭のこまかい粉をキラキラと光らせてキレイだった。でも俺だけがマスクをつけていた。粉が肺に入ると悪いからと先生が言ったからだ。

「なんでお前だけマスクしてんねん」

引きちぎられたマスクのゴム紐をお袋は毎日針と糸でくっつける。黙って縫う。俺も黙ってランドセルにしまう。

リンゴを絞るときのガーゼとはまた違った匂いが、マスクのガーゼにはある。どちらの匂いも好きだった。

「なア、ポン太、ただ生きてくだけでも大変だよなァ……ウメのハナ！」

ポン太はググッと猫伸びをみせ、両手を伸ばして面倒臭そうに「梅の花」をする。

5

ユタカが深夜もの凄い勢いで二階から駈け降りてきて、ソファーにいた俺とポン太の間に飛び込んで体を丸くする。震えている。

「どうした？　ユタカ」

「石になる。石になるよお。コワイよ、コワイ。石になる。石になる、石にされちゃう」

ユタカはそう言いながら震えている。体は冷たい。

「石になるってどういうことだ？　え？　ユタカ、どういうこと？」

俺はユタカを抱いてやる。抱きしめてやる。

ユタカは俺の腕の中で、まだ小刻みに体を震わせている。

「大丈夫だよ。パパがいるから大丈夫。ユタカは石になんかならないから大丈夫」

そう言いながらも俺には、なんのことかまったくわからない。しばらく抱きしめているとユタカは落ち着いてきた。体の震えも止まっている。

夢遊病？　そういえば数日前にもユタカはおかしな行動をした。夜遅くにトタ、トタ、……トタ、と何か酔っ払っているみたいな不規則な足どりでユタカが二階から階段を降りてきた。のぞきに行くとユタカは階段のいちばん下の段に、持ってきた空のペットボトルを二本置いた。完全に寝呆け顔だった。そして、そのまま二階へ這いながら階段を登っていった。何をフザケているのかとそのときは思った。ペットボトルを片づけながら別に気にはしなかったのだが……。翌朝ユタカに聞いてみると「ぜんぜん覚えてない」と言った。

石になるってどういうことだ？

石にされちゃうって？　何か怖い夢でも見たのか？

夢遊病？　先日のペットボトルといい、いまといい、ユタカの夢遊病というのがつづいたら……ちょっと困るかもしれないと思う。まだ小学校へ上がらないころの子供にとって母の突然の喪失というのは、やはりかなりの重圧がかかるものなのだろうか？

「石になる」

「石にされちゃう」

ユタカのその言葉にどれだけの意味が込もっているのか。心そのものが石になってしまうということなのだろうか。それとも石像のように心を持たぬ人間になりそうだという訴えなのだろうか？

学生のころに読んだ『我が心は石にあらず』という高橋和巳の小説タイトルが頭に浮かぶ。ユタカは俺に抱かれたまま眠ってしまった。二階にユタカを運び上げ、蒲団へ寝かせる。横ではパセリがピクリともせず眠っている。パセリにも少しズレていた蒲団をかけ直す。

俺はユタカとパセリの蒲団の間に寝た。またユタカが起きだして、あの勢いで階段から降りてきたりしたらちょっと危ない。万一ということもある。しばらくここで一緒に寝ていようと思う。

天井を見上げる。蛍光灯のサークラインの真ん中の豆球だけが灯っている。夜明けに消えていく明けの明星《みょうじょう》、金星《きんせい》の色、うすいオレンジ色の光。

俺は手を伸ばしてユタカの手にさわる。そしてユタカを起こさないように気をつけながらユタカの小さな指を一本一本握るようにしてさわってみる。ユタカの手の中は汗で濡れている。この小さな指がいまは何を探ろうとしているのだろうか、ということを考える。考えてもわからないことがわかっていて考える。ただわかることは、この指が母というぬくもりを手放してしまっているという現実《こと》だけだ。

ユタカは離婚が成立してからも家にやって来る「女たち」の胸によく手を伸ばす。ムギユッと乳房を握る。咄嗟《とっさ》にその小さな手を振り払う女もいれば、驚いたあとで微笑み、そのままユタカにつかませたままにしている女もいる。「おばかさん」とか「悪い子ね、誰に似たの？」とか言って軽くにらむ真似をする女もいる。ユタカのこの指には、まだ母の乳房のかたちとぬくもりが必要なのかもしれなかった。

知らず知らず、俺はユタカの指に力を込めてさわっている。指のかたちの中に、小さな小さな、骨のかたちがある。指を曲げると骨も関節を軸にして曲がってゆく。

この小さな骨でユタカは生きている。骨に肉がついていて、その肉は体全体を覆い、その中に小さな心が芽生えている。魂がある。

「石になるよ、石にされちゃうよ」

俺の勝手な性格だけでこの小さな魂を石にしているというのか。

育てなくちゃいけない。

俺は唐突に思いついたように、そう思う。この暮らしがたとえどれだけつづこうとも、俺はこの子たちを育てなければならない。責任でもなく、懺悔《ざんげ》の真似ごとでもなく、まるであらかじめ決められていた宿命のように、俺たちのいまの三人の暮らしをつづけなければならないと思う。エゴイスティックにそう思う。最悪、この小さな骨が、俺の骨とともに野の風に晒《さら》されるかもしれないとしてもだ。

いかん、俺はいったい何を考えているのだろう。オレンジ色の灯りの豆球を見つめながら、まるで辻褄《つじつま》の合っていない想いに俺は搦《から》め捕られそうになっていた。

横でパセリが大きく寝返りを打った。後ろから見ているとそのなで肩がゆっくりと息に合わせて揺れている。肩の揺れは同じリズムだ。

いま、いちばんシンドイのは間違いなくパセリだと思う。パセリはいま、あらゆる瞬間で、妻と母をやっている。俺の妻とユタカの母、その重い役目を揺れているパセリのなで肩は両ほう背負っているに違いなかった。俺の体は確かに疲れているかもしれないが、俺の何倍も体と心を疲れさせているのはこの小学三年生のパセリだ。

豆球の「金星の輝き」がいつの間にか滲《にじ》んで、カーテンの外にはうす明《あか》い「明日」がやってきていた。俺は二人の子供に挟まれ、いつしか眠りに落ちていった。

翌日、ユタカが外で遊んでいるときに、パセリが学校から帰ってきた。もうパセリの身長や肩幅にはランドセルが小さすぎる。でも小学生の間はランドセルしかだめという学校の規則なのだろうか。

パセリが弁当箱を洗っている。パセリにユタカの昨夜の行動を話した。

「石になる、石にされちゃうよ」とユタカが言ってたんだけど……俺はパセリに訊く。

「石になる？　なんだろうね。アッ！　わかった。それ、『ハクション大魔王』だよ。テレビのアニメ。昨日、私と一緒に見てたから。悪いヤツが大魔王に石にされちゃうの。マヌケな悪者なんでちょっとかわいそうなんだけどさ。でも改心して石から戻してもらったんだけど……」

パセリに言われて俺はどんな顔をしていたのだろう。

「そんで、パパ、わけがわからなくていろいろ考えてたワケ？　残念ね、つまんない答えで……」

パセリは弁当箱をふきんで拭きながらケロケロという感じで笑った。

6

黒と白のピアノの鍵盤を弾くでもなく、叩くでもなく、なんとなくなでていると、ひとつの感じに行き当たることがある。

指先のタッチからくる冷たさだ。黒と白の鍵盤のモノトーンが冷たい感覚を伝えてくる。ギターを抱いて音を弾くときにはそんな感じはなく、むしろ木肌からぬくもりを感じることが多い。金属弦のガットギターより、ビニール弦のアコースティックギターの甘い音が俺は好きだ。

ピアノの音が父とすればギターの音は母のぬくもりの音だ。とくに冬のピアノはどこか寄せつけぬ感じだ。鍵盤をたったひとつ間違えても厳しく指摘されるピアノに対して、ギターはコードさえ確定させておけば、あとは味のある弾き方というのが無限にある。そのノープロブレムさに、母、つまりお袋を想い起こさせるものがあるに違いなかった。オヤジは建前をいちおう述べ、子供にとって社会的で厳格なものの象徴だった。そしてお袋は裏で子供たちにそっと言う。

「そんなこと言うてもなあ、無理なものは無理や。かまへんかまへん、好きにしたらええねん」

世の中に表と裏があるならオヤジは表、お袋は裏。つまり人間臭さのいい加減さ、どうしようもなさを教えた。

そしてもうひとつ大阪という土地柄がある。大阪は本音の町である。良くも悪くもプライドより生活力の町。品よりも実質、そして生きていること自体をどこかで笑う健《したた》かさがある。

理屈に合わない不運や不幸までも、なんとか明るく自然に笑ってしまう精神《こころ》が大阪にはある。まるでアフリカから連れてこられたアメリカ南部の黒人たちが、一日の終わりにバンジョーやギターを弾きながら心と身体と宿命への疲れを癒そうとしたように……。

「歌」の語源は「訴ふ」だという説がある。心の奥深くに沈め込んだ想いが「訴ふ」から歌うになっていったというのだ。それはおそらく「本音」ということだろう。

そんなお袋も白い大きな消しゴムを持つと性格が一変するのだった。小学校入学と同時に、お袋はひとつひとつが大きな枡目《ますめ》になっている「コクヨの国語ノート」を削りあげた「トンボ鉛筆」と並べて俺の眼の前に置いた。日記を書けというのである。お袋と担任の先生との約束だからとも言った。

俺が日記を書く。お袋が読む。そして翌朝、授業が始まる前に先生の机の上に置いておく。放課後、机の上には赤ペンの美しい字で二、三行、先生の感想が毎日の日記に書き込まれている。

もちろんほかの子供たちは誰もやらないことである。お袋の話では、体が弱くてこの子は体育の時間も満足にできない、きっとふつうの体を使う仕事には就けないだろう、だからせめて文章だけでもちゃんと書ける子にしてやりたいと先生に話をつけてきたというのであった。担任の男の先生も「私が責任を持って一年遅らせずに入学させたのですから、それくらいのことはやりましょう」と言ったと……。

初めて日記をつけた日からお袋は白い大きな消しゴムを右手に持って俺の横に坐っていた。

——今日は学校に行きました——そこまで書くとお袋の右手が動いて、ゆっくりその鉛筆で書かれた一行を消した。

——今日は朝から雨でした——

また消された。

——今日はまたすこし熱がありました——

また消された。俺はだんだん涙目になってゆく。

五、六回、お袋の白い消しゴムが俺の字を消したあとでお袋が言う。

「あのな、『今日はナンチャラ……』で始めるからアカンねん。それやったら教室で当番の人が書く今日一日の当番日記と一緒や。アンタが今日の中でいちばんびっくりしたこと、ココロを打たれたこと、初めて見たこと、したこと。アンタのほかには誰ァーれも知らんこと、それを見つけて書くんや。今日はナンチャラで書きだしたらアカン。アンタにしか思えんこと、アンタにしか書けんことから書くんや」

それから何回、書き直したろう。白い消しゴムは灰色の虫のようなカスを机の上に溜めてゆき、コクヨの国語ノートの一ページめは波打ってゴワゴワになってきた。

その日は朝から熱が少しあった。肺浸潤《はいしんじゅん》の熱は朝方と夕方になるといつも高くなるのだった。熱が上がってくると俺は蒲団に寝るのだが、お袋が腕の腋《わき》の下に差し込む体温計が四十度近くになると、きまって眼がまわりはじめるのだった。天井の杉板の節目が獣の眼のように見開き、やがて動物たちが天井の板を駈けめぐりはじめる……。

疲れと眠さで気を失いそうになりながら、やがて俺はノートに書きだした。

――ぼくの体の熱が上がりはじめると、天井の板ではいろんな動物が動きはじめます。たぬき、きつね、リス、ライオンが今日はいます。そしてみんなでぼくをくるくるとまわして、いっしょにおどります。ぼくは目がまわります。気がついたら動物たちの目は天井の「ふしあな」にもどっています。熱もさがっていました――俺はそう書いた。また白い消しゴムが動いて……と思ったら消しゴムは動かなかった。

次の瞬間、お袋は横に置いてあった赤インク壺のフタを開け、いきなり指を差し入れ、抜き出すと俺の手の甲に真っ赤な五重丸を書いた。

「書けるやん。書けるやん。

あんたにしか書かれへんこと、ちゃんと書けるやん」

お袋の眼はうれしそうに輝いていた。


お袋の白い消しゴムと先生の赤いペン字の書き込みが入った国語ノートは、十冊になると千枚どおしという錐《きり》で穴があけられ、厚紙の上に俺の描いた絵を貼りつけた表紙で綴《と》じられた。

ノートは三年生に担任替えとなった女の先生にも引き継がれ、俺の体が完全に「ふつうの体」になるまでの四年間たまりつづけて、二百冊を超えた。遠足や運動会などの行事があったときには、「一冊全部使うて書いてみ」と新しいノートが渡されるのだった。


大正五年生まれのお袋の気性は激しかった。オヤジとの諍《いさか》いがあると、突然、何かを口走ったかと思うや体を震わせ、気を失った。俺たちが心配していてもオヤジは無表情に、

「いつものヒステリーや、ほっとけ」

と冷たく言い放つ。そんなときのオヤジを俺たちきょうだいは憎んでいた。

明治末年生まれのオヤジとお袋とは一緒になる前の家庭環境というのが大きく違いすぎ

ていた。お袋の父という人は柔道着一本を持って福岡から大阪に出てきて財をなした。お袋の気性の激しさはこの父譲りかもしれなかった。

大阪へ出てきてお袋の父は食堂に勤める。そして大きな会社の社員食堂を任されたとき、食堂の裏でかわいい仔豚を飼った。不衛生だと社長が厳しく注意した。腹を立てたお袋の父は、切り落とした仔豚の首を三つ、社長室の机の上に並べて置いた。翌朝出社した社長はそれを見て腰を抜かしたという。

その後、株の相場で当て、「北浜の相場師」として小説のモデルにもなる。大阪郊外の豪壮なる家には大きな池があり、蔵や地下室には鎧《よろい》やら槍やら掛け軸やらの骨董がぎっしり詰め込まれてあり、俺たちもよく探検をしたものだ。戦争中の供出や、戦後の進駐軍にはダイヤモンドを茶碗に一杯も渡したとお袋は口惜《くや》しそうによく言っていた。

お袋は週に一度は着飾って宝塚歌劇に通い、旅行といえば熱海まで電車二両を借りきって一家総出だったという。

そんなお袋はきょうだい七人のうち一番の達筆で文章もうまかった。当時の文芸雑誌「赤い鳥」への常連投稿者で何度も入選していた。

オヤジとお袋が出会ったのは戦争中で、職業軍人だったオヤジが白馬に跨《また》がり、兵隊を連れての練習行軍中のこと。休憩所としてお袋の家に立ち寄ったとき、お袋がひと目惚れをした。

オヤジは四国の南にある漁村で生まれ、五人きょうだいの末っ子だった。貧しい漁師の家で尋常小学校を出て職業軍人となる。体は頑健で、剣道五段、柔剣道は範士という典型的な軍人である。お袋と結婚して軍人のまま終戦を迎え、海産物問屋を始めた。

大阪の海産物問屋は代々つづいたところでも叩き上げの丁稚《でっち》から主人になった人が多く、排他的だった。オヤジは「軍人あがり」ということで疎《うと》まれ、入札会で一番の高値を言っても、落札させてもらえなかったときがあったという。

対極的な育ち方をしたオヤジとお袋は、子供たちへも極端な価値観の違いを事あるごとに披瀝《ひれき》した。

仕事が順調になり、海産物問屋として中堅以上になってからも、オヤジは立派な家を建てるなどということは、まるっきり念頭になかった。

「商売人がぜいたくをしたら終わりや。住むところに使う金は死に金や」と言い、家は俺が成人するころまでツギハギだらけの材木でつくられたいわゆる「バラック」の家だった。

お袋は終戦になって父が死に、実家が没落していったこともあって、「運命やからしゃあないわなあ」というのがクチグセとなっていたが、月に数回、俺たちをコッソリと呼び出して高麗橋にある三越デパートへ連れていった。大丸もそごうも阪急デパートもあるのにお袋は「三越」でないとだめなのだ。

小学校に入ったとき、お袋は俺を三越へ連れてゆき、学校指定の制服のスタイルだけを同じにして純毛の学生服を仕立てさせた。

入学式の日、並んだ新入生の中で、俺だけが微妙に服の色が違っているのがハッキリわかった。眼鏡をかけた女の先生が近づいてきて、俺の服に手をかけて、いきなり裏地を見た。めくられた裏地の胸部分には金色と赤で刺繡《ししゅう》された円《まる》い三越のマークが光っていた。女の先生は「やっぱりな、フン」と鼻を鳴らした。

「プシュン」と鼻水を飛ばしながら猫のポン太がテレビの上で鼻を鳴らした。つい先日はこのテレビの上で居眠りをしていて、ポン太はそのまま落下した。マヌケな猫だ。

7

焦げたアジの干物が家中を泳ぎまわっている。ポン太の鼻先を掠《かす》めるたびにポン太は背伸びをして手で摑《つか》もうとするがアジはスルリと逃げてしまう。ユタカが開きになっていた干物をもとの姿に折り畳んで手に持って走っているのだ。

「ちょっと！　ポン太に獲られるよ。バカなことやってないで早く食べなさいよ」とパセリが前歯と手で干物の骨を外《はず》しながらユタカを叱る。

「だって干物だってもとの姿にしてやらなきゃかわいそうじゃん」ユタカはそう言って干

物をわざとポン太の前で停止させる。案の定、ポン太はナイスキャッチして干物を口に咥《くわ》えたまま走り去ってゆく。どうやらユタカは最初《はな》からアジの干物を食う気がないらしい。

「ほうら、もったいないでしょうが。せっかく、徳島から送ってもらったのに」パセリが言うと、

「だからポン太にやったんだよ」とユタカが口を尖《とが》らせて言い返す。

朝の宅配便で徳島のおじさんからアジの干物とタタミイワシ、そして酸橘《スダチ》がたくさん届けられていた。徳島のおじさんの家の前には大きな酸橘の木があり、いまの季節、たくさんの実がなる。

オヤジの故郷の徳島。

子供のころ、船酔いをしながら何度もオヤジに連れられていった。小松島の港に船が着いた途端、オヤジが生き生きした表情に変わるのを見ていた。

「やっぱり風と空気が違うな。大阪とは」ふだん無口なオヤジがいつもよりよくしゃべるのがおかしかった。

ユタカがアジの干物を原形に戻してポン太にやってしまったので、俺はユタカにタタミイワシを焼いてやることにした。これは焼き方が難しく、ちょっと眼を離しているとアッという間にひどく焦げてしまう。手で持って焼くと四角い畳状の端っこが生焼けになりゃ

すい。俺は慎重に焼いてユタカの皿の上に置いた。酸橘を二つに切って添えてやる。酸橘はよく送られてきていて我が家では徹底して食べる。早く食べてしまわないと黄色くなってシワが出るせいもあるが、この季節は酸橘ヅケになる。刺身や味噌汁にもかけるし、炊きたての白いご飯にも酸橘をタップリと搾《しぼ》ってかける。香りの高い寿司飯だが、ご飯の上に生シラスを乗せ、その上から酸橘をかける「スダチメシ」は俺の至高の食事となっている。

二つに切られた大量の酸橘は搾ったあとも捨てたりはしない。中の薄皮のカスを指で取って捨て、残った青い皮を細かくミジン切りにする。そしてチリメンジャコとカツオブシで和《あ》える。ときには胡麻油で炒《い》ったり、味噌を加えたりもして、とにかくテッテーテキに食べ尽くすのだ。大阪のお袋の味でもある。

ユタカは出されたタタミイワシを何度も引っくり返しながらいっこうに食べようとしない。

「パパ、ユタカがまた食べないよ」

パセリが茶碗を持ったまま大声で、次のタタミイワシを焼いている台所の俺に報告する。

「今日はアジとこれしか出さないからね。食べないとオカズは何もナシだよ」と俺はユタカに大声で言う。

「だってヒャクノメなんだもん。食べられないよ」とユタカが食卓で言う。

「だっていま数えてたら、これ一枚で百個以上の魚の眼があるもん。コワくって……」

俺は食卓に行き、タタミイワシを見る。

「それでヒャクノメか。なるほど百ぐらい、いや、もっとあるな」俺はユタカと一緒にタタミイワシの眼の数を数えはじめる。

「ちょっと待て」俺はユタカにそう言ってタタミイワシを半分に割った。

「これだけ数えて二倍すればだいたいわかるな」

「パパ、意外とアタマいいじゃん」ユタカがニッコリして言う。

「まったくこの二人、イヤになっちゃうよ」パセリが半分に割って数えないほうのタタミイワシをパクリと口に入れる。

「やっぱユタカの言うとおり、この半分だけでも百以上、目玉がある」

「ね、ちょっとコワイでしょ」

「でもうまいんだから食べなさい」

俺はそう言ってユタカの両頬の真ん中を指で挟《はさ》んで口を開かせ、タタミイワシを放り込む。

「苦《にが》い！」ユタカは数回嚙んでから吐きだす。

「そう、タタミイワシは冷めると苦くなる。覚えておきなさい」

パセリはもうまったく二人の話を聞いていない。

徳島バージョンの食事が終わったあと、俺は徳島のおじさんが自動車教習所の校長をやっていることをふっと思い出した。

「俺、徳島に行って車の免許取ろうかな。なんか合宿とかいう二十日ちょっとで免許が取れるコースがあるとか徳島のおじさん言ってたし……」

「じゃ、電話してみりゃいいじゃん。でもその間どうするの、ユタカと二人じゃ無理でしょ、いくらなんでも……」

さすがのパセリも不安そうだ。

実際、我が家のガレージにはもう一年近くも一メートルだに走らぬ車が鎮座したままになっていた。

「エンジンかけないとバッテリーがダメになりますから」と言って、近くに住んでいる内股歩きの元弟子が月に一度は家の様子見とともにエンジンをかけに来てくれていた。

何しろ俺は一度も車のエンジンキーをまわしたことがない。エンジンがかかった途端、車が暴走して前の家に突っ込むかもしれないと思ったりしている。

「大丈夫ですよ。ちゃんとサイドブレーキというのがかかってますから」と内股男はまるでユタカの幼稚園のえりか先生のようにやさしく言うのだった。

＊

けっきょく、俺は徳島まで「合宿免許」を取りに行くことにした。

さんざん探したあげく、別れた女房《アイツ》が何回か家出らしきことをくり返していた時期、よく世話になっていた「ホームヘルパーの吉田サン」に俺の留守の間を頼むことになった。家が近いので朝は六時に来てお弁当、それからいちど家に帰りユタカを幼稚園へ迎えに行って、それから子供たちが眠るまでいてくれることになった。もちろん何かあったら夜中でも駈けつけてくれる。歩いて二分ですから、子供さんが泊まってくれと言ったらいつでも泊まってあげますから、と言ってくれる。またもや出費はかさむがやむを得ない。お袋にヘルプを申し出たいところだが、高血圧で心臓の悪い大阪のお袋はもう新幹線にも乗れなくなっている。はたしてポン太は「吉田サン」になついてくれるだろうか？……。

俺が小学校の高学年になって、小児結核の菌が固まり医者に「もう大丈夫」と言われたころから、お袋はよく倒れるようになった。暑いなか台所で煮物をつくっているとき、寒いなか風呂からあがってテレビを見ているとき、客がたくさん来ていて慌《あわただ》しく立ち働いたときなど、急に胸を押さえ込んで、そのまま崩れるようにして坐り込む。住み込みの店の人が慌《あわ》ててタクシーを呼びに行く。お袋は救急車に乗るのを極度に嫌がる。

四、五日の入院、そして検査の間、お袋の代わりは近くの派出婦会に頼んだ。だいたいはお袋より年配の人が多かった。いまでもしっかり憶えているのは金歯が四本もキラリと光る派出婦さんだ。とにかく何もしない人だった。食事だけはつくるが、俺たちがメシを食べている間、横で膝《ひざ》を組んで煙草をスパー、スパーと喫《す》う。そして俺たちが何か用事を頼むと恐い顔をしてにらむのだった。

お袋が退院してきて精算するとき、「お子さんたちには毎日十円渡していました」と言うのを聞いた。ほんとうは五円しかくれなかったのに……。もちろん「吉田サン」のようにいい人もたくさんいたが……。

そんな嫌な思い出があるから、俺には子供たちに同じ思いをさせたくない気持ちがあった。

でもいまは「背に腹は代えられない」という諺《ことわざ》どおり、同じことをしている。情けないと思う。

8

俺の体が良くなった小学校高学年のころから、俺は夏休みの間じゅう、能勢《のせ》という京都に近い山の中に住むオジさんの家へ行くことになった。

一学期の終業式は家の近くの天満宮の祭、天神祭の宵宮《よみや》にあたっていた。次の日が本祭で、俺は六人の若い男たちが台車に乗って大太鼓を勇壮に打つ「催太鼓《もよおしだいこ》」を見るのが大好きだった。その太鼓がヨイヨイヨイ、ドーンドン、ヨイヨイヨイドンドンドンと俺の家の前をとおり過ぎてゆくと、能勢から迎えに来たおばさんと一緒に出かける。

大阪駅前までバスに乗り、阪急電車に乗り換える。改札口でモザイクの金泥《きんでい》で描かれてある獅子と鳳凰《ほうおう》の天井画を見上げるのが、中学生になるまで数年つづいた夏休みのはじまりだった。

子供のいない「能勢のオジさん夫婦」は毎年、俺が来るのを楽しみにしていた。妙見山《みょうけんさん》の奥の院というバス停を降りて、蟬《せみ》の声が高い桜の坂道を少し上がるとオジさんの家がある。

オジさんは俺の顔を見ると、すぐ鶏小屋に入ってゆく。そして、逆さにされ羽を飛び散らせて暴れる鶏を持ってきて裏でつぶす。

「ほら、キンタマを食え。鶏のキンタマ。うまいぞ」鍋の中の黄色い、まだ鶏の身体の中にあった黄身を指さしてオジさんは言う。これも毎年、同じことを言うのだ。

蒸し暑い大阪市内と比べて能勢は涼しかった。オジさんの家はなんでも屋で、食料品、日用品、化粧品から子供向けの駄菓子まで売っていた。なんでも勝手に食べてもいいとオジさんが言ってくれる駄菓子だが、アイスキャンデー以外は自分で勝手に持ち出すことはなかった。

朝早く起きるとおばさんとバス停に行き、近くの農家が持ち寄った朝採りの野菜を買う。床几《しょうぎ》の上に並べられたナスやトマト、キュウリやスイカなどは切り口が新しく、俺はトマトのヘタの独得な青臭い匂いが好きだった。

午前中は「夏休みの友」という宿題をやるが一週間もしないうちにやり終えてしまい、朝からカゴと網を持っての蟬獲りやトンボ獲りに専念する。蟬は油ゼミがほとんどで、たまにシャアシャアと鳴く熊ゼミに出会うことがあるが捕まえるのは難しかった。オジさんがいちど、捕まえてきた蟬をすべて天プラに揚げたことがある。

翅《はね》をむしられた蟬はコロンと丸い蛹《さなぎ》のような姿になる。天プラにしたそれをオジさんは俺の眼の前でパクパクと食べてみせる。

「お前も食え」と言われて、こわごわ手を伸ばそうとしたら、おばさんが「そんなもん、食べたらいかんよ。腹でもこわしたら大阪のお母さんに叱られるから。おいしゅうないしね。あんたもええ加減にしときや」とオジさんを叱った。

昼寝から起きると俺はまた、蟬獲りに出かける。その前に山羊《やぎ》の乳を飲まされる。上の寺で飼っている山羊の乳だ。鼻にツンとくるが、砂糖を入れてかきまぜて飲む。氷を割ってもらって入れるともっと飲みやすくなる。

「ハミに気をつけや、暑いうちはハミが出るぞ」

網を持って出かける俺にオジさんが声をかける。ハミとはマムシのことだ。夏休みも二年めともなると、もう蛇が出てくる穴は知り尽くしている。たいがいは石垣の隙間の同じ穴に同じ蛇がいる。マムシのいる穴の前ではさすがに体が固くなる。山カガシという茶色い蛇は早く走る。青大将はオジさんの家の天井裏でときどきドシンドシンと暴れる。オジさんに聞くとネズミを捕まえている音だという。

蟬がいちばん多くて、しかも簡単に獲れる場所は村でいちばん大きな寺の境内である。桜の木が多く、樹皮にヤニが多い桜の木には蟬が群がっている。ただ和尚さんに見つかるとホネだ。

「ここは殺生をする場所やない。供養をするところじゃ、蟬など獲っちゃいかん」と大声で説教を食らう。お盆の最中などは網を持って寺に入っていくだけで叱られるのだった。

夕方になると蜩《ひぐらし》が哀しい声でカナカナカナと鳴きはじめる。オジさんに、どうしてあの蟬の声を聞くと淋しくなるのか聞いてみたことがあった。蟬は十年以上も土の中で暮らしていて、やっと地上に出てきたら一週間かそこらで死んでしまう。

もっと生きられんカナ
なんで死なないかんのカナ
誰か助けてくれんのカナ

と鳴いとるんや、だからカナカナカナと鳴きよるんや、とオジさんは答えた。

オジさんは笑ってそう言ったが、俺には蜩がほんとうにそう言って鳴いているように思えた。

毎日のように熱の出た夜、俺はやっぱり死ぬんやろうなと思っていた。高熱はたちまち頭の下の氷枕をぬるま湯にしてしまう。ぬるくなると氷枕のゴム臭い臭《にお》いが強くなってくる。何回も氷を割りに行って枕を取り替えてくれたお袋も眠ってしまったらしい。朝になるまで我慢する。手を伸ばすと氷枕の止め金に指が当たる。冷たさは金具にはまだ残っている。俺の指が熱いからだろうか。淋しくはない。悲しくもない。死んだらどこへ行くかなあ、誰に会うんやろかなあ、なんかしょーもないなあ、つまらんなあ。

カナカナカナ……ついこの間まで俺は蜩やったと思う。

行水をしながら蜩の声が聞こえる。俺は、庭の大きな柿の木の下にびっしりと生えている茗荷《みょうが》の根元に眼を凝《こ》らす。茗荷の花芽がたくさん出ている。このお月さまの色をした花が好きだった。すぐに無残に朽ちる花ならではの美しさは、なぜか行水の盥《たらい》の中にいる俺の痩《や》せた裸の体を震わせるのだった。

＊

一ヵ月もの夏休みが終わる日、この日がいつも俺をいちばん困らせるのだ。その数日前から、「能勢のオジさん」の繰り言《ごと》が始まるからだ。

「のう、もう大阪に帰らんと、このままウチの子にならんか。ここの学校はええぞ。勉強なんか、ちょっとだけすりゃええし、大阪のお父ちゃんお母ちゃんには、あんたの弟と妹がおるしな。のう、うちの子にならんか……」

おばさんにいくら叱られてもオジさんは同じ言葉をくり返す。

「また、来年の夏休みには来るし……」

俺はつとめて笑顔をつくって言う。

「能勢はあかんか、能勢きらいか?」

「能勢は好きやけど……」

「そしたら、ここの子になれ。あかんか?」

俺は黙ってしまう。そんなこと言われたって無理に決まってるやん。そのひと言がどうしても言えないのだ。俺は青いガラスの古い置き時計を見つめたままでいる。

やがて、お袋が汗を拭きながら坂道を登ってくるのが見える。よかったと胸をなでおろす。

「蝉獲りに行っとき。どうせ帰るのは昼メシ食べてからやから」オジさんが俺の手にカゴと網を渡す。そんなこと言うても今日帰るんやし……と俺は思うが言えない。俺は玄関の外にある花壇の横でカゴと網を持ったまま立っている。赤い鳳仙花《ほうせんか》の実が俺の立っている間にいくつも弾ける。種子が散る。

そしてオジさんたちとお袋の激しい言い争いが始まる。毎年のことである。俺の名前が何度も出てくるが、なんのことかは解らない。

オジさんの怒鳴り声と、お袋の金切り声がいちだんと高くなったころ、おばさんが出てきて俺にお金を握らせる。下の親戚の家に行って、この間ちょっと借りてきたお金を返してきてくれと言うのだ。俺はうなずいて下の家に持っていく。

下のおばさんは、まるで待ち受けていたかのように冷たいサイダーを出してくれる。

「大阪のお母ちゃん迎えに来てるんか？」

「うん」俺はカゴと網を縁側に置いてサイダーを飲む。

＊

「ほなまた来年。来年言うても、もうすぐ中学生やし、ちょっとどうなるかわかりませんけど、ほんま、お世話になりましたなあ」

お袋はそう言って荷物を持った俺をバス停へと急《せ》かした。おばさんは見送りに玄関まで出たが、オジさんの姿はどこにもなかった。

「おっちゃんと何言うてたん?」

俺はお袋に訊いた。

「ええねん。あんたが帰るからおっちゃん淋しいだけやねん。ほんま毎年毎年かなわんわ」お袋はそう言って首筋の大きな玉になった汗をハンカチで拭いた。

翌年の夏休み、天神祭が過ぎても「能勢のおばさん」は迎えに来ず、その年から夏休みに能勢へ行くこともなくなった。

9

「それで子供は誰が面倒見とるんや?」

徳島の自動車教習所の校長室で徳島のおじさんは俺に訊いた。単刀直入な訊き方だった。

「ホームヘルパーさんに頼んで……」

「家政婦さんか、大丈夫なんか?」

「やっぱりおじさんも家政婦さんなんて言う世代なんやなあ」俺はちょっとした不安が矢で射抜かれたような気持ちを抑え笑いながら言う。

「それであんた、再婚の相手はもうおるんか」

「ぜんぜん」

「あんたやったらいっぱい候補ぐらいおるんやろ。あんたのオヤジはマジメの石部金吉《いしべきんきち》みたいな男やけど、あんたは盛《さか》んやと聞いてるで」

「おじさんに言われとうないわ、おじさんのほうが俺より浮名流しとったとお袋言うとったし」

「アホなこと抜かすな」

徳島のおじさんは大笑いして禁煙パイポを咥《くわ》えた。もう煙草をやめて五年になるらしい。

＊

「芸能界っちゅうところも大変なんやろなあ、やっぱり小柳ルミ子とか、五木ひろしとかに会うんですか、そら、会いますわなあ」教習所でいちばんの古手だと自分で言った教官が仮免許で路上を走っているときに助手席から話しかけてきた。

「ええ、歌も書きましたよ」俺は丁寧に答える。何しろ最短の期間で免許をもらって帰らねばならない。突慳貪《つっけんどん》な答え方をして印象を損《そこ》ねるわけにもいかない。いくらおじさんが校長だといっても相手は単位をくれる教官である。道は大きな川の土手にある道だ。対向車も少ない。このままではずうっと質問責めに遭《あ》いそうで話題を変えるしかない。細い川沿いの道にカーブした。

「この川の真ん中の橋、変わってますね。両側に手すりも壁もなんにもない……」

「ああ、あれね、潜水橋《せんすいきょう》って言うんですよ。橋をつくってもすぐ流されるから、川の水面ギリギリにつくってあって増水したらあの橋、水の下に潜ってしまうんですわ。だから増水しかかってるときに無理に渡ろうとして水に流されてしまう車、たまにあるんですわ」

「なるほど」

俺にはゆったり世間話をしている暇なんかないんだろうと思う。二人の子供と一匹の猫のために一単位も落とせないんだから。昨日の電話では「ポン太がエサを食べない。食欲が相当落ちてる」とパセリが言ってきた。心細いのは子供たちもポン太も同じだろう。

「あ、これ、違ってますね」

「え？」

俺は思わず教官の顔を見る。教官は困った顔をしている。

「コレ、ほら中央線が僕の左下に見えてるでしょ、この車、いま対向車線を走ってるんです。いやあ参ったなあ」

「今日の単位、だめでしょうか？」

俺はあきらめたような口調で言う。教官は振り向いて車の後ろを見た。同じ教習所の車が一台見えた。

「残念ですけど、後ろのウチの車も見てたと思いますし……僕がちょっと話しかけたのがいけなかったんですね。申しわけありません。校長には僕からも謝っておきます……」

　俺はガックリと肩の力を落とした。


　一単位のそのミスだけで、ほぼ最短期間で俺は免許を手にした。家に帰りつくとパセリとユタカは「お帰り」と言って荷物を運んでくれた。一ヵ月の間に二人とも、背も伸びているような気がした。離れていることで子供たちにも少し自信のようなものがついたのかもしれない。台所から出てきた「吉田サン」に俺は思わず握手をして礼を言った。

　ポン太は相変わらずテレビの上で半眼のまま、こちらを向いて眠っているようだった。近づいていくとポン太はペロッと舌を半分出した。相変わらずふてぶてしい猫だ。かわいいけど……。

「吉田サン」が帰ったあとでお土産の竹輪を食べようかということになった。徳島の竹輪は穴の部分に竹の棒がそのまま入っている。俺は徳島で習ってきた食べ方をパセリとユタカにさっそく伝授する。竹の棒が入ったまま竹輪の両端を両手の指でグッと中心部へ向かって押し込むようにするのだ。そして竹の棒を持ってクルッとまわせば竹輪はキレイに竹の棒から離れる。そうしないでそのままかじってゆくと歯形のついたまま竹の棒にいっぱい残ってしまう。

　二人とも一本めは俺の教えたとおりにやって食べたが、二本めはふつうにかじって食べている。

「やっぱりフッーにこうして食べたほうが竹の匂いがしておいしい」パセリが言うと、

「フッーがおいしい」ユタカも真似をした。

皿を片づけに台所へ行くと段ボールの中に、まだ酸橘《スダチ》がたくさん残っていた。なかにはもう黄色くなりかかっているものもあった。

「もう一ヵ月も経つからなあ。冷凍しとくか」俺はそう言ってビニール袋を探し、まだ青みがじゅうぶんに残っている酸橘だけを入れて冷凍室へしまおうとした。すると奥に何かが入っているのに気がついた。手を伸ばしてそのビニール袋を取り出してみたら、やはり酸橘だった。

「パセリ、酸橘、冷凍したの？」と聞いたら、「ううん、冷凍なんかしてないよ」と言う。

ビニール袋を見直したらマジックで日付けが書いてある。去年の夏のものだった。女房《アイツ》が出ていく直前の日付け。冷凍室の奥深く、今年のものとまったく変わらない青さをその酸橘は保っていた。まだ女房《アイツ》がわが家にいた日々、それが冷凍室の奥で凍ったまま、そのままの青さで残っていた。

俺は二人に気づかれないよう、その酸橘を新聞紙にくるんで……捨てた。

10

競艇場の風は色んな方向から吹く。観客スタンドの向こうに広がる水面から吹く風は、こちらのスタンドに当たり、また、水面に跳ね返ってゆく。スタンドの端から左右へと巧みに逃げてゆく風もある。

レースが行なわれる水面の真ん中には、左右に一つずつ赤と白のツートンカラーに塗られたターンマークがある。観客席から見るそれは魚を釣るときの浮きのようなものにしか見えないが、実際には大人の両手でも半分ほどにしかまわらない大きなものだ。その上の風はスタンドの後ろから吹くが、スタンドの切れ目から突風のように入ってくることもある。旋回しようとする舟の下に入り込み、次の瞬間に転覆させてしまう風である。

俺は久しぶりに競艇場にいた。家の様子を見に来たレコード会社のディレクターが誘った。俺に「〆切は今日。十二曲だけど」と言った男である。

「ウワサ、聞いてますよ。久しぶりにボート行きましょうよ。『有《あ》り金《がね》勝負』しましょうよ」

俺は「吉田サン」に電話をした。吉田サンは「たまには息抜きも必要でしょう」と笑って留守を引き受けてくれた。俺は家の中にあるだけの金を内ポケットに入れて家を出た。国鉄の駅から乗り継ぎ、大きな霊園の横をとおる競艇場行きの二両編成の電車に乗り換える。離婚が決まる前日も、俺はここに来ていた。降りた駅のホームからは金網越しに一面の無花果《いちじく》畑が広がっている。風で無花果の葉裏が白く光って見える。俺は長い間その白い葉裏のまぶしさをただ眺《なが》めていたのを思い出す。あれから一年経って、また俺はここに立っているのかと思う。あの日の俺と今日の俺。まったく同じようにも思えるし、ぜんぜん違う俺が立っているようにも思える。変わらないのは夏の陽差しの中、どこか心をザワザワとさせる無花果の葉裏が白く風の中で揺れていることだけだ。

レース場へ向かう人びとは後ろから見ていると、たくさんの揺れる影に見える。互いに顔を合わせない無言の約束を守る揺れる影だ。どこからやって来たのか、いま何をしているのか、今日はどこへ帰ってゆくのか、自分以外、いや自分ですらほとんど考えること、教えることを放棄しているあてどない影の群れである。

帰るところを見失いそうな日々の一瞬、人はちっぽけな、薄っぺらな孤独感を、さらにもっと淋しそうな他人の影の背中へ溶かし込もうとする。そんな日に最もふさわしい場所、それがレース場であったりするのだ。

　最終レースが終わって俺の「有り金」は、一円も残らず水面の底に沈んでしまっていた。たぶん、このレース場の観客席のいちばん上の座席から水面を見下ろせば、赤い屋根や青い屋根をした「俺が建てるはずだった家」の一、二軒は、あの水面の底のほうに透けて見えることだろう。

「久しぶりに一緒に来たけど、今日のアンタ、絶対に勝たない舟券の買い方をワザとしてたんじゃない？」

　レース場の真ん前にある一杯飲み屋でビールをグラスに注ぎながら、すでに酔ったディレクターが俺に言う。こんなときのドングリまなこも久しぶりでなつかしい。

「ワザと負けてやる。そんなのちっともカッコいい発想じゃないぜ」

「有り金ワザと負けてやるなんてバカ、そんなのどこにもいねえよ」俺も少しムキになる。

「ところがいるんだなあ」

「どこに？」

「アンタだよ、アンタ。

　アンタならやりかねない。いいことでも悪いことでも、酷《むご》いことでもやさしくすることでも、アンタ、すべてやっちまう。

　どういうわけか、アンタはできちまうんだなァ」

「そうか」俺は小笑いしながらディレクターにビールを注いでやる。

「不幸な人だよなァ、アンタ」

「そうか、不幸か」

「でもオレは、あんたのその不幸さが、なんかうらやましくって仕方がない……。

そりゃカミさんが逃げて、ガキの弁当つくって一年。シャレじゃないってことぐらい俺にもわかるよ。

たった一年でこの業界じゃ、アンタは立派な『過去の人』になっちまったよな。もう歌の注文なんか来ないだろ？」

「来ない」俺はそう言ってイカのポッポ焼きにかじりつく。たいして傷つく言葉じゃない。

「でも今日のあんたの『意地でも負けてやる』っていう買い方見てるとゾッとした。

コイツ、やっぱりフツーじゃないっつうか、柔道、オレもやってたけど、捨て身の『巴《ともえ》投げ』っつうかな、自棄《やけ》っぱち？　そうじゃないな。アンタ、本気になって捨てられるもの全部捨てて、そこからもう一回、生きてこうなんてセコイ了見、セコイかな？　なんかまだ持ってるように見えるんだよな。

だからオレにはアンタのいまの『不幸』がちょっとうらやましい。嫉妬かな。嫉妬かもね。オレみたいなサラリーマン、何かひとつでも捨てたらたちまちアウトよ。だから我慢するわけよ。いつでも我慢。

あ、そうか、アンタ、我慢ができないんだ。ひょっとしたらタダのダメ男？

ハハッハ、やっぱりダメ男なんだ」

このディレクター男、優秀だが、色んな角度から色んなことをあけすけに言うのが欠点だ。色んなとこから吹いてくる競艇場の風、そんな男だ。

バカ野郎。俺は一杯飲み屋のスダレをビールのグラス越しに見つめながら思う。俺に何か言うのは六百年ほど早いんじゃねえか。何がサラリーマンだ。お前なんか会社の黒板の「行き先」をいつも俺のところにして、ギャンブル場にばかり行ってる給料泥棒じゃねえか。お前に「フリー」なんて立場のどこがわかるってんだよ。フリーってのは命と引きかえってことなんだよ。なんの資格もなく、なんの保障もなく、体をこわしても、アタマをこわしても、ハイそれまで、なんだよ。その時点で、どうぞ野垂れ死にしてくださいってことなんだ。

気合いが要るんだよ。気合いが。

学校もやめて、自分で退路を断って、金もないのにボート場に通って、ああ、やっぱりダメかと思って、何かがひらめいてくるかもと期待して、やっぱりダメだと……知るんだよ。

柔道ってやつは、相手の体が向かってくるその力を利用して、サッと引き手で相手を投げるんだ。

フリーってやつは、自分の体を自分に投げ出して自分が投げる毎日なんだよ。

子供がヒキツケを起こしていようが、女房と険悪になっていようが、明日放送のお笑いの台本を書きつづけなきゃいけないんだよ。

フザケンじゃねえぞ。

何がディレクターだ。あちこちの作家にうまいこと言って、たくさん書かせて、「いいとこ取り」して使い捨てにしやがって。この「家がかり」の給料泥棒が……。

その日の俺は飲んだ。タクシーで俺より酔ってるディレクターに家まで送られた。

玄関のチャイムを押すと灯りがつき、パセリがあらわれた。

「吉田サンは息抜きだって言ってたけど、ナンカ、息も絶え絶えって感じね」

俺は両手をライオンのようにして、パセリの顔へ向かって「ウァオー!!」と吼《ほ》えた。

11

パセリが珍しく浴衣らしいものにアイロンがけをしている。それとなく聞き出すと、どうやら明日は「学芸会」のようなものがあるらしい。

「けっこうたいへんなのよねェ、これが」

「アイロンがけか？　火傷《やけど》しないように気をつけなさいよ」

「違うのよ。発表会のこと。クラスで民話の劇をやるんだけどさ、ぜんぜん意見がまとまらないんでイヤになっちゃう。

みんなてんでバラバラなこと言うしさ。配役でも私はあれイヤだとか、あっちの役のほうがイイとか言っちゃってさ」

「それで、パセリの役は何？」

「私？　私は村人Cよ」

「C？」

「そう。村人でもABCDEFってあるの。私は村人C」

「面白そうだね。観に行こうかなあ」

「来なくてもいいんじゃない。来ないでよ。私、アガリ症だから」

翌日の日曜日、俺はパセリの出演時間に合わせて電車を二つ乗り継ぎ、さらにバスに十五分ほど乗って、パセリの学校に着いた。

講堂は満員で、俺は建物の右側の立見席で観ることにした。児童たちも全員が観劇するスタイルらしく、クラス別に固まって床へじかに坐っている。

パセリの劇が始まった。農民の暮らしの話だった。俺はパセリ演じるところの村人Cの登場を待ちつづけた。劇は進み、クライマックスの村祭のシーンで突如、舞台のソデから浴衣を着て祭のウチワを持った五、六人ほどが走り込んできて、アッという間に舞台を横切って消えた。かと思うとまた、ワッとソデから出てきて舞台を横切って消えた。セリフはただ「たいへんだァ〜、たいへんだァ〜」と口々に叫ぶものだけだった。

その集団の中で、パセリだけが大人の背をしている。俺の隣に立って観ていたお母さんが隣のお母さんに「ちょっと、あの大きな子、先生なの？　先生も劇に出るんだ」と言った。

「あれ、ウチの娘なんですけど……」俺が言うと、「アラ、ごめんね。先生とばっかり……やっぱりお父さんも背が高いから」と言って笑った。

パセリが「たいへんなのよ」と言ってたのは、「たいへんだァ、たいへんだァ」というたったひと言のセリフのことだったのか。帰りのバスの中で、アイツ、ひょっとしたら相当不器用なヤツかもしれないと、思わず笑みが出た。

村人五人を女の先生が引き連れて走っているように見えるのも無理はなかった。それもいちばんドタドタと足を踏み鳴らして……パセリの足幅《あしはば》が大きく、前の子につかえるので、一人だけシコを踏みながらとおり過ぎる女相撲の横綱のようだった。

今日はパセリの学校へは劇を観に行かなかったことにしておこうと思った。

＊

三月の「春場所」といっても、まだ裸のお相撲さんの稽古《けいこ》を見るには分厚いコートが必要だった。大阪の市内、南久宝寺《みなみきゅうほうじ》一帯のお寺では、境内に土俵がつくってあり、相撲部屋があちこちで合宿している。小学生の俺たちは土塀《つちべい》越しに稽古を見学するには背が足りない。お互いに肩ぐるまをし合って中をのぞくか、門の前に立って力士が出てくるのを待ち受けるしかないのだ。

子供たちはあちらの部屋、こちらの部屋と、寺から寺を駈けめぐり情報交換をする。もちろん見知らぬ子どうしである。

「おい、栃錦《とちにしき》の尻《ケツ》、見たか？　ブツブツいっぱいで十文字の絆創膏《ばんそうこう》だらけやったぞ」

「若乃花と千代の山はぜんぜん土俵にも外にも出てけえへん。あかん、サインもらわれへん」

「サインやったら出羽錦《でわにしき》と房錦《ふさにしき》や。何枚でもやってくれるで」

「出羽錦はおもろいでえ。僕らを一列に並ばせるねん。そいで『気をつけ！』『まわれ右』『前へ進め』って帰らせようとしよんねん。せやけど、あとで全員ちゃんとサインくれるで」

「オレ、チャンコ料理、食わしてもうてん」

「ええなあ、ええなあ、誰にや」

「吉葉山《よしばやま》。もう引退したってお父ちゃん言うとったけど」

俺たちは経文のような折り畳み式のサイン帳をしっかり握りしめている。

大阪の子供にとって三月は、お相撲さんの鬢付《びんつ》け油の香りが街中に漂《ただよ》う、こころ躍る季節であった。

＊

「今日は相撲を見に連れてってやる」

オヤジが日曜日の朝、急に俺と弟のいる部屋の襖《ふすま》を勢いよく開けて言った。まったく信じられないことだった。贅沢《ぜいたく》とか旅行とか、家族総出の外食とかにはいっさい縁がないのが俺の家だった。

日曜日にオヤジがたまに俺たちを連れていこうとするのは、近くの長柄《ながら》川での釣りだけだった。オヤジは一日釣りをするが俺と弟は何もすることがない。いつの間にか体《てい》よくオヤジの釣りの誘いも断るようになっていた。

「ほんとうの相撲やろうね」弟がオヤジに確かめる。

「ホンマや、早う仕度《したく》せい」

弟と俺は眼を合わせて「やった！」と言った。

何しろ生まれて初めての相撲見物だった。鏡里《かがみさと》の風船のようなお腹、若乃花の筋肉質の体は制限時間いっぱいになると桜色に輝くのだった。もちろん栃錦の尻《ケツ》の十文字絆創膏も、この眼でしっかりと見届けた。枡席にはオヤジと俺と弟、そしてお得意さんだという背広を着て眼鏡をかけた人の四人が陣取った。

弟が大きな声で力士の名を叫ぶので俺も大声で名を呼ぶ。気持ちが思っていた以上にスッキリ晴れる。うれしい。

「お宅のボンら、元気でよろしいなァ」お得意さんも眼を細めてオヤジに言う。

すべてが最高の日だった。府立体育館を出てミナミの料理屋さんに行って「すき焼き」を食べた。オヤジは俺たちにミヤゲは何がいい？　と聞いた。

「蓬莱《ほうらい》の豚マン」俺が勢い込んで言うと、弟が「北極のアイスキャンデー」とつづけた。ラジオのCMで知っているだけで一度も食べたことはなかった。

帰りのタクシーを拾い、お得意さんを送っていった。俺のヒザの上には「蓬莱の豚マン」……「豚マンて熱いなあ」俺が言うと、弟が「俺のほうは北極のアイスキャンデーや。こっちは冷たいでえ」とつづけた。眼鏡をかけたお得意さんは大きな声で笑った。

タクシーが停まり、お得意さんが降りた。そしてオヤジも降り、降りるときに俺たちのヒザの上にあったお土産をサッと取り上げた。

「これ、お宅のお子さんに」

「とんでもない。それはおウチのお子さんに。いえ、けっこうです、けっこうです。ホンマに」

固辞するお得意さんにオヤジは言った。

「ウチの子には、いつも買うてますから……」

「嘘つけ……」弟が小声で言った。

俺たちは使われたのだ。相撲見物の楽しかった一日は帳消し以上のものになっていた。

俺は商売人だけにはならんとこ。俺は心に刻んだ。

＊

俺が徳島に免許を取りに行っている間、ポン太は食欲が日増しに落ちていったという。

「缶詰も食べなくなってたのよ、体重測ったら五百グラムも落ちてたもん」パセリが言う。

俺は心配よりもちょっぴりうれしい気持ちになっている。

「どうやって体重測った？」

「毎日ユタカにポン太を抱かせてお風呂場の体重計で測ってたから……」

ユタカの体重や着ている服にもよるだろうがと言いそうになったがやめる。二人とも、ポン太の食欲が落ちていたのを心配していたことには間違いがないからだ。

「吉田サンがマタタビの粉を買ってきてくれたのよ。缶詰にふりかけてやったら、それからまあ食べるわ食べるわ、キリがないぐらい……ほらポン太、少し肥ったでしょ」

確かに痩《や》せすぎている両足の付け根の部分にも少し肉がついている気がする。

「よし、よくやった。明日から俺がポン太にエサをしっかりやるからもう大丈夫」

俺が胸を叩くと、パセリが笹の葉のような長い横目をして、俺を見て言う。

「パパに任しとくと、ホラ、なんでもやりすぎるじゃん。食べるときでも、あれ食え、これ食えって。外でなんか注文するときとか。お土産だって……。そんなには食べられないよって言っても、ヤマほど頼んだり、買ったりするじゃん。だからパパもユタカも肥っちゃうのよ。ポン太もいまぐらいがちょうどいいんだからね」

パセリの指摘は無念にも当たっていることのほうが多い。と思う。

「その割りにシミったれてるっちゅうか、なんちゅうかね。お歳暮の包み紙とか紙袋とか箱、絶対捨てないもんね。なんかに使うとか言ってしまいこんで、使ってたタメシないし……」

パセリがみごとに止《とど》めを刺す。そうか、なんでもやり過ぎ……なのか。

俺はいまさらながら、あの日の「蓬萊の豚マン」と「北極のアイスキャンデー」のトラウマの底知れぬ深さを思い知る。反動というものは、げに恐《おそ》ろしい。

12

中学生になったころから俺は従兄《いとこ》の隆《たかし》の家へよく行くようになっていた。隆は俺よりひとつ上でお袋の妹夫婦の長男である。

隆と俺とはある意味で対照的だった。完璧な「虚弱児童」だった俺と違いスポーツ万能で、中学では陸上部の砲丸投げや軟式テニスで全国大会に出て入賞するような男である。小さいころから病気ひとつせず、家の庭にはトレーニング用のバーベルやエキスパンダーがいつも転がっていた。陽焼けして筋骨隆々としている。

肺浸潤《はいしんじゅん》が治ってから俺のほうも背はグングンと伸びていた。クラスでもやっと上から二、三番めの身長となった。お袋が泣いて反対した中学の柔道部入りも果たした。ホコリと汗臭い畳の上で柔道をやりはじめると、不思議に風邪ひとつひかない体になっていった。小学生のころ大差をつけられていた隆との体格の違いがなくなってきたことも、隆の家へ頻繁に出入りできるキッカケとなっていた。

隆ともっと対照的だったのは、それぞれの家の家族の暮らしぶりだった。俺の家ではテレビは夜八時以降は消される。住み込みの店の人は、朝五時には出店《でみせ》を出している中央市場に出かけ、家を兼ねた本店も朝六時には店を開けるからだ。隆の家はオヤジさんが銀行に勤めるサラリーマン家庭で、夜は何時までても各自、自由に起きている。「ローハイド」とか「ヒッチコック劇場」とか深夜の人気番組も、週末、隆の家へ泊まりに行かなければ見ることができない。家族そろってのキャンプなども隆の家に行って初めて体験したことだった。

「ウチの家、ちょっとおかしいんやないか？」隆が正月にもらった俺と隆のお年玉袋を並べて言う。

「お年玉、なんで俺とお前が同じ金額なんんや。お前はイトコやで。オレ不満やんか」

「オレはええけどな」俺は何か儲けた気分でいる。

そこへ隆のおばあちゃん、「お菊バアさん」があらわれた。隆がお年玉の不満を言っても、

「子供はどこの子でも一緒。お年玉はそんなもんやねん」

お菊バアさんは平然としていた。

隆の家には内風呂がある。これも俺には珍しい経験であった。天満の俺の家には風呂はもともとない。ずうっと銭湯に通っていたし、能勢《のせ》のオジさんの家では行水だった。家族全員が交代しながら風呂に入る。そんな情景も珍しく、初めて隆の家に来たときは、どこ

で服を脱げばいいのかも皆目わからなかったぐらいである。

さらに驚いたのは隆のお母さんのことである。堀りゴタツのある居間で家族や俺たち全員が集まってテレビを見るのだが、隣にすりガラスの嵌《はま》った引戸があり、そこが風呂場になっている。ある夜、隆の母は半分ほどしか引戸を閉めずに服を脱ぎはじめた。そして乳房を手で少し隠すだけで引戸を開け「ちょっとそこのタオル、ハイハイ」などと言って隆からタオルを受け取った。いくらお袋の妹だといっても、もう中学生になっている俺にとっては気になることだった。

なんちゅうオープンな家や、隆の家は。

銭湯に通っている俺は、お袋の裸ですら見たことはなかった。

胸がドキッとしたのを覚《さと》られたかと思ってチラッと隆とオヤジさんのほうを見る。二人とも何ごともなくテレビの画面に集中している。

親戚というのは、こんな感じのもんなんやろうか、こんなんかなあと俺は自分に言い聞かせようとしたが、胸の鼓動と頭の中の揺れはしばらく止まらなかった。お袋と隆の母はさすがに姉妹だけあって顔のつくりや表情がよく似ている。そのことだけが、俺にとってはどこか納得できる唯一の連結器となっていたのだったが……。

その年の夏休み、俺と隆は二人の共通点でもある母方の実家、竹井の家へ泊まりに行くことになった。隆も俺も小さいころから何度も行っている家だったが、隆と二人で行くのは初めてだった。

駅には「竹井のおばあちゃん」が迎えに来ていた。俺はこの「竹井のおばあちゃん」が好きである。柔らかな品があって、小柄だが背筋がいつもピンと伸びているところがいい。顔は浪花千栄子《なにわちえこ》という女優さんに似ていた。

「竹井」と書いてある石の白い門柱の家が見えてきた。ふだんこの木の正門は閉まっているのだが、おばあちゃんは俺たちを待たせて勝手口のほうへ走ってゆき、門の裏から大きな横棒の閂《かんぬき》を抜いた。

「お孫さん二人来ておくれやしたのに、勝手口から入ってもうたりしたら、おじいちゃんに叱られますえ……」

門から玄関までは敷石をつたって歩く。両側には大きな石が配られてあり、竹藪、梅、桜、松、桃の木がある。季節ごとに必ずそれぞれの花や色がある庭だ。俺は春先に咲く二階にまで花を届けるような桃の木と、敷石沿いにずうっと咲きつづいている水仙が好きだ。冬にその水仙の白と黄の花を両手で抱えきれないほど切ってもらって、バスで天満の家へ持って帰ったことがあった。お袋が好きな花だったからだ。俺がバスに乗り込んだ途端に、車内は強い水仙の香りで充たされてしまった。

六枚の真っ白な花の中に濃い黄色の小さな花がついている。口紅のように紅い小さな花が真ん中についているのもあった。清楚な白水仙と比べて鮮かな黄色のラッパ水仙は、かたちは美しいが匂いが強すぎてクラクラし、あまり好きになれなかった。八重や星型の変わり水仙も咲いていたが、おばあちゃんには最初から要らないと言っておいた。お袋の好きな種類を、前の年、お袋と行ったときに覚えておいたからだった。

「坊《ぼん》、みごとな水仙やねえ、おばちゃんに一本くれへんかなあ」

買い物カゴをさげ、エプロンをかけたおばさんが前の席から振り向いて言った。

「ええよ」俺は白水仙を三本と黄色いラッパ水仙を一本さし出した。

「おおきに」おばさんはお礼にカゴの中からミカンを二つ、俺の手に握らせた。

花を抜き出すときに花が揺れ、水仙の香りがまたいっそうバスの中へ匂いたったのを憶えている。

「隆さんとお二人で来られたのは初めてどすなァ……」竹井のおばあちゃんの京都弁は柔らかい。相場師だったおじいちゃんの後妻さんとなった人で、お袋の話では京都の芸妓さんだったのをおじいちゃんが気に入って家に入れたという。ふたりの暮らしは短く、七年ちょっとでおじいちゃんは亡くなった。戦後すぐに出まわったメチルアルコールの酒を飲んで死んだのだった。

俺はそのことを「竹井のおばあちゃん」に聞いてみたかった。隆も知りたいと言っていたし、二人でいるときに聞けばおばあちゃんの手間も省《はぶ》けるというものだろう。

「騙《だま》されはったんどす。出入りの酒屋はんに。ジョニーウォーカーをお正月のお年賀で酒屋はんが持ってきたんどす。でも、その酒屋はんも仕入れで騙されてて……。怖いもんどすなあ、メチルアルコール」

「すぐに死んだん？　おじいちゃん」

「いいえ、まる一日生きたはりましたえ。でも、夜中にみんなを集めてこい、言わはりまして……実況しはったんです。自分で……」

「実況？」

「そうどす。野球でも相撲でも実況しはりますやろ、アナウンサーの人が。

……もう俺は眼が見えんようになってきた。

……お前らの声もだんだん聞こえんようになってきた。

……手が冷とうなってきた。

それでほんまの最後に、私の名前を呼びはって、フトンに入ってワシを抱いてくれ、そのまま死ぬから言《ゆ》いはって……。

子供さんやらお店の人やらお友だちやら、五十人くらいはおいはりやしたなあ。私、みなさんに「ごめんやす」そう言うてフトンに入りました。立派なご最期どしたなあ」

「えらい豪快な人やったんやなあ」隆が感に堪《た》えた口調で言う。

　竹井のおばあちゃんが、手を顔の前で大きく左右に振りながら言う。

「そんな、豪快な人ばっかりやおへんえ。もの凄うやさしいお方どしたえ。株の市場が引けるころになったら、パリッとした和服、着流しが多《おお》おしたなア。角帯を粋に締めて……その着物姿の渋いこと。お背が六尺ほどもおましたからなあ。大阪のキタへ行ってもミナミへ行っても粋筋《いきすじ》がみんな振り返りはりましたえ」

「へえ〜、もてたんやなあ」俺は思わず隆と顔を見合わす。

「お金もおましたえ。さっきの駅から、いま歩いてるとこ、そしてお家《うち》までの一里ちょとおますかなー、みーんなおじいちゃんが土地買いはって……」

「他人《ひと》の土地は歩かんっちゅうヤッちゃな。金持ちやタダの成金の話でようあるヤッちゃ」隆が世慣れたことを言う。

「何言わはるんどすか、お二人のおじいちゃんは成金とか、そんな半端なお方やおへんえ。神戸で大きな商店が焼き打ちに遭《あ》いはったときも、私財の半分も出して助けはったし、京都の芸妓さんからお寺の庵主さんにならはったお方《ひと》も、世間の非難が収まるまで、ちゃんと人知れず面倒見たはりましたえ。ほんま、誰彼なく、人をいっぱい助けたはります。あんな大きな男はん、どこにもいはらへんえ」

　いつも穏やかな笑顔しか見せたことのない竹井のおばあちゃんが、そのときだけは気色ばんで言い返した。隆がちょっと悄気《しょげ》る様子を見せた。

「俺らが小さいときにあった鎧《よろい》とかキレイな長刀《なぎなた》とか鞍《くら》とか、まだあるん?」隆が訊《き》く。

「もうなーんもおへん。残ったのは、このお家《うち》だけどす。駅からここまでの土地ものうなりました。そう言うても池まで入れたら、まだ千坪ほど庭がおすけど。おじいちゃんが好きやった骨董も、亡くならはったらトラックが来て……みーんな売らはりました」

お袋から聞いた話では、おじいちゃんの死後、長男が大会社の組合長に祭り上げられ、終戦後のブルジョアジー解体を叫び、残った資産をすべて活動資金として使ってしまったとか。

「それでもええ刀とかは、ほかの弟妹さんたちで売られる前に分けたはりました。天満のお姉さんも、男の子には備前長船《おさふね》を二本。娘さんにはええ拵《こしら》えの短刀を一本、確か持って帰られましたえ。見せてもうたことあらしまへんか?」

「そんなん、見たことないで」俺は言った。

「そうどすか、もう売りはったんどすかなあ。そりゃええもんどしたけどなあ……」

竹井の屋敷の圧巻は大広間の四隅に大きな金具を引っかけて吊る蚊帳《かや》であった。学校の教室より大きな蚊帳の中の空間は不思議な別世界だった。犬や猫のかたちをした陶器の中には大きな蚊取り線香が入っていて、蚊帳の四隅に置く。

「この大きさの蚊帳、職人はんもつくるの大変やったそうどすえ。おじいちゃんは暑い言うて縁側の二方の戸を開けっ放しにしてよう寝はりました。狐とか狸とか、泥棒まで来ましたで。泥棒には三回遭いはりました」

「泥棒？」二人はびっくりして聞く。

「そりゃ雨戸も開けっ放したりしましたさかいなあ。二回は枕もとの刀を抜いて追い返さはりましたけど、一回は、家族全員が縛られましたえ」

「うひゃあ～‼」二人は声を出す。

「それでどうしたん？」

「泥棒は六人で、みんな刃物持ってて、おじいちゃんの刀でも無理どした。刀を泥棒たちの前にポンと投げて縛られはりました。家の者《もん》もみんな縛られましたえ」

「おじいちゃん、どうしたん？」大広間の真ん中へ敷かれたフトンの上に坐って、俺と隆は思わず身を乗りだしておばあちゃんの話に聞き入る。

「おじいちゃん、やっぱり偉《えろ》おしたえ。泥棒に言いはったんですわ。金やったら持っていけ、あの床の間の箱に入っとる。欲しいものがあったらなんでも持っていけ。警察にも黙っといたる。ただし、この家の者にもし手をかけることがあったら許さんぞ。草の根分けてもお前ら探しだして八ツ裂きにするからそう思え、と大きな声で言いはりましたえ。私らを縛ったはずの泥棒のほうがガタガタ震えだして、床の間にあったお金だけ持って逃げましたえ。おじいちゃん、震えるどころか、ちょっとお酒飲んですぐイビキかいて寝はって……。ほな、遅いから、もうおやすみやす」

おばあちゃんは「蚊取り線香だけは蹴ったらあきまへんえ」と言い足して行ってしまった。

「なんやしらんけど、織田信長みたいな世界やなァ」隆が言う。

「俺ら、ちいちゃいなあ。こないだ二人で隆の家の近くの薬局から夜中に持って帰ったやつ。ほら、コルゲンコーワのでっかいカエルの人形」

「あれ、重かったなあ」

「次の日、隆のオヤジに見つかってえらい怒られて、その夜また返しに行ったもんなあ」

「ワシら、やっぱり小物やで。ほんまにワシらおじいちゃんの孫やろか。絶対、ワシら小物のままで終わるで」

二人は泥棒が入ってきたという雨戸の方向を見てから、フトンの中へ同時に潜り込んだ。

13

「パパ、お金くれる？」

学校から帰ってきたばかりのパセリがいきなりそう言った。珍しいことだ。

「どうしたんだ？」

「それがね、バッカみたいな話なの。理科室でさ、授業始まる前、男の子たちが何か投げてたのよ。それがメダカ飼ってた水槽に当たって割れてさ。ドッと水がランドセルの上にこぼれて。私、ノート出したばっかりだからランドセル少し開けてて……ノートと教科書、ビッショビショ。新しいの買わなきゃダメ。ちょっと乾かしてたけどダメ」

下手な嘘だと思った。いやパセリは嘘をつくのが下手なのか。だいいち理科室へ行くのに、いちいちランドセル持ってくか？

次の日の夕食が終わって、俺も下手な嘘をついて探《さぐ》りを入れてみることにした。

「今朝のテレビでやってたけどさ、いま小学校でもイジメって多いんだって？　パセリの学校でもある？　いじめられてる子っているの？」

「いるよ。私だって最近いじめられてるもん。イケニエって呼ぶのよ。イケニエ」

アッサリとパセリが認めた。

「私の場合はさ、前からイケニエにされてる子の味方をしたの。味方って言っても私はいつもどおりにしゃべったりしてただけなんだけど。それが気にくわないらしいんだよね。イジメしているグループの子は。こんどは私がイケニエ。よくあることなのよ」

「イケニエって何？」ユタカが口をはさむ。

「イケニエか。たとえば昔の人がトウモロコシを育てるのにあまり雨が降らないから神サマの機嫌をとってヤギを殺してお祈りするとかがあってさ、そんなヤギをイケニエってていうんだな」俺は言う。確かにイケニエの意味は合っているけど、この場合はぜんぜん違うだろう。

「じゃパセリも死んじゃうわけ？」

「死ぬわけないじゃん。もう。ユタカはいいからあっち行って。マリオゲームでもやってなさいよ」パセリが声を荒らげる。

ユタカはつけっ放しのテレビゲームのほうに向かう。ユタカのマリオは晩ごはんの間、ずっと城の上の同じ場所に立って跳び上がっていた。

「パセリの場合は、どんなことになってるワケ？」俺はわざと興味津々《しんしん》のような聞き方をする。

「ワタシの場合はシカトよ。シカト。ずうっと仲のよかった子が、ある日から突然口をきいてくれなくなるわけ。しゃべりかけても返事が返ってこないもん。仕方ないのよね。アッチのほうに逆らえば、こんどは自分がワタシの代わりにイケニエになっちゃうし、こわいのよ。誰でも。気の弱い子はとくにそう」

「パセリは気が強いんだ」

「気が強いってんじゃないんだけど、器用じゃないのよ。きっと。泣いたり学校休んだりワタシ絶対しないから。アッチのほうはよけいアタマにくるみたい。どうでもいいからさ。シカトするならどうぞって放ってるから。いまシカト組どんどん増えてる」

「どれくらいにシカトされてるの」

「クラスの半分くらいかな。卒業までにほとんど全部になっちゃうかも。でも中学になったらクラスも倍に増えるから……外部からも試験で入ってくるしね。ちょっとは薄まるんじゃないの、シカトも」

まだパセリは親に言える子だからいいと俺は思う。でも一年前にはこんな空気はなかったからなあと気になる。

「やっぱ、俺が離婚したからってこと……ある？」

「ないってこともないかもしれないけど、あまり関係ないと思うよ、そのことは。一年生のときだって付属の幼稚園から上がってきたグループは固まってて、こんなこともあったし……関係ないよ、あんまり」

「体が弱い子なんかもイジメに遭《あ》うわけ？」

俺は経験がある。

「ううん。あの子たちは大丈夫。入学のときからクラスに一人ずつハンディのある子入れて、みんなで面倒を見るって学校の方針が最初からあるから、それは守られてる。ワタシみたいに泣かない子、コタエない子が……きっと気に入らないのよ」

パセリは「泣かない子」という言葉を二回、使った。

パセリが通う私立の小学校、それは俺が選んだ学校でもあった。大学生のとき、同級生がこの学校の大学に行っていて、俺は学園祭を一緒に見に行った。その時代はバリケードの時代で、比較的ユルイと言われているその大学構内でもハンガーストライキをしているグループがあった。モノを食わずの抗議はその日で四日めだというタテ看板があった。構内にキャンプテントが張られ、数名の学生が寝袋の中で寝ていた。そしてそのまわりを囲むようにしている学生が二、三人、即席ラーメンを食べている。「四日めだからな、がんばれよ」と言いながら。笑ってしまったが何か妙な親近感をその校風に感じた。

そのときのことが頭にあって、パセリを連れてその大学の付属の小学校へ学校見学に行った。校庭に一本の木があって、たいして大きな木でもないのに子供たちが六、七人も登っている。俺の背以上の高さの枝にぶら下がって体を揺すっている子もいる。

「気をつけなさいよ」とひと声かけようと思ったとき、白衣を着た先生がやって来た。ああ、やっぱり注意をするのだな……と。

ところがその先生は笑いながら、その木をなんと両手で揺さぶりはじめたのだった。

「落ちろ、落ちろ！」そう言いながら上の子供を見て、先生はさらに激しく揺さぶりはじめた。子供たちはキャーキャーと騒ぐ。そのときふと眼に入ったのは、木の下の小さな看板だった。看板には、「子供の実《な》る木」と書かれてあった。

俺はパセリをこの小学校に入れようと決めた。

「そういえばパセリは病気をして熱が出ても学校休んだことがないなあ。インフルエンザで学級閉鎖になったとき以外は」

「そうよ、私、卒業のとき『皆勤賞』っていうのもらいたいから。賞っていっても二千円かそこらの図書券なんだけどさ。なんか『皆勤賞』っていいでしょ。ヤッタア〜て感じが」

「ほんとうかよ。嫌なヤツだなァ」

「でもほんとうはね、一年生の最初の日、入学式の日ママがバス乗り間違えてさ。新入生入場で講堂に入ろうとするときにやっと間に合ってさ、いちばん最後に入場したのよ。だから一回遅刻があるのよね。でも一年生の終わりのとき先生に聞いたのよ。ワタシ遅刻一回ありますか? って。先生、出席簿見て、『ナシ! 皆勤!』って言ってくれたから、ヨシ! 『六年間皆勤賞』もらおってそのとき決めちゃったのよ。ワタシ、決めちゃったことだけは、やるから。絶対」

「その性格、しっかりシカト向きだな」

俺はパセリがちゃんと話をしてくれる子でよかったと思った。

パセリはこの一年でひとまわり大きくなったと思う。電気釜でメシを炊くのは俺だが、弁当のメインのオカズは、いまではほとんどパセリが考えてつくっておいてくれている。パセリにとって、イジメられたこの時期の記憶と闘いはきっと何かの役に立つだろう。俺みたいな親でも子供たちは自分のアタマで考えて、自分の生き方を日々切実に選び取っているに違いないのだ。俺はある意味で「優秀なる反面教師」なのかもしれない。

「親はあっても子は育つ……だなあ」俺は呟《つぶや》く。

「親はなくとも……でしょ、マッタク。子供に間違えたこと教えてどうすんのよ」

パセリは食卓の上の皿や茶碗をお盆の上に山盛りにして台所へ持ってゆく。水を出して皿を洗いはじめる。その立ち方、首のかしげ方……別れた女房《アイツ》とパセリは、まるでちょっとした印鑑と印鑑証明だ。そのしゃべる口調までもが……。

俺はパセリの後ろ姿をサカナにして、ひとり渋茶を淹《い》れて飲んでいる。

パセリは偉いなあ。でもパセリには悪いけど偉いヤツってのは、偉いんかなあ……と思う。パセリはシカトしたりいじめる側の連中を「アッチのほう」と言っていた。でも、「アッチのほう」の連中のほうがパセリよりもっと深い孤独と向き合っている可能性が高いと……俺は思う。ほんとうに「不幸」と呼べるのはパセリではなく「アッチのほう」じゃないかと。

少なくともパセリは、「いじめられていること」を俺に話せた。泣かないもん、学校なんて休まないもんと言えた。たとえ、それが、どれだけギリギリのところで耐えていたとしてもパセリは俺に話せた。

久しぶりに元弟子たちがいた二階の部屋に上がり俺はひとりでレコードを聴いた。今日のパセリに聴かせてやりたい歌を選んだ。なぜかそれは「セルジオ・メンデスとブラジル'66」の「チュニジアの夜」だった。明るく、しかしよく聴くとどこか危《あや》うい、テンポの早いボサノバ「チュニジアの夜」……俺は何度も何度もくり返し聴いていた。パセリに「うるさいよ、わかったよ、もう寝ようよ」と怒鳴り込まれるまで。

14

隆と二人で「竹井のおばあちゃん」のところに泊まったころから、一ヵ月に一度ぐらいだった「隆の家泊まり」がほぼ二週間に一度のペースに加速した。二週つづけて泊まりに行くこともあった。何しろ面白いからだったし、隆の家の自由でオープンな雰囲気には、まるで麻薬のように俺を惹きつけるものがあった。いつも朝早くから店に出て働き、夜は夕食の間じゅうも黙って熱い酒を飲むオヤジ。そして強張《こわば》った顔のまま家事をすることが多く、突然オヤジに対する不満を子供たちに愚痴《ぐち》りはじめるお袋に、やりきれなさを感じつつあった時期ともちょうど重なっていた。

「そんなに隆の家がよかったら、アッチの家の子にしてもらいなさい。もう帰ってこんでもええ。あんたなんか、どうせ橋の下から拾うてきた子や。私から頼んであげるから隆のところの子にしてもらい。もうええわ」

「今日も隆のところで泊まってくる」と言った途端、お袋は激高したのだった。

そこへトイレにやって来たオヤジがちょうどいた。オヤジが珍しく眉を吊り上げてお袋を叱った。

「冗談でもお前、そんなことを子供に言うもんやないぞ」

「だってくやしいやないですか、隆の家、隆の家って言うて……毎週毎週……いったいこの家のどこに不満があるというのよ。もうよろし。隆の家の子になったらええねん」

そこまで言ったとき、オヤジの手がお袋の頬を打った。俺の眼の前でオヤジがお袋に手を上げたのは初めてのことだった。崩れ落ちたお袋は意外にも泣いていなかった。そして、むしろオヤジのほうを睨《ね》めつけるような眼をして言った。

「私、ほんとうの気持ちを言うただけやのに……。アカンのですか……」

オヤジは黙ったまま店のほうへと戻っていった。それからお袋はいつもの発作のように体を震わせはじめた。お袋の眼は異様に煌《ひか》っていた。

まったく思わぬ展開になってしまったことに驚いた俺は気勢をそがれて、その夜は隆の家へ行くことをあきらめ、家にいることにした。

俺は部屋でお店の人から貸してもらった週刊誌を読んでいた。ビキニ姿のアイドル歌手がグラビア特集仕立てで出ていた。

数週間前、俺に初めての精通があった。夜明け方、チクチクッという痛みを強く感じた。下着の中が熱い違和感に充たされていた。下着が汚れていた。そういう話は同級生から聞いていていた。「パンツは洗濯機の底に丸めてコソッと入れといたらええねん、どうせわからへんから一緒に洗濯機が洗うてくれるわ」とその同級生は言った。俺は下着を脱ぎ、そいつに言われたとおりにした。「最初はなんか痛いでえ、そのうちパンツ汚したらカッコ悪いから自分で先に出しとくねん、アレをな」。「アレって?」。「まあ、そのうち教えたるわ」とそいつは言った。

お袋が部屋に入ってきた。俺は週刊誌のグラビアを手で隠した。昼間のことはまったく意に介していないとでもいうかのように、お袋は明るい声で言った。

「あんたな、パンツ汚したらちゃんと言いなさいよ。洗濯機に一緒にいれたらアカン」

やっぱりバレていた。

「何も恥ずかしがることないからね。自然のことやから。別にして洗ろたげるから」

そう言ってお袋はニッと笑った。歯茎が見えた。手で隠していたグラビアをそっと閉じた。

「まあ、そういう年ごろになったちゅうことやね。悪いことでもなんでもあらへん。そやけど悪いとこ行ったらあかんで。病気もろうたりしたらエライことになるから」

そういえば俺はついこの間、隆から天満駅のそばにあるストリップ劇場へ行こうと誘われている。お袋はそのことも知っているのだろうか。マサカと思う。

「そんな本見てコソコソしてんと。オンナ見たかったらワタシに言いなさい。ナンボでも見せたげる。ホンマやで」

お袋はそう言って襖をバタンと閉めた。あんな象みたいな足してて、ようそんなエゲツないこと言うわ……俺は吐き気がゆっくりこみ上げてくるのを抑えていた。

しばらく経って、俺は考えた。あんな象の足みたいなお袋があぁ言ったから俺は吐き気がした。でも、もしお袋が同級生がうらやむようなスラッとした美人のお袋やったら……あんなこと言われたら……ヤバイ。相当ヤバイ。まあ、美人のお袋やったらあんなこと言わんやろ。俺はふっと隆の家で見た隆の母の風呂場の乳房を思った。そういえば二人は姉妹である。いったい「竹井の血」っちゅうのはどんな血なんや。オープン言うか、絶対に異常な血や。激しすぎる。

＊

オヤジがお袋に手を上げたできごとがあってからしばらくの間、俺は隆の家へ行くのを躊躇《ためら》うようになっていた。それこそ俺は隆の夕の字も言わないようにしていた。

二ヵ月ほど経って年が明けた。隆が突如、天満の家にあらわれた。

「堀川戎《えびす》のエベッさん、行こか?」と言った。十日戎《とおかえびす》は一月十日、「商売繁盛で笹持ってこい」というかけ声も賑《にぎ》やかに人びとは商売繁盛を願い各地の戎神社を詣《もう》で、笹の葉に縁起物の福袋や、鯛を小脇に抱えたエビスさんの下がり物などをつけてもらう。家の近くでは堀川神社のエベッさんがいちばん賑やかだ。

「エベッさんて耳が遠いって知ってるか?」隆が言う。

「知らん」

「あんな大きな耳たぶしてる割りに、エベッさんは耳が遠いんや。せやからエベッさんにお参りするときは、神社の裏門の戸を思いっきり叩いてな、『エベッさん、聞こえまっか?エベッさん、聞こえてまっか?』言うてから願いごとせなあかんらしいで」

「誰に聞いたんや」

「ウチの親父や。そんなしょうもないことはよう知っとるで。いま銀行の女の子らに俳句とか俳句の横に描く俳画いうのも教えとるし」

隆の父は末っ子だが、母親を引き取って面倒を見ている。「お菊バアさん」だ。でももともとの家に住んでいるわけだから、面倒を見てもらっているというのが正しいらしい。

隆の父は工業専門学校から軍隊に召集された。中国大陸で結核になり、大阪の日赤病院へ傷病兵として帰還し、そこで隆の母と知り合った。

隆の母は俺のお袋の妹で、お袋とはまったく違って宝塚にも行かず、着飾りもせず、志願して日赤病院の従軍看護婦となっていた。お袋は隆の父のことを「ええなあ、インテリやし、絵も文章もうまいし……」と褒《ほ》めちぎり、隆の母は母で「姉ちゃんとこの人は、ええ体やし、商売も儲かってるし、言うことないやないの」とうらやましがる。「それならいっそ交換しよか」という結論になるのが俺と隆の二人の母のいつもの会話である。

「お、もうすぐ一時や、がんばってもらおか」

隆が急に言う。

「何をがんばるねん？」

「一時から、ホラ、そこの櫓《やぐら》の上で笑う『福笑い大会』があるねん、俺、家から来るとき、ここに寄ってん。そのとき、お前の名前で出場申し込んでん」

「嫌や、俺、嫌や！」俺は必死で抵抗した。

やがて「福笑い大会」は始まり、隆に強引に説得された俺の番がまわってきた。

櫓の上に登ると、下にはたくさんの人が俺を見上げている。その人並みの向こうには何人かの審査員が並び、神主さんの横にはテレビでよく見る赤ら顔の落語家がいて、笑いながらこちらを見ていた。俺はその落語家と眼がしっかりと合っているのがわかった。その落語家はこちらを見て小さくうなずいた。

「笑え」と言っているのだ。

「なんで笑わなあかんねん」と俺は思う。

「笑え」と落語家はまた、眼で合図した。

「面白うもないのになんで……」と思ったときに、耳もとで声が聞こえた。ささやくような落語家の声だった。

「笑え、笑うてしまえ、思いっきり笑うたらええんや！」

俺は笑っていた。腰に両手を当ててハァ〜ハッハ、ハア〜ハ、ハァ〜ハッハ……。空が見えた。灰色の空に小さな粒の白いものが舞っていた。鼻にも口にも、その白いものが貼りついて溶けた。雪だった。雪が降ってきたのだった。

笑い終えて俺は赤ら顔の落語家を見た。赤ら顔がいっそう赤く見えたときに、その人は審査員の中でただ一人、立ちあがって大きな拍手をした。俺に向かってだった。

櫓から降りてきた俺に隆が言う。

「お前、けっこう度胸あるやん、染丸《そめまる》さんが拍手したで。いけるで。お前、立派な恥さらしや」

俺は優勝した。優勝の賞品は、いちばん大きな笹に売っている縁起物のすべての下がりものをつけてくれるということだった。とても一人では持ちきれずに隆と二人で天満の店まで運んで帰った。

「なんや、それは。また二人でコルゲンのカエルみたいにどっかから屁《へ》かましてきたんやないやろな」オヤジが眼を丸くしながら言う。薬局から大きなカエルの人形を隆と二人で持って帰って隆の父に叱られたことがオヤジの耳にも入っていたらしい。屁をかますというのは、知らんふりして持ってくるという嫌な大阪弁だ。

隆がオヤジに事情を説明した。オヤジは「こんなんナンボすると思てんねん。店に置いとけ。今年はええエンギや」とだけ言った。

俺はその足で久しぶりに隆の家へ泊まりに行くことにした。

「お前んとこのオヤジ、愛想ないなア。ようやったのひと言もないもんなァ」

隆の家に行くバスの中で隆が言う。

「ええねん、ウチはいつでもあんなもんや。元軍人やから絶対笑うたりせんから……お前んとこのオヤジやったらどうすんねん。ほめたりするか?」俺は隆に訊いてみる。

「そりゃ盆と正月いっぺんに来たような喜び方するで」

「だいぶ違うなあ」

「それですぐ筆と絵の具持ち出してきて絵描きよるわ。『いただきモン帳』や。ウチで見たことないか？　もらいモンとか、ウチに来た絵はがきとか、すぐ筆で描きよんねん。カステラとか、一筆でうまそうに描きよるでえ。あんなすごい福笹もろうたら一日中描いとるで」

「ええなァ、そんなオヤジのほうがええわなあ」

「アカン、アカン、ウチのオヤジは覇気《はき》っちゅうもんがないわ。ただの趣味人や。手紙、年賀状、俳画……若いころから金にもならんジジ臭い趣味ばっかしや」

「それでもそっちのほうがええ」という言葉を俺は呑み込んだ。いまの俺にとっては、隆の家と俺の家を比べることはタブーなのだ。

それにしても……と思う。俺はどうしてあのとき、あんなに思いきり笑えたのだろう。

ここのところ、笑えるような楽しいことなんて一つもなかったはずだ。だいたい俺のいままでで、思いっきり笑ったことなんてあったのかと思う。

でも、あの降りだした雪が口の中にたくさん入るくらいに大きな口を開けて大声で笑えたのは、なんだったんだろうか。「笑うてしまえ」という赤ら顔の落語家の声は、確かに俺の耳もとで聞こえたのだが……。

「お前んとこの家、やっぱりちょっと重いな」

隆が本格的に降りだした雪を見上げて言った。

15

「今日ってひょっとしたら一年め？　ママが出ていってから」

　パセリが言う。

「そうだったかな、憶えてないけど、ちょうどそれぐらいになるのかな」

　俺は浅草みやげの「豆カン」のフタを二つあける。豆と寒天。ユタカは豆が嫌いでパセリの分にユタカの分の豆を乗せてやらなければならない。ユタカは寒天をスプーンでは食べずに容器を持ち上げて上を向き、ウガイをするように一気にズルズルッと飲んでしまう。パセリはプラスチックのスプーンに豆を一粒と寒天の角切りをひと切れずつ丁寧に乗っけて食べる。姉弟でも性格やクセは大きく違う。

「ママから電話……」ユタカが言いだして途中でやめる。

「ユタカ！」とパセリがユタカをにらむ。

「ママから電話があったのか？」俺は仕事の電話の有無を聞くときのように平静な声を装って、ゆっくりとパセリを見て訊く。

「まったく。ユタカには、パパに言わないでってあれほど口止めしたのに……」

「言っちゃったもん、しょーがないもん」

ユタカにはまったく悪怯《わるび》れた様子がない。

「ユタカは男のくせにホントに口が軽いんだから。電話あったのよ。パパが浅草に出かけてすぐ」

「何か言ってたの？」

「別に。元気かって」

「それだけ？」

「パパのこと、気にしてた」

「俺のこと？」

「仕事はしてるのかって。仕事はしてないみたい、お弁当つくってくれてる、って言っといた」

「そう。ほかには？」

「ママも元気だからって」

「そうか、元気なんだ」俺は心底、ホッとした。

「絶対迎えに来るからって」

ユタカがテレビゲームのボタンを押しながら大きな声で言う。

「そんなこと言ってないでしょ！」

パセリが困りきった顔をしている。

「だって言ってたもん。ママが出ていくときに」

「それは一年前のことでしょ。ユタカはいい加減なこと言わないでよ！」

パセリはもう半分泣きベソをかいている。

「いい、いい。もういいから……ママは元気なんだな。よかったじゃないか、みんな元気でいるんだし」

「よくない」

ユタカがまた、チャチャを入れた。

パセリの顔の左半分がガラスのように割れた。涙が噴《ふ》き出した。そしてそのまま二階へと走り込んでいった。パセリがあんなに好きな「豆カン」はまだ半分以上も残っていた。


パセリが俺に「今日で一年め？」と聞いたとき、実はすでに何かの予感があった。

いままでパセリは俺と女房《アイツ》とのことにこの一年間、ふれたことはなかったからだ。

ちょうど一年後の電話。今日までまわしつづけてきた俺とパセリとユタカそしてポン太が加わっての独楽《こま》のような暮らしに、まわし紐の一撃が不意に入った。ぐらつく独楽……。このまま停まるのか、それともさらにまわりつづけていけるのか……。

女房《アイツ》からの電話は、ひょっとしたら俺に子供たちの様子を聞きたかったのかもしれなかった。そして俺がたまたま家を空けていたので子供たちが出てしまった。

いっさいの罪のない子供たちにとって、母からの声は、その柔らかな小さな魂にどれだけ近づいた声だったろうか。遠ざかった声だったろうか。

「エベッさん、聞こえまっか？

エベッさん聞こえまっか？」

乾いてゆくパセリの「豆カン」の残りを見ながら俺は胸の中にあるエベッさんの裏門を叩く。

エベッさん、頼むからよろけながらまわっている俺たちの独楽を停めんといてください。

俺の独楽ならまだ許されてないのです。

パセリの独楽ならいまは傷ついています。

ユタカの独楽ならまだまだ幼なすぎます。

エベッさん、エベッさん。

聞こえてまっか？

ポン太がガバッと身を起こし、「爪とぎマット」に登って前足を動かしはじめた。

ユタカはマリオゲームのリセットボタンをまた押した。

実は、パセリとユタカにはけっきょく言わなかったのだが、女房《アイツ》からの子供へのアプローチは二回あったのだった。

一度めはユタカの誕生日の前日に宅配便が届いた。埼玉県からの見知らぬ名前が書いてあったが、開けてみるとユタカへの誕生日プレゼントだった。超合金のマジンガーZ。ゴレンジャーのゴム人形五体。そしてユタカの好きなお菓子、マドレーヌとゴーフルの大きな缶が入っていた。

カードが添えられていて、それには見慣れた字で、「ユタカちゃん、お誕生日おめでとう。ママ」と書いてあった。最後の置き手紙と同じ字である。

ユタカを幼稚園へ送り出したあとに届いたもので、ユタカに見られなかったから考える時間が持てた。もしユタカがいるときだったら、開封した途端にユタカは声をあげて人形を取り出したことだろう。「ママからだ」「ママからだ」と言いながら……。

秋風に揺れ、葉の上のほうが少しだけ紅くなりはじめた隣の家の楓《かえで》を長い間、見上げながら、俺は少し狼狽しているのに気がついた。

どういうことなんだろうか？　これをどうすればいいのだろうか？　考えはいつまでたっても堂々めぐりをするばかりだった。

しかしハッキリしていることは、ユタカが家へ戻ってくるまでに結論を出さねばならないということだけだった。

冷静に考えようとした。この宅配便は女房《アイツ》からユタカに送られてきたものだ。感情に駆《か》られて俺が隠すなり送り返すなりの勝手な処分は、許されるものではないだろう。

もう一つの判断としては、これはこのままユタカに正直に渡してやるという判断だ。

「パパとママは別れてしまったけれど、ママはユタカのことをいつも想っているんだよ」と言って渡してやる。

実際に女房《アイツ》が子供たちのことを忘れるはずなどないだろう。それも一日たりとも。

俺が、子供たちとは絶対に離れない、子供を持っていくなら俺を殺せ、などと強弁したから彼女はひとりで出ていった。裁判をしたら俺が完敗することはわかっていても、俺はそう言い張った。

迷い考え抜くために彼女は三度の家出をした。一度は友人の家、二度めはニューヨークに一ヵ月、三度めは都内にアパートを借りて三ヵ月ほど暮らしていた。

いずれも間に入ったのは、もともと俺の友人だった人なのだが、誰も彼女の居所を俺に教えることはなかった。そのつど俺の怒りは増幅していったが、彼女は最後にポツリと言った。

「ほんとうに憎めなければ別れられない」と。

だが俺たちのことは俺たちのことだ。

子供たちにとっては、あくまで俺は父、女房《アイツ》は母で、ほかの何者でもないはずである。

だが……と考えてみる。どんなに不当で理不尽なことであっても、結果のあとに来るのは残された現実だ。二つに岐《わか》れた道の先には、お互いに知り得ぬ道がつづいている。俺には二人の子供がついてきていて、女房《アイツ》には女房《アイツ》の道があるはずだ。再婚することだってお互いにあり得るかもしれない。振り返ればどんなに淋しい道だとしても、もう我われは岐れ道から歩きはじめてしまったのだ。

宅配便に書かれてあった住所と電話番号だけは、ほんとうの彼女の居場所のものだった。

「いろいろ考えたけれど、宅配便はそのまま送り返すから」

俺は電話をしてそれだけ言って切った。女房《アイツ》の返答は聞かなかった。

「ほんとうに憎めなければ別れることなんてできない」

女房《アイツ》の最後に言った言葉が、電話を切る音に重なった。

俺は子供たちと一緒にいることでしか、女房《アイツ》は子供たちを離れて想うことでしか、俺たちふたりに生きてゆく道はない。

中途半端に子供たちと会うことは、あるいは会わせることは、中途半端な決断しかしていなかったということだと思う。

俺は成人の日のパセリとユタカに言ってやろうと決めた。

「もう君たちは大人だ。自分の判断だけで生きてゆく年になった。ママに会いに行くのも、どこに行くのも自由だよ」と。

宅配便を再びガムテープで閉じて俺はそのまま送り返した。その足で俺はデパートへ行き、ユタカの誕生日プレゼントを買った。

「超合金のマジンガーZ」「ゴレンジャーのゴム人形五体」「マドレーヌ」と「ゴーフル」の大きな缶。送られてきた宅配便の中味とまったく同じものを買った。

そして成人の日が来たら「あの日、ユタカに渡したプレゼントは、実はママからのものだったんだ」と言ってやろうと思った。再び封をして送り返してしまったユタカへの「母の愛」のことを。

それから半年後、もう一度、五月晴れのおだやかな午後、パセリへの女房《アイツ》からの宅配便が届いた。やはりパセリの誕生日の前日で、なかには刺繍の入ったブラウスが二枚とお菓子があった。俺はこんどは一瞬のためらいもなく、すぐに送り返した。女房《アイツ》からの子供たちへの誕生日プレゼントは、それ以後、もう届くことはなかった。

16

隆と少しずつ疎遠になっていったのにはいくつかの理由《わけ》があった。俺よりひとつ年上の隆は有名高校受験のために中学二年の終わりぐらいから猛烈な受験勉強を始めた。

机の上に高く積み上げた問題集を隆は根気よく一定のリズムで仕上げてゆく。不得意な課目の問題集は、もう三回めの復習に入っていると言い、赤鉛筆の書き込みの量は、それだけで俺を圧倒した。

炬燵《こたつ》に座椅子、そして分厚い綿入れ半纏《はんてん》というスタイルは俳画や書をやる隆の父の後ろ姿とそっくりだったが、隆はその上にいつもキリリと日本手拭《てぬぐい》の鉢巻までして受験勉強をするのだった。

そして合格した隆は、その戦果とも言うべき受験参考書や問題集を全部俺に払い下げた。俺はそれを家に持って帰ってはきたものの、本に込められた隆の執念のような勤勉さに、すぐ戦意喪失させられてしまった。

そして、お袋が隆と俺を妙に比較しはじめたのも、戦意喪失に輪をかけた。

「隆ちゃんに負けたらあかんで。小学校のときなんかはアンタのほうがずうっと良う勉強できてたんやから。卒業式で児童代表の答辞を読んだのはどっちや？　あんたやで。隆になんか負けたらあかん」

俺の中学では実力テストの席次五十番めぐらいまでは校区の有名校に合格していた。俺は三十番めぐらいだったが、繁華街のド真ん中にあるその有名校より、友だちにつき合って見学に行った大阪郊外にある旧女子校のノンビリした公立高校を選んだ。中学の担任とお袋は激怒したが、あとの祭りだった。それは俺なりの、お袋や隆の生き方へのちょっとした抵抗のつもりだった。

「なんで隆ちゃんに負けないかんの。ま、ええわ。がんばって大学入試で逆転したらええねん」

どうして従兄《いとこ》の隆と学校の勝ち負けで比べられなければいけないのか皆目見当がつかなかった。

高校生になったときから隆の家へはめったに足が向かなくなっていた。一緒に学校見学へ行った友人は不合格となり、大阪市内から郊外のその高校へ通う同じ中学の同級生は三人ほどだった。

慣れるにつれ、そのノンビリした校風が俺には合っていると改めて感じはじめていた。

隆は俺が高校へ入ったころにはもう大学入試へのファイティングポーズをとっていた。

「お前の行ってる高校は今年は京大一人、阪大三人やったな。俺んとこの二十分の一以下や。俺は阪大に行くで。俺んとこはお前んとこと違うて安物のサラリーマン家庭やからな。最低阪大の大学院ぐらい行かんと勝負にならんからなあ。正味のハナシ……」久しぶりに会った隆は言った。

一緒に夜中に盛り上がってコルゲンコーワのデカいカエルの人形を薬局の前から隆の部屋まで運んできたあの隆には、もう会えなくなったのだと思った。

隆と竹井のおばあちゃんの家に泊まった日、翌朝帰ろうとすると、竹井のおばあちゃんが「お二人はホンマに仲良うしとくれやっしゃ。おばあちゃん、それだけは命かけて頼んどきまっせ」と言った。

「なんでおばあちゃん、あんなこと言うんや」と俺はあの日、隆に帰り道で聞いた。

「そろそろボケもきてるんやないかなあ」と隆が言ったのを、隆の家からの帰りの電車の中でふと思い出した。

竹井のおばあちゃん、悪いけどもう隆とはあかんわ……ゴメンな……俺は呟《つぶや》いた。

＊

オヤジは張り切っていた。最初は海苔やらカツオ節、身欠きニシンなど小商いに近かったオヤジの商売は、俺が高校へ行くようになったころには、大阪でも有数の昆布問屋になっていた。

冬のある日、お袋は俺に竹井の実家へ一緒に行こうと言った。竹井のおじいちゃんの命日で、俺は近所の和菓子屋で買ったお供えを持たされていた。

「新しい工場、まだ見てなかったやろ」

駅までの商店街を歩きながら、お袋が言った。

「能勢《のせ》のおっちゃんとおばちゃんがおるで。知らんかった？　能勢の家引き払うて来はってん。昆布はまだ素人やけど、こんどの工場のいちおう工場長や。まあ、お父ちゃんのいちばん上のお兄さんやからしょうないわな。お父ちゃん無理矢理よびはってん」

お袋はいちおうというところに少し力を入れた。

「夫婦そろうて煙草喫《す》うてお酒ばっかり飲んだはる。子供もおれへんし、楽しみもないねん」

「俺、能勢行ってた夏休み、いっつも帰るとき『ここの子になれ』言われたで。おっちゃんに」

「せやんか。毎年毎年あんた連れて帰るときケンカばっかかしや」

「俺、あのまま能勢で暮らしとったら、いまごろどうなっとったんやろ」

「どないもなれへん」

母の口調がまた、いつもの調子で急に強くなった。

「あんたもおっちゃんにしょうもないこと言うんやないで」

「そんな……なんも言えへんがな」

俺は押し黙った。


新しい工場は竹井の家の池のすぐ横に建てられていた。入り口では新しい看板の木の匂いがしたが、すぐに酢の強い臭《にお》いが鼻を突いた。おぼろ昆布やとろろ昆布をつくっている臭いだ。昆布の乾いた原藻を酢に漬け込んで柔らかく戻す。昆布を重ねてプレス機にかけ、長方形の固まりにしたのを昆布の横からこするようにして機械の刃で削《そ》ぎ取っていくと、斑《まだら》模様のおぼろ昆布ができる。とろろ昆布は一枚の昆布を、根のほうを足で押さえ、先のほうを左手に持って四角いカンナ刃で表面をこするようにして削ぎ取ってゆく。削《けず》っていって真ん中の薄く半透明になった部分は、サバ寿司の上に敷く白板昆布（バッテラ）になる。職人の技が必要となるのだ。

竹で編んだカゴに入った酢酸の青いガラス瓶《びん》が並び、そのいちばん奥に「能勢のオジさん」が立っていた。大きなガッシリした体は昔のままだったが、髪は真っ白になっている。

「おう、大きいなったな。俺より大きいなった。おっちゃんも体弱ったで。眼も遠なったし。コレ見てみ、昨日機械で挟んだんや。年取ったら眼も見えんわ」

オジさんの右手には大きな傷があって、まだ血がこびりついている。「まだ素人や」と言ったお袋の言葉がその傷口に重なる。

不意に後ろから声がした。聞き覚えのある声だ。

「ご機嫌さんですか。能勢のおっちゃんと一緒に働いてまっせ。ハハハ、また泊まりに来てや。隆もアホみたいに勉強ばっかりしてホンマにしょうもないけど……」

エプロンをしてモンペをはいた隆の母だった。新しい工場ができて人手が足りないので、二ヵ月ほど前からここで昆布をそろえたり、昆布の両端（耳）をカッターで切り落とす下働きをしているのだという。これでまた、隆の家に行きづらくなるのだろうか。

お袋が菓子箱をひとつ持って工場に入ってきた。竹井の家の仏壇で線香をあげてきたらしい。

「ホラホラ、社長夫人来やはったで。こわいこわい、退散退散……」小声で言って隆の母は手にしていた手拭を頭に被り、昆布の並んでいる板の間の持ち場へ戻っていった。並んで手を動かしている女の人たちが、隆の母のおどけたセリフを聞いて眼を合わせ含み笑いをした。

工場の裏口の扉を開けると台所になっていた。天井にはプラスチックの青い波板が貼ってある。台所の向こうに引戸があり、開けると能勢のオジさんの家の匂いがした。甘い酒と煙草の混じったなつかしい「あの匂い」である。

「そやそや、ええもんやるわ。お父ちゃんはまだ持っとるかな」

いつの間にか後ろに立っていた「能勢のオジさん」はそう言って二階に上がり、一冊の黄土色をした布表紙の手帳を持ってきて俺に渡した。「軍隊手帳」だった。星のマークがついている。

「おっちゃんの形見や思うて持っとき。あげられるもん言うたら、そんなもんしかないわ。お前、おっちゃんの子にならんでよかったな」

「能勢のオジさん」はなつかしい大きな節くれだった手で俺の頭をなでた。

帰る間際に俺は池の傍《そば》に行ってその手帳をパラパラとめくってみた。極細で書かれた墨の字は達筆だった。

生まれた場所は当然だがオヤジと同じだ。職歴のところにきて「多年、大阪港内ニ於イテ、沖仲仕《おきなかし》ニ従事セリ」という文字で俺の眼は止まった。

俺はオヤジから軍隊手帳というものを見せてもらった記憶はない。お袋からオヤジの勲章というのは見せてもらったことはある。緑色のチャチなものだった。そして傷痍《しょうい》軍人章というのも……。オヤジは足の裏から足の甲まで銃弾が貫通し、傷痍軍人としての年金がおりていた。ヘンな個所なので聞いてみたら、満州で見張りに立ち、木に登った、ところが真下に中国兵が隠れていて木の下から狙い撃たれたのだ、と言った。木の上などに登って敵がわかるのかと聞いた。オヤジは「わかる。中国人は絶対に冷たいメシや茶は飲まん。必ず温める。だから昼メシどきには、どこに隠れていても煙が上がる。日本の軍隊じゃ考えられんことだが」と少し笑いながら言った。

オヤジは志願して職業軍人となった。能勢のオジさんは長男だったから家に残っていたが、召集された。オヤジは下士官となったが、能勢のオジさんは万年上等兵のまま終戦を迎えていた。オヤジが軍隊手帳を子供たちに見せたことがなかったのは、オヤジの中で、それは「軍の、軍人の機密事項の一部」だったからかもしれない。

俺たちは終戦直後に生まれた子供たちだ。だから小さいころには、まだ戦争の跡というのが、あちこちに残っていた。大阪城のまわりには連隊の壊れたビルや兵舎が、まだそのままで放置されてあったし、家の近くには砲兵工廠《こうしょう》の爆撃された跡がそのまま残っていた。

焼けてグニャリと曲がった鉄骨、真っ黒に煤《すす》けたガラスの破片などが散らばったままの廃墟は、なぜか夕焼けを背景にシルエットとなると綺麗に見えた。ルンペンの夫婦が何組も棲みついていて、夜中に鉄や銅線などを盗みに来る「アパッチ族」に襲われてケガをした。

朝鮮動乱が始まったのは俺が三才のときで、終結したのは六才のときだ。

新聞には戦車の写真が大きく載り、大阪でも「また戦争に行かんといかんのやろうか」などと主婦たちが噂をしていたのを憶えている。

街にも不発弾がかなり残っていて、オヤジは、空地には入ってゆくな、とくに鉄条網が張ってある空地には入るな、不発弾には絶対にさわるな、と口うるさく言っていた。

まだ戦争は終わっていないのか、また戦争が始まり、俺たちは兵隊に取られていくのか……子供たちもそんなことを話したりしていた時代だった。

家の近くに公園があり、その前に進駐軍（俺たちは米兵のことをそう呼んでいた）の家族が住んでいた。そこに子供がいて、名前はジミーといい、一、二度、一緒に遊んだことがあった。

ある日、俺たちが野球をやっていると見知らぬ子供たちがやって来て、ジミーを見た途端に石を投げはじめた。「進駐軍のガキや、鬼の子や、かまへん、やったれ」そう言ってジミーめがけて石を投げ、その一つがジミーの顔に当たり血が噴《ふ》き出した。

そのときだった。乾いた銃声がパンパーンと聞こえた。ジミーの父親が撃ったのだった。

空へ向けて撃ったのだが、手の中の黒いピストルがはっきり見えた。子供たちは蜘蛛《くも》の子を散らすように逃げた。俺も逃げた。まだ戦争は俺たちの身近にあった。

「軍隊手帳」は、俺にとっても、まだまだアンティークなものではなかった。

　お袋が俺を呼ぶ声がした。

　俺は慌《あわ》ててその「軍隊手帳」をポケット深く捩《ね》じ込んだ。

　お袋はたくさんの水仙を抱えていた。

「竹井のおばあちゃんが切ってくれたんか？」俺はお袋に訊《き》いた。

「そうや、お小遣い、たんとあげたしな。それよか、あんた、刀のことは知らんかった言うたやろ」

「備前長船《おさふね》……」

「そうや」

「まだ家《うち》にあるん？」

「ない。あんたが小学校へ入るころ、不渡りの手形つかまされて会社が危のうなったときに売ってしもた。刀屋にまで足もと見られて。もったいないことしたわ。いまやったらナンボになるやろうな。せやけどあの後妻さん、『要《い》らんこと言《い》い』やから気ィつけなあかんで」

お袋はそう言って俺に水仙の束を持たせた。

17

ポン太と三時には幼稚園から帰ってくるユタカを「吉田サン」に頼んで、月に一度、俺は赤坂の「作詞作曲教室」へ向かう。教室には約三十人の生徒が待っている。コースは三つあって作詞教室、作曲教室、そして作詞作曲教室である。

この三つのコースは、歌ができ上がるパターンでもある。作家にもいろいろいて、詞が先でないとダメな作詞家、曲が先じゃないと歌ができない作曲家がいる。この二人がコンビを組むときは詞先行で一つ、曲先行で一つの歌を書き、でき上がれば逆のパターンでもう一曲ずつを書き交換してA・B面をつくる。

詞だけでもOK、曲だけでもOK、詞と曲ともにつくるのもOKという重宝型は少数派である。詞と曲ともにつくり、しかも自分で歌うというのがシンガーソングライターと呼ばれ、ニューミュージックの世界ではいまや多数派を占めている。

授業の半月前にはすでに自宅へ生徒たちの書いた歌が詞と譜面つきで送られている。そして俺は家でひととおり目をとおし講評を加える。めったにないが、かなりいい歌だと三番のフルコーラスまで力を入れて歌うこともある。

この日はたった一曲だけフルコーラスを情感こめて歌ってしまった。

「越後のイチゴ」というタイトルだった。

若い男と女が女の部屋に来ている。女の故郷である新潟から苺が宅配便で女の部屋に送られてくる。男は女が苺を食べる口もとを見てキレイだと思う。女が言う。「やっぱりイチゴのイチゴはおいしいね」。ほんとうは女は「越後のイチゴ……」と言ったつもりだったが故郷の訛《なま》りが出てしまったのだ。故郷ではイチゴはイチゴ、エチゴもイチゴと、よその人にはそう聞こえる発音になってしまう。女がそのことにハッとして気づいたとき、男はやさしく「イチゴのいちごはおいしいね」と言って微笑んでくれたという詞であった。

歌詞の仕かけが面白いし、メロディーもシンプルなリフレインの中に少しずつ情感がこみ上がってくるものだった。

終わりの盛り上がるサビの部分。

越後のイチゴ、イチゴのイチゴ
こんな私の故郷《ふるさと》をあなたは愛してくれますか
私を抱いてくれますか……

みごとなものだった。俺がフルコーラスを歌い終わったとき、教室の生徒たちがいっせいに拍手をした。半年に一度あるかないかの珍しいことだった。

「どなたですか、この名曲の作者、中林さんという方は?」俺がクラスの生徒全員を教壇から見まわすように言うと、前から五列めの右端で指先を眼の高さにそっと上げた女性がいた。マッシュルームヘアーの似合う女性だった。たぶんウイッグ(カツラ)を被っていると思った。

「ほんとうに君の故郷は新潟なの?」俺は訊いた。

「ええ、まだ『村』です」

「雪は降る? なんていう村?」

俺は思わずたてつづけに質問をしてしまう。

「雪は多いとき五メートル積もります。

村の名前は……言っても誰も知らないから言いません」

生徒たちが笑った。俺もそのキッパリした言い方に笑ってしまった。

「言いません」という強い語感には東京にひとり出てきて働き、夜は歌の教室へお金を払ってまで勉強に来ているという芯のある意志が感じられた。そしてこの子は確か見覚えがあると思った。

「いいと思う。メロディーもいいから、このメロディーに合わせて詞をもっと整理すればいい。何しろ言葉の発音の違いという難しい仕かけを一番の詞の中にまず取り込まなきゃいけないから大変だよな。ま、このままでもかなりいいけど……」

俺は言いながら、この子のことを鮮明に思い出していた。

去年の夏、「作詞」「作曲」「作詞作曲」各コース全体の一泊セミナーを熱海のホテルでやった。

俺がしゃべっているとき、俺のまわりを大きな一匹のハエが飛びまわりはじめた。ハエは元気で前にいる生徒たちのほうへも飛んでいく。体を少し傾《かたむ》けてハエの突進を避ける生徒も、手で追い払う仕草をする生徒も、俺の眼に入っていた。

そのときである。前から三番めの列にいた女性がこちらを真っすぐ向いたままで、サッと左手で眼の前にコブシをつくった。右手はサインペンを握ったままだった。

ハエを握った！　まわりにいた生徒たちが驚いた。女性は表情を変えず、ペンを置き、ポケットからティッシュを一枚取り出して左手に握っていたハエをくるみ、手を拭いた。

「できるな。おヌシ……」俺が小声で唸《うな》ると、そのシーンを目撃したまわりの生徒たちが小声でクスクス笑った。

あのときのマッシュルームヘアーの女性だった。

人が集まるところには必ず「幹事役」が存在する。教室にはサラリーマン、主婦、ＯＬなどがほとんどだが、なかにはビルのガードマン、牛乳配達、助産婦、踊りやお茶、お華の師匠など一風変わった仕事の人もいる。授業のあとに恒例の二次会があり、いつも教室の一階にある喫茶店が使われる。

「センセイ、今日は大丈夫ですよね。ここのところ三回ほど来てもらえませんでしたけど……今日は『拍手曲』も出ましたし、あ、あの歌の中林さんも今日初めて二次会に参加してくれるということですが……センセイ的にはどうですか、大丈夫ですか」

そう言ってきたこのクラスの「幹事役」は歯科医である。神田神保町で歯科医院とはとても思えぬ「BOOKS」というマンマな名前をつけて開業している。頭のいい男だが、なんにでも「〜的」とつける。

「わかった、わかった。でも一時間くらいだよ、子守があるし」

「我われ的には大変ありがたいです。ええ、一時間で……」

歯科医なのに髪はなぜか鮮やかな金髪だ。

二次会が終わってワリ勘会計のとき、俺はトイレに行った。本日の主役、中林嬢が女性用トイレから出てきたのとすれ違った。

俺は咄嗟《とっさ》にスーツの内ポケットから名刺を一枚ぬき出して渡した。

「休みのときにでも遊びに来なさい。電話も書いてあるから……ほかにも書いた曲あるでしょ」

「ハイ、身の安全さえ保証してくださるのなら、いつでもうかがいます」

マッシュルームヘアーはそう言ってククと笑った。

「ばか、イチゴとエチゴもちゃんと言えないようなド田舎のオ姐《ねえ》さん口説《くど》くほど、まだ俺、零落《おちぶ》れてないから。いくら女房に逃げられたからって……ほっとけ！　バカ！」

俺は悪態をついたが久しぶりに軽やかな心の揺れを感じていた。

＊

マッシュルームヘアーから電話がかかってきたのは、それから二ヵ月ほども経った年の暮れだった。

しばらく話しているとマッシュルーム嬢は早稲田鶴巻町に住んでいるということがわかった。俺が中退、いや抹籍《まっせき》になった大学の地元である。いい処《ところ》に住んでいる、と思った。

俺が学生だったころの鶴巻町は、麻雀屋とビリヤード、喫茶店、銭湯、学生下宿の街だったが、最近は小ぢんまりしたマンションがたくさん建っているらしい。

「もちろん一人で来るんだろうな」俺はちょっと威圧的に出てみてやろうと思った。

「いえ、最初ですので、とりあえず三人で……だめでしょうか」

「身の安全のためか？」

「ええ、そうです」

「ハッキリ言うな！　ハッキリ。一人で来ても鉄のパンツでも穿いてくれれば大丈夫だ」

「いま、つくってもらってるところです」

「勝手にしろ！」

俺はシブシブ三人で来ることを了解した。

「あ、それからアンタ、鶴巻町に住んでるんだったらついでに穴八幡で『一陽来復《いちようらいふく》』買ってきてくれる？」

「穴八幡ですか？」

「そう。地下鉄早稲田駅のそばにある神社、知ってる？」

「ええ、まだ越してきたばかりですから……志村坂上から早稲田へ……でもわかると思います」

「頼んだよ」

「一陽来復」は冬至から節分の日まで売られる江戸の昔から有名なお守りで、冬至の日、大晦日、節分の夜のいずれかに恵方《えほう》を向けて貼る筒状の和紙のお守りの中には、金銀融通の神様だけあって銀杏などが入っている。

陰が極まり陽に転じて福が来るといういわれがあって、人に初めてもらって家に貼った年、俺は生涯最大のヒットに恵まれた。初めての子供（パセリ）が人の二倍もミルクを飲むやつで、家賃も値上げを言い渡され、進退極まりそうなときの一発逆転だった。

穴八幡からほど近い三畳ひと間暮らしの歌だっただけに、以後毎年その「一陽来復」をもらいに行っていた。

そういえばこの三、四年は忘れていたなァと思う。とりわけ女房《アイツ》がいなくなってからのこの二年は、「鶴巻町」という名前を聞くまでまったく思い出すことすらなかった「一陽来復」だった。冬至、大晦日、節分とお守りを三回貼るチャンスがあるわけだが、そのうちどれがいちばん効果があるのか？　というのは人それぞれ、別々のことを言う。大晦日という説も根強く、今年はどうせ正月もヒマだし、大晦日に貼ってみようと思ったのだった。

そして週末、今年も残すところあと五日という日、玄関のチャイムが鳴った。

マッシュルーム嬢はクラスの幹事役の金髪歯医者ともう一人の女の子をガードマン風にしてあらわれた。

「穴八幡に行ってきました。何か縁日でもやってるみたいで賑《にぎ》やかでしたね。あ、これ頼まれた『いちご大福』です」

黄色い包装紙にメルヘンチックなヨーロッパのお城が描いてある箱をマッシュルーム嬢は差し出した。

「いちご大福、俺、そんなの頼んだ？」

「ええ、電話で……」俺は頭がクラクラした。

「俺が言ったのは穴八幡の『一陽来復』だけど……」

しばし沈黙があった。

最初に噴《ふ》き出したのは金髪歯医者だった。半分困ったような顔をして、それでも腹を捩《よじ》りながら笑っている。

「僕もおかしいなとは思っていたんですよ。駅で会ったとき、中林さんがセンセイに頼まれたって『いちご大福』持ってるでしょ。センセイ甘党じゃないのになって……思いましたもんね。スゴイ間違い方かもしれないです。これは」いつも何か妙なことに妙な感動を覚えるヤツだ。

「一陽来復って聞いたことない？」

「新潟にはありません」

俺の手の「いちご大福」はズッシリ重かった。

金髪の歯医者はテーブルに並べられた「大福」とお茶を前にして、手帳を一枚破り何かを書きはじめた。パセリは台所でも一個つまみ食いをしていたから二個めの大福をもう口に入れている。

「ま、お守りより大福のほうがいいわよ私は」

「いちご大福」は実はパセリの大好物である。

「センセイ、いいですか、これはひょっとして偶然とか、聞く耳まで訛ってるとか、あ、ごめんね」と言って金髪歯医者はマッシュルーム嬢に片手拝みしてからつづける。

「そんな問題じゃないかもしれません。いいですか」と言って紙に書いたローマ字を俺に見せた。アンダーラインまで引いてある。

ICHIGO-DAIFUKU（いちご大福）

ICHIYO-RAIFUKU（一陽来復）

「まったく異種のものがですよ、なんとＧのところがＹに、ＤのところがＲのたった二ヵ所しか変わっていません。さらに、さらにですよ！」

金髪歯科医、お前は神田のシャーロックホームズか！

「違っているＧとＹの母音はともにＯ、つづくＤとＲのところの母音はなんと、ともにＡなのです！　ひょっとしたら僕的にはこれはスゴイかもしれません！」

それがどうした！　と俺は怒鳴りそうになるが、マッシュルーム嬢ともう一人、俺が子供のころよく通ったタコ焼き屋のオバちゃんみたいな女は、なんと手を叩いているではないか。お前ら、その屈託のなさはなんなのだ。いったい。

「やっぱり新内君は頭いいのよね。歯医者さんってやっぱりアッタマいいんだァ〜」

何が「アッタマいいんだァ〜」だ。俺は全員を眺めわたす。他人とウチの家族全員が笑顔になっている。たくさんの笑い声が家の中に満ちている。

そろそろ我が家にも「いちご大福」ならぬ久々の「一陽来復」がやってきてもいいころ

かなと俺は思いはじめていた。

18

――あなたからの手紙を読むたびに、私は悲しくなるのです。あなたは人を愛することよりも人に愛されることばかりを考えているように思えて仕方がないのです。あなたを愛しているのに、ちょっと脇目を振っただけでもあなたは愛されていないと思ってしまいます。まるで幼いダダッ子と同じです。

あなたにしかわからないあなたの淋しさ。それは私には、いまの私にはたぶんわからないのかもしれません。でも、私には私の淋しさもあるのだということも……知ってほしいと思っています――

恋だった。と思う。お互いに「愛し合っている」と思い込んでいた恋だったと。

高校二年も半ばになって、そろそろ将来への進路を選ばなければならないという具体的な日常に迫られていた。

それは俺の家からの「逃亡」と、大阪という街からの「脱出」という野望をも含んでいた。

二年生のときに同じクラスになった恵《ケイ》と交換日記をしていた。生徒会長をしていた俺は生徒会室の入り口にある小さな木のロッカーを持っていて、そこにノートを置いた。毎日何ページも俺の文字は埋まっていたが、恵の文字はその半分にも満たなかった。

二年の冬休み、「俺と恵の冬休み計画」というプランは恵に一蹴された。恵は野沢温泉へスキー合宿に行くので冬休みは会えないと言ってきた。俺は「別れの手紙」を書いた。恵の返事は明解だった。

——あなたは人を愛することよりも、人に愛されることばかりを考えているように思えて仕方がないのです——

人は本質をズバッと突かれたとき、怒りよりも沈黙してしまう。

お袋を殴ってしまったのは、その沈黙に入ってすぐのことである。

「こづかいをくれ」俺はお袋に言った。

お袋の顔がみるみる真っ赤になった。激しい言葉を浴びせかけようとするときのお袋のパターンである。案の定、鋭い矢のような言葉が数かぎりなく飛んできた。

「アンタなあ、ウチにどれだけお金があると思うてるのん。どうせ彼女とデートする金でしょ、あほらしい、いやらしい、あんたいちおうもう受験やで。隆は国立大学、楽勝らしいやんか。デートするヒマあったら勉強ぐらいせんかいな。隆になんか負けて、女に血道あげて、ああ情けない。お金欲しかったらナンボでも持ってき。いやらしい子やホンマに!」

お袋はそう言って俺にナス色のガマグチを投げつけた。俺がいままでコッソリと何度も目立たない額の金を抜き出しているガマグチだった。

気がつけば俺の右手の拳《こぶし》はお袋の腹の下のほうにめり込んでいた。分厚い肉でできたサンドバッグの感触が気味悪く手に伝わってきた。とうとうやってしまった。そして俺はもう戻れないところにまで来てしまった。静かにそんなことを思った。俺は初めて俺の体の中で獣の吼《ほ》える声を聞いた。「竹井のおじいちゃん」が仔豚の首を切り落としたときの獣の声を。

俺はマフラーひとつ持って家を出た。もう天満の家には帰れない。俺の足は隆の家に向かっていた。

俺がお袋を殴って家を出たということは、もう隆と隆の家の人には、いち早く伝えられていた。俺が半日大阪駅のまわりをぶらついて夜中に隆の家に着いたとき、隆の母は何気ない顔をして、「今日はえらい遅いでんな。お腹減ってはるでしょ、まあ久しぶりやし、ゆっくりしていきなはれ」と言いながら、日野菜《ひのな》の漬け物とハムエッグを出した。

隆の父は憮然としながらも、ときおり無理につくったような笑顔を見せた。隆が受験勉強をしている二階の部屋に上がっていったとき、隆は俺を振り向きざま、

「ホンマ、迷惑なヤツやなあ。俺は知らんで。お前ほどヒマな人間やないねん。それでいつまでおる気や？」と訊いた。

「わからん。邪魔やったら、また、どっか行くからええやん」と俺は言った。

「まあ、天満にはしばらくこっちであずかるからとウチのオヤジが言うたらしいわ。俺、受験直前やで、ほんま殺生《せっしょう》な話や」そう言いながら隆は意外にも余裕ある微笑みを見せた。

居心地の悪さを覚えながらも俺は正月過ぎまで隆の家で暮らした。


正月が二日過ぎて、俺は恵と会った。恵は野沢みやげだと言って、鳩のかたちに編んだあけび細工を俺にくれた。「鳩車《はとぐるま》」というものらしい。

恵は初めて恵の家に俺を連れていった。広めの和室で恵の父と母に会った。恵の母は俺を見るなり小さな声で「いつも恵から聞いていますよ」と言った。

部屋には大きな炬燵《こたつ》があり、床の間を背中にして恵の父が坐っていた。

俺と眼が合った瞬間、俺にはわかったような気がした。

この父親は娘を守ろうとしている。それも命を投げだしてまで、守ろうとしている。

俺は出されたお節料理を口もきかずに食べた。食べている途中で、俺はマフラーをしたままだったのに気がついた。恵が編んでくれた長いマフラーである。わざとゆっくりマフラーを首から巻き取った。

大手家電メーカーの研究所の所長をしているという恵の父は、俺の顔をほとんど見なかった。

一年後、俺が直感した恵の父が見せた「俺を見る眼の光」は当たっていたということがわかった。二人で東京の大学へ行こうという俺の申し出を恵は断った。恵は俺のマフラーに顔を埋《うず》めて言った。

「お父さんを捨ててまで東京には行けない……」

俺は受験のため、新幹線に乗った。

昼過ぎの新幹線「こだま号」は空《す》いていた。赤い手帳風の英単語辞書「赤尾の豆単」にも飽き、俺は大学への入学願書を取り出した。郵送分とは別に、〆切が迫っていて郵送では間に合わず、直接学校まで持っていく分だった。三つあったうち一つが法学部のものだった。これはやめようと思った。

名古屋駅を過ぎたとき、二重の封筒に入れられしっかり糊《のり》づけがしてある戸籍謄本の封を切ってみた。不要になった一通である。

そういえばいままで、俺は戸籍謄本を一度も見たことがないと思った。いつもお袋が学校に持っていくか郵送だった。へえ～、どんなものだろう。

下のほうに俺の名前が大きく書いてある。立派な墨字である。そして弟、妹の名が横に並んでいる。次に眼に入ったのが、俺の名前の右上にある養父、養母という字だった。

一瞬、違和感にとらわれた。なんだこれ。

次に眼に入ったのが、実父、実母、養子縁組という文字だった。

養父、養母には俺のオヤジとお袋の名前、実父、実母の下には隆のオヤジさんと隆の母の名前が書かれてあった。

その意味がまったくわからなかった。俺は呆然《ぼうぜん》と窓の外を飛ぶように流れてゆく街並みを見ていた。

しばらくの時間が経って、俺が考えられたことはたったひとつしかなかった。

俺はどこに帰ればいいのだろう……。

わけもなく、激しい感情もまったく湧いてこないのに涙が噴《ふ》き出ているのがわかった。

そういうことなんだ。

そうだったんだ。

悲しみとか淋しさとか、そういうでき合いの言葉では名づけられないほどの深い「納得」が俺を包み込んでいた。俺は新幹線の窓についているカーテンでまぶたを拭いた涙には埃《ほこり》くさい臭《にお》いがあった。

体じゅうの力という力がゆっくりと脱け落ちていった。

俺は弟が生まれたばかりの赤ん坊のころの顔を憶えている。六才下の妹が生まれたときも、いや生まれる前、お袋の腹がどんどん大きくなっていって入院した日のこともしっかり憶えている。

天神祭の太鼓の練習を俺と弟は見に行っていた。中央市場の若い衆たちが叩く大太鼓は、夏の大阪の心持ちよい豪快な音だ。願人《がんじ》と呼ばれる太鼓の打ち手は全員が異様に長くて赤い頭巾《ずきん》を被っている。頭巾の上からも長くて赤い布が垂れ、太鼓を打つたびにその赤い波が怒濤《どとう》を打つ。腹に響き渡る大太鼓の音は子供心にも野性を呼び醒《さま》すような勇壮さがあった。漆《うるし》塗りの酒樽に差し込まれた幣《ぬさ》は白い剣のようにも見え、その神々《こうごう》しさが好きだった。

番頭さんが俺たち二人を呼びに来た。

「お母ちゃんが入院しはるそうや、子供ができるんやで、よかったなあ」

番頭さんに連れられて二人は家に帰った。胡瓜《きゅうり》とタコの酢の物が大皿へ盛られて食卓の上にあった。つづいて分厚い肉が焼かれて出てきた。

「今日はテキやで。しっかり食べてや」

お袋はそう言って、もうそれ以上せり出せないような大きな腹を両手で下から支えるようにして、久しぶりのテキ（ステーキ）を食べている俺たちを見ていた。

車の待つ玄関口で、お袋は俺と弟の手をきつく握って言った。

「お母ちゃんの顔、よう見とってや、もうこれが最後かもしれへんからな。しっかり手え握らせて」

「アホなこと言うてんと早う車に乗れ」

オヤジが俺たちとお袋の握った手を振り解《ほど》くようにしてお袋を車へ押し込んだ。

あの日の強い印象が俺にはあった。弟や妹が生まれてくるのを俺は見ていた。俺もああして生まれてきたのだと……疑う余地はいままでどこにもなかった。

「こだま号」が茶畑の中を疾走し、俺は涙が乾いているのを知った。もう東京は近くなっているのだ。謎が、考え抜いた末にパッと外れた「チエの輪《わ》」のようにひとつひとつ解けていくのがわかった。従兄《いとこ》の隆は俺の実兄だったのだ。隆の父が俺の父、隆の母が俺の母……ひとつひとつ確かめながら俺はまったく実感のともなわない事実を俺自身に言い聞かせていた。

後悔の念がどっと襲ってきたのは、俺のオヤジが養父、俺のお袋が養母ということを俺にゆっくり言い聞かせたときだった。俺は何か取り返しのつかない過ちをくり返しながら今日まで生きてきたのではないかという、ひどく苦《にが》い思いだった。

オヤジの生き方を憎み、不満を抱きつづけ、ついにはお袋まで殴ってしまった。さらに隆の家に常に憧れ、それをオヤジやお袋にも伝えつづけた。オヤジがお袋の頬を張り飛ばしたのも、俺が隆と同じだけのお年玉をもらえたのも、「謎」のように見えていた「謎ではない謎」だった。そしてとりわけいちばん衝撃を受けたのは、隆の家の風呂場で垣間見た「隆の母」の豊満な乳房だった。あれは「隆の母」の乳房ではなく「俺の母」の乳房だったのだ。そしてそれは、まだいちども貪《むさぼ》りついた覚えのない乳房だった。

俺はすべての謎が瓦解《がかい》していく心の中の音を聴いていた。そしてその音には、竹井のおばあちゃんの「隆さんとだけはホンマに仲良うしとくれやっしゃ。おばあちゃん、それだけは命かけて頼んどきまっせ」という声が何度も重なって響いてきた。

やっぱり竹井のおばあちゃんは、お袋が俺に言ったように「要《い》らんこと言《い》い」のおばあちゃんだった。

19

江の島行きの小田急ロマンスカーは先頭車輛のいちばん前の席が最高だ。一本か二本待てば、その席は確保することができる。俺とパセリとユタカは、その「最高の席」を陣取っていた。

車輛の先頭部分は全面強化ガラス張りで、新宿から郊外へ抜けると緑の木々が左右に切り裂かれるように流れ去ってゆく。緑の中を突き進む風になれるのだった。

隣のシートでユタカの好きな「よっちゃんのす漬いか」を食べつづけているパセリが俺

に訊く。

「パパぁ、どうして私にパセリって変な名前つけたの？」

「そうそう、ヘンな名前、ちょっと恥ずかしいよ。お姉ちゃんの名前は？　って聞かれたとき、パセリ……だもん」

ユタカも口の端からす漬いかを食《は》みださせてかぶせて訊く。

たいした意味はなかった。ただなんとなくいいなと思ってつけた名前だった。でもなんとなくと言うとパセリは傷つくかもしれない、と思った。何か言ってやりたかった。

「パセリは自分の名前気に入ってる？」俺は訊いた。

「うーん、パセリって、ステーキとか、サンドイッチとかのはじっこについてるチリチリの葉っぱでしょ。あまりおいしくないやつ。苦いし。あれ見るたびに、私ってコレ？　ってちょっと嫌になっちゃう。なんか、あってもなくても別にどうってことないような……なんかお添えものって感じ……イジケそうになるよ。友だちにだって『チェッ！　パセリのクセにパセリ、パセリ』って言われるときあるし……」

どうやらパセリはいまひとつ気に入っていない感じである。ここはひとつ、ちゃんと言っておいてやらねばならぬときか。

「パセリ、いまパセリが言ったけど、『なんかあってもなくても別にどうってことないような』って感じ。俺はそこが好きなんだよ」

「どうしてよ」

「パセリは和音って知ってる？　音楽の時間に習った？　『ドミソ』とか『レファラ』とか『ミソシ』とかいうの、三つの音を一ぺんに弾《ひ》いてブワァーて感じの……」

「あれ当てるの、もうひとつ苦手なのよね」

パセリは頭をかく。

「俺も苦手だった。大阪の家はピアノもなかったから音楽の時間いつも最後まで当てられなくて、よく立たされてた。フザケてると先生は思ったんだな。でもほんとうに聴き分けられなかった。いまじゃハッキリわかるけど……」

「それがどうしてパセリと関係あるのよ」

パセリがせっつく。

「ピアノの鍵盤で言うと、白鍵をひとつ飛びに指でいっぺんに押さえると和音になるんだけど、例えばドミソ。ドは主音の第一音、ミは和音のキャラクターを決める第三音、キャラクターというのは色あいっていうかな、淋しいとか明るいとかを決めるんだな。

そして最後のソ。これが実に絶妙で、実はあってもなくてもいいような第五音なんだよな。でもソの音がないと音がキッパリしすぎて何か物足りないし、つまらない感じがする。和音のキャラはミで決まってるからいいんだけれど、ソがないとなぜか落ち着いた感じが出てこない不思議な音なんだ。

じゃミだけを抜いて落ち着くかというと、落ち着かない。ドソだけでは音がファンファンして空中分解しちゃう。

だから俺はドミソのソが好きなんだ。いとおしいって言うかな。俺には和音のうちでいちばん必要な気がする音なんだ。そのソと同じなのがパセリなんだ。

お皿の料理の横に何気なく乗っているパセリ。でも、真っ赤なスパゲティでも、サンドイッチの白いパンでも、ハンバーグのこげ茶色でも、美味しいけどそれだけじゃつまんない。横にたったひとつの緑色、小さなパセリがあったほうが、やっぱりもっと美味しそうだろ」

「パセリなんて、つまんでポイッて捨てちゃうよ、いつも」

またユタカが意地の悪いことを言う。

「なんだか、もうひとつわからないけど、けっきょくドミソの和音のソなのね」

「ソーなんです!」ユタカがまた言う。

「ま、パパが気に入ってるってことなんだ。ソもパセリも……」

パセリはちょっとうれしそうな顔になって、また「よっちゃんのす漬いか」を一本口に入れた。

＊

K先生の別名はクジラ先生という。まあ巨匠ということなのだが、巨匠というより、やっぱりクジラのほうがピッタリくる。

作曲をしてもヒットするときはとてつもなく大きなヒットになる。そしていつも丸刈りに近い短髪で頭には大きな傷痕がある。ケンカだと思っているのが大方だが、実はボクシングをやっていたころの傷らしい。お酒は酒豪、ゴルフはシングルでプロとやっても勝つことがある。ピアノの弾き方は乱暴そのもの。漢字には必ずふりがなをつけないと大変なことになるので、クジラ先生に詞を渡す作詞家も心得ていなければならない。難しい漢字を使おうものならレコーディングが終わって卒倒することになる。


「酔えば尚更つらくなる……」と書いた作詞家が、レコーディング中、女の歌手が平気な顔で「酔えば小便つらくなる……」と歌っているのを聴いて寝込んだそうだ。

俺にもあった。夜中の三時ごろ、クジラ先生からの電話だった。

「お前よぉ、詞をつけるんならもっとマジメに書け、マジメに。一番と二番、字数がぜんぜん違うじゃねえか。しかもドアタマの一行め」

「ちょ、ちょっと待ってください」

俺は寝顔に水をかけられたように飛び起きて仕事部屋へ入って詞を見る。字数は合っている。

「先生、四・四・五で合ってますが……」

「馬鹿、二・四・五だろ」

「え？　漁火ちらちら　揺れている　でしょ？」

「何？　イサリビ？　ギョカじゃねえのか」

「ハイ……」

「イサリビって何か、あの舟でちらちら光ってる灯りのことか」

「ハイ……」

「あれ、イサリビっちゅうよな、なんだヘタに漢字で書くからわかんねえじゃないか。イサリビ、ちらちら……四・四か、チェッ、合ってるじゃないか、じゃ、いいよ、寝な」

かと思うと、「曲ができたから」と言われて江の島まで行くと、俺が書いた詞の半分でワンコーラスのメロディーが終わっている。そのメロディーで詞を書き直して三番まで書けと言われる。クジラ先生の家に二日間泊まって、泣きながら曲に当てはめなければならない。


不二家のキャラクターのポコちゃんに似ているボーイッシュな奥さんが、お茶を淹《い》れたり、ご飯をつくってくれる。先生はその間、二日でも三日でも家にいないことがある。三日めの夜中に突然先生が帰ってきて、「オイ、焼き肉食いに行こう」と言ってタクシーを呼ぶ。朝の三時である。江の島から一時間タクシーを飛ばして上野駅前の焼肉屋へ。朝八時にまた江の島へ帰る。車の中で先生が言う。

「いまラッシュアワーだけどよ。俺たちの車は反対に向かって走ってる。ラッキーだな」

先生はタクシーの中でキムチ臭いゲップをする。

江の島のクジラ先生のお宅は豪邸である。五十坪ほどのリビングルームにはグランドピアノが二台置いてある。そのピアノの上にパセリとユタカがリュックを肩からおろして乗せる。

「おいおい、そんなところにリュックを乗せるな」

あわてて俺が言うとクジラ先生はやさしく言う。

「いい、いい、どうせ月に一ぺんしか弾かないピアノだ。この上で寝て暮らしてもいいぞ」

「ハーイ、お年玉」奥さんのポコちゃんが微笑《わら》いながらパセリとユタカにお年玉袋を渡す。

「ゲッ！　一万円札だ」ユタカが袋をのぞいて大声を出す。先生のお母さんも出てくる。

「今日はおばあちゃんが二人を鎌倉に連れてってくれるって。鎌倉の大仏さん、見たことある？　ない？　それならちょうどいいわね。おばあちゃん、お願いしますね」

元ミスなんとかだったというポコちゃんは二人の運動靴をそろえながら言う。

パセリとユタカの姿がおばあちゃんと一緒に坂道を降りていって消えた。

俺がリビングに戻っていくと、クジラ先生はゴルフのパターの練習をしている。このリビングはロングパットの練習ができる。

「あんないい子がいるのによぉ、お前も馬鹿だよなァ。カアちゃん、逃げたんだって？」

先生はゴルフボールをコンコンと打ちながら言う。

「それでどうしてんだよ」

「弁当つくってます。朝メシも晩メシも……」

「ふーん」

「先生の半分もオンナなんかつくってないのに女房いなくなっちゃいました」

「馬鹿なこと言ってんじゃねェ」

「先生、オンナつくっても、逃げない女房にするにはどうすればいいんですか？」俺は訊く。

伝説がある。先生が旅先で気に入った女の子を見つける。女の子はそのままついて来て先生の家へ一緒に帰ってくる。そして十日ほどして、先生の奥さん、ポコちゃんは女の子にお土産まで持たせて帰す。俺は二度ほど現場に立ちあっているから……伝説ではない。

「ちょっとだけ、抑えるんだよ。ほんのちょっとだけ、抑えりゃいい。自分の気持ちをな」

「先生、抑えてるんですか？　ホントに？」

もし、「抑える」という言葉がソレを聞いたら「抑える」が気を悪くするでしょと言いたいのを、抑える。

でも先生、ホントに少しだけ抑えてるのかもしれない。そこが極意なのか……。

俺も少しずつ真顔が戻ってくる。

「ま、こういうときは、ゆっくりするんだ。ゆっくりな」

クジラ先生の顔も少し真顔になっている。

「ゆっくり……ですか？」

「そう、忙しいときほどゆっくりするんだ。うまくいかねえときほどゆっくりするんだよ。あわてるなってことだな。ゆっくり弁当つくるのもいいし、ゆっくり次のカアちゃん見つけるのもいい。

まあ、東京に帰ってもしょうがないだろうし、正月はここでゆっくりしたらいい」

俺は肩の力がゆるやかに抜けていくのがわかった。

「ゆっくり」か。なんて簡単で、なんて奥のある言葉なんだろうかと思う。

「歌なんてゆっくりしてたら、またそのうちに書けるようになる。だいいちまだお前なんかロクな歌書いてねえだろう。お前さんの書く詞なんてモンは、まだまだ『聞き歌』だろ。ひとりでジトッと聞いてりゃ、いい歌かもしれねえが、風呂場で鼻歌で歌って気持ちがよくなる歌なんて、お前さん、まだ一曲も書けちゃいない。『歌い歌』が書けるようになんなくちゃな」

先生はもう完全に真顔だ。

「人生ってやつは、本じゃねえんだ。人生を本にするやつはいるけど、本いくら読んでもたいした人生にゃならねえだろ。

まだまだお前さんの詞にはマグロみたいな立派な骨がねえな。タコみたいなもんだ。クニャクニャして、眼の前の岩に貼りついてるだけだ。本や言葉に貼りついてちゃダメだ。世の中ってのはでかい海よ。毎日毎日泳がなくちゃいけねえ。それも遠くまで泳ごうと思やぁ、マグロやブリみたいなしっかりした骨が要る」

俺はクジラ先生の顔をじっと見上げている。あだ名のクジラは、やっぱりでっかい骨のイメージからつけられたのだろうか。

「まあ、しばらくゆっくりするんだな」

先生はまたそう言って、二階へ上がっていった。俺は沁《し》みていた。先生のやさしさと大きさが沁みていた。

俺の頭の中にはいちご大福を持ってきたマッシュルームヘアーの女の子の顔が浮かんできていた。いや、待てよ。いちご大福を持ってきたときは、確かマッシュルームヘアーじゃなかった。ふつうの長い髪の毛をしていた。そうだ、地毛《じげ》でやって来たのだった。

そして、パセリがいままで俺の家へやって来た女たちに決して言わなかったことを、あのコが帰るときに言ったのを、ふっと思い出した。

「お姉ちゃん、また来てくれる？」

確かにパセリはそう言ったのだ。

あのコにまた、電話してみようと思った。

20

「モディ」という新宿での俺の源氏名をつけてくれたのは似顔絵描きのナカジマさんであった。俺はその名前を気に入っていた。

東京での大学生としての暮らしは、高校時代の大阪での想いを意識的に対極のものにしようとする毎日となるはずだった。

学校の裏門近くの学生下宿の三畳間に初めて寝っ転がったとき、窓から東京の空が見えた。いままで見たこともない青空だった。なんでこんなに青いんだ？　としばらく考えていた。そして気がついた。空ってやつは、いつも見るやつの心を映しているんだと……。

下宿に入って三日めの昼、俺は生まれて初めて救急車というものに乗せられていた。下宿の隣にある中華料理屋でチャーハンを食べていた。天井がまわり、足が天井を歩きはじめた。子供のころ熱が出たときにいつも経験したパターンだった。俺は食べかけの五目チャーハンの皿の上に顔を突っ伏していた。中華料理店のおカミさんは、俺の首筋の汗をぬぐい、顔に手を当ててから、すぐに電話で救急車を呼んだ。

高田馬場に近い神田川沿いの古い病院で緊急手術をした。急性盲腸炎だった。

翌朝ベッドの横にホルマリン漬けになった大きめのソーセージみたいな俺の盲腸があり、円《まる》い眼鏡をかけた老院長があらわれて言った。

「新入生だろ。入学盲腸。環境が変わってストレスからくるよくあるタイプだな。君だけじゃないよ、毎年二、三人はこの時期ここへ運ばれてくるから。ま、入学祝いみたいなもんだな」

俺はガラス瓶《ビン》に入った俺の盲腸をくれと頼んだ。

「ああ、いいぞ。それだけ立派なものだったら下宿に置いとけばいい魔除けになるぞ」

老院長はそう言って看護婦さんたちと笑った。

俺が新宿で一日のまるまるを暮らしはじめるようになるには半月もかからなかった。

大学の授業は高校の延長みたいで、専門科目が選べるのは二年経ってからということがわかり、一週間で完全に見切った。だいいち二年も「仕送り」という大阪の親からの呪縛をつづけたくもなかったし、一般教養科目なんていうヤワな授業はまっぴらだった。

下宿には七回生、八回生などと親の仕送りでノンビリ暮らしている先輩がゴロゴロいた。俺が風鈴を買ってきて、下宿の窓に吊るして寝っ転がっていると、突然、黙って部屋に入ってきて、ハサミでブチッと風鈴の紐を切り、「うるせえんだよ」と言って帰っていく八回生もいた。

一日も早く「仕送り」を断ってアルバイトでもなんでもいいから「大阪」と縁を切りたかった。俺は聴いてみたい専門科目の授業だけを聴きに行く「新入生モグリ学生」に徹することにしたのだった。

新宿の街は、まさに「不夜城」だった。

俺が新宿で初めて口をきいたのは似顔絵描きのナカジマさんだった。

汚れたベレー帽と酒好きがモロにわかる赤い鼻のナカジマさんは俺と出会った途端、

「描《か》いてきましょう。ハイ、描きましょう」

そう言っていきなり板を敷いた画用紙の上に木炭の短い棒で俺の顔のデッサンを始めた。

路上の似顔絵描きの、これが商売のやり方なのかもしれないと思いながら、俺はナカジマさんの素早いデッサンを見つめていた。

でき上がった似顔絵は個性的ではあったがまったく似ていなかった。

「ぜんぜん似てないよ」俺は言った。

「そうだよね」

ナカジマさんはいきなり画用紙をクシャクシャと丸めて足もとに捨てた。こんな商売ってあるのか。驚いた俺にナカジマさんが言う。

「今日はもう五人もお客がついたからね。もうアガリでいいんだ。お茶でもいこうよ、おごるからさ」

ナカジマさんに連れていかれたのは似顔絵描きたちが並んでいる歌舞伎町の入り口から一本入った裏の「ヴィレッジゲイト」というモダンジャズの店だった。

いちばん奥の席にはイーゼルと絵の具箱が置かれ、ナカジマさん専用の席らしかった。

ボーイが来て、ナカジマさんは、「いつものやつ、二セット」と言った。

運ばれてきたのはコーヒーとスパゲティナポリタンのセットだった。

「君の似顔絵は似てなかったけどね、ちょっとコレ、見てみる？」

ナカジマさんはそう言って毛糸で編まれた頭陀《ずだ》ブクロから一冊の本を出してページをめくりはじめた。本には「モディリアニ」というタイトルがついていた。

「ホラ、これ、君でしょ、うんと似てる。モディ二十《はたち》才のころの写真。うん、よく似てる。今日から君、新宿ではモディと名のりなさい。いいぞ、なんか今日はウレシイ」

「モディ」もたいして俺に似てるとは思えなかったが、三十五才の若さで夭折したモディリアニは悪くない。

夜の十二時をまわると似顔絵描きは仕事を終え、「ヴィレッジゲイト」に戻ってくる。それは集まると言うより、戻ってくるという感じだ。七、八人の似顔絵描きと、今日のお客さんだったという女の子も二人ぐらいはいつも合流する。

「この子、酒井和歌子そっくりだ。ホントは酒井和歌子さんでしょ。スッピンでお忍びの酒井和歌子さん」

その女の子は俺同様、今日からは「新宿の酒井和歌子さん」となるらしい。どうもナカジマさんという人には、そういう癖《へき》があるようだ。

深夜の「ヴィレッジゲイト」には色んな人が顔を出す。ナカジマさんは一人一人その人たちについて耳打ちしてくれる。オカマ暴力バーのオーナー、ホステス、音楽評論家、ホテルのフロントマン、連れ込みホテルの女オーナー、学生活動家、子供みたいな女を囲っている老舗の商店主、ベトナムへ向かう米兵専門の娼婦、一曲だけレコードを出してやめた歌手、なかには現役のヤクザも来る。

早朝近く少々貫禄《かんろく》を見せながら若いホステスを連れて、ひと眼でヤクザとわかる男が入ってきた。ナカジマさんが耳打ちをする。

「この辺を仕切っている親分。でも大丈夫。俺たちにはなんもしない。トモダチだから……」

この親分は歌舞伎町に十人近くはいる似顔絵描きからはショバ（場所代）を取らない。似顔絵描きなんかがいたほうが新宿らしい風情《ふぜい》があると常々言っている。ただロクマと呼ばれる「占い」の店からは上がりを取っているらしい。似顔絵描きよりは、はるかに売り上げのいいケースが多いからだ。

親分は、俺たち似顔絵描きのグループを振り向いてからボーイを呼んだ。

「オイ、似顔絵のセンセイたちに注文を取ってやれ、ホラ、なんでも頼みな。ハラ減るだろう。若いんだから。オ、ナカジマさんは年取ってるか」

ナカジマさんが代表として「スパゲティミートソースを全員いただきます」と言う。親分は今日は機嫌がいいらしい。

親分が帰ってからナカジマさんが言う。

「あの親分の仕切りになってからは俺たちからはショバやミカジメ（用心棒代）を取らなくなった。ま、俺たちは食うだけしか働かないって知ってるからな。世帯持ちでも貯金なんかしてるヤツはいないし、パプアニューギニアやアフリカのマダガスカル島の漁師なんて人たちだって、その日食えるだけの魚しか獲らない。つまり美しい民族なんよ。俺たちも新宿の美しい種族の一つってワケ」

ナカジマさんの言うことは説得力がありそうでなさそうで、いまひとつよくわからない。ただ自由さの中に身を置いている気はする。

「ヴィレッジゲイト」は朝六時になると俺たちを追い出すようにして閉店する。外に出ると少し寒い。ナカジマさんは薄いTシャツしか着ていない俺にオレンジ色と赤の入ったスカーフを巻きつける。

「ちょっと使ってるけど使いな。似合うぜ」

俺は初めてスカーフというものを首に巻いて夜明けの新宿を歩く。

俺の名は「モディ」。大学受験で露見した俺という真実の存在、どう変えようもないことに拘《こだわ》りつづけるほど、きっと人生なんてやつはそんなに長くはないだろう。そうに決まってる。

新宿の街はスカーフを巻いた俺のように、きっと新しい何かをくれるだろう。

俺は生まれ変われる。いや、生まれ変わったのに違いない。俺の名は「モディ」だ。

早朝喫茶が西武新宿線改札前のビルの上にある。トースト食べ放題というのがウリである。トーストには溶かしたバターが塗ってあり、バターの塩気が染み込んでいる。ボーイもナカジマさんのトモダチ。バスケットに山盛りのトーストを入れて三度もまわってくる。ナプキンにそのトーストを四、五枚入れて包み、みんなカバンにしまい込む。昼メシにするのだ。

腹が減っているときには、この時間は西口の食堂街、似顔絵描きたちがそう呼ぶ「エサ場」へ顔を出す。早朝から鯨カツ定食百円という看板をめざす。ナッパ服の労働者が多い中で、ベレー帽にイーゼルを持ち、派手なスカーフや、絵の具がたくさんついたシャツを着たりしている集団は目立つ。「コノー、チャラチャラした服着やがって！」といきなり頭をコヅかれることも多い。ナカジマさんはそんなとき、お愛想のつもりでその男の似顔絵を描きはじめたりする。やっぱり似ていないのでまた、殴られたりする。

朝十時になると集団は、「ヴィレッジゲイト」の前にあるツタが建物を覆うようにして生い茂っている名曲喫茶「スカラ座」へと向かう。レジには細く長く美しい指をした「おカマのピアニスト」がいて、二階へ上げてくれる。二階は昼の三時ごろから営業する同伴喫茶になっていて、暗い。クラシックを聴きながら俺たちは背もたれの高い椅子で猫のように丸くなって五時間の爆睡に入る。トイレは使わせてもらえるが、騒いだり物音をたてたりしないというのが営業時間外のエリアの黙認条件である。

ナカジマさんの話では、「おカマのピアニスト」はハナちゃんといい、ロシアでも有名になったほどのアーチストで、胸を病んでからはここ「スカラ座」のオーナーとなってレジに坐っているということだった。美しく長い指と彫りの深い上品な顔は、「吹雪の中のピアニスト」と呼ぶにふさわしい神々《こうごう》しさがあった。

「スカラ座」の二階で三時に叩き起こされ、似顔絵描きの仕事が始まる夜の七時ごろまでの時間が中途半端となる。ドヤ（宿）を持っている人は電車で家に帰り、何日ぶりかで服を着がえたり、女房に会ったりする。

独身中年のナカジマさんは銭湯に行くか映画を見るかで時間を過ごす。もちろん、銭湯の番台のおばちゃんも映画館のモギリの人も「ナカジマさんのトモダチ」である。

いつも持っている毛糸の頭陀ブクロには、タオルや石鹼、着がえなどのほか、もうヨレヨレになって印刷の字も薄れたコンドームまで入っているのだ。

ナカジマさんは一番風呂が好きだ。ノレンの上がるのを銭湯の前で坐って待つ。そして一番乗り。ノレンを手で払い、「セントウ（戦闘？）開始！」と言いながら番台のおばちゃんにお金代わりの敬礼をして入ってゆく。なかなかのヒトだ。

三ヵ月、「新宿のモディ」として二十四時間、ナカジマさんと親子のような暮らしをして、梅雨のジトジトした三畳間の下宿に帰った。玄関には大きな体重秤《ばかり》が置いてある。隣の銭湯から下宿人がもらい下げてきたものだという。体重を測ったら五キロも瘦《や》せていた。

商店街に行き、新しい吊るしの白い綿パンを穿いたらスルリと腰まで入った。三ヵ月、俺には似顔絵は描けないので、似顔絵描きの客引きをした。

「描《か》きましょう、ハイ、描いてきましょう、

お嬢さん、ハイ、そこの酒井和歌子みたいなお嬢さん、

描いてきましょう」

俺にはナカジマさんの口調がすっかりうつっていた。

仕送りはまるまる三ヵ月分、ハンコを渡していた管理人室のおじさんが現金書留のままあずかってくれていた。俺はその場で封を切り三ヵ月分の下宿代を払った。そして本箱を買いに行き、古本屋をまわって仕送り全部の金で古本を買い込んだ。

梅雨の雨は降りつづいていたが、俺の心は晴れあがっていた。

21

毎月十八日は「マグロの日」である。気のせいか朝からポン太にも落ち着きがない。猫といっても月日の感覚はあるのだろうか。十八日となるとこちらが忘れていてもポン太は朝からソワソワしている。

ユタカがポン太を拾ってきてから、ポン太にはちょっと値の張る「高齢猫用の缶詰」を食べさせていた。痩《や》せた野良なのでまず体力回復のためと、人サマのオカズ代をケチってでもポン太には張り込んでやらなきゃねというパセリの提案もあった。ポン太はガツガツと食った。最初は二缶ぐらいで一日はもったが、ポン太はもっともっととせがむようになった。

朝起きるとまだ暗いというのにポン太は俺の「出待ち」をしている。フスマを開けると足もとに前足を二本キチンとそろえて「おはようございます」の代わりに「ミャーオ」と鳴くのだ。これには朝イチで胸を打たれる。泣かされる。まるで江戸時代のサムライの新妻みたいだ。ポン太のツムジにはほんのりと椿油の香りすら漂っているような気もする。

俺はポン太の頭をなで、アゴの下をかいてやる。ポン太はゴロゴロと喉を鳴らし、眼を細める。

トイレに行く途中もポン太は俺の足に纏《まと》わりつく。ポン太はトイレと風呂場の水音に敏感だ。小便をしている間にも俺の足に肩や頭をこすりつけてスリスリする。

急いで缶詰を開ける。ほんとうはお茶の一杯も飲んでからという気持ちなのだが、ポン太の「スリスリ攻撃」にはかなわない。だいたい俺は猫ってヤツが大嫌いだったのだと思い出す。勝手で、無愛想で、抱いてもすぐに暴れてすり抜けていく。犬の忠実さ（人の気持ちを理解し、飼い主に服従を誓っている濡れた眼つき）と正反対の苛《いら》だちをいつも覚えるからだった。

缶詰をガツガツと食うポン太を見ていると、俺はポン太の作戦にハマッていると思う。ポン太が一日二缶の猫から一日五缶の猫にまで出世するのに一ヵ月もかからなかったからだ。

しかしポン太は缶詰を食べ終わり水を飲み終わると、いつものゴムの木の鉢植えの陰に入ってゴロリと後ろ足を折り横になる。名前を呼んでも、チラリと一瞥《いちべつ》をくれるだけで、ミャーでもニャーでもなく、爆睡の体勢に入る。なんだその薄情さは。俺は偽りの恋の証文を何十枚も出す遊女に身代をつぎ込んでいる大店《おおだな》のバカ息子みたいな気になる。缶詰だって、どんどんレベルアップしているというのに、その態度はなんだ……。

だが、ポン太はやがて缶詰をまったく食べなくなった。俺はうろたえた。ペットショップのお兄さんに聞きに行くと、簡単に「飽きたんでしょ。猫は飽きるから。それに缶詰ってのはだいたいオヤツですよ。人間だってオヤツばかりじゃ、やっぱりね」と言って俺に「カリカリ」と呼ばれるキャットフードの大袋を手渡した。

ポン太の食欲は復活した。一週間ほどは食いに食った。だが、また、見向きもしなくなった。俺はまたペットショップに走る。こんどは五種類が入った「カリカリ」の袋を持たされた。ひと袋ずつ、カツオ味、マグロ味、スズキ味、ヒラメ味、タラ味などと書かれている。袋を開けた途端にポン太が袋ごと食いつきそうになったのはタラ味とマグロ味だった。ほかの三種類は鼻をクンといわせただけで見向きもしない。こういうのを「猫またぎ」というのだろう。猫もまたいでとおるか……悲しくなる。またムダな金を使った。

ある夜、ガサゴソという物音に振り向いた。ポン太がタラ味とマグロ味の「カリカリ」が入った袋を食い破っている。浅ましいヤツだ。猫といえども堪忍袋の緒が切れた。ポン太の頭をベチッと叩いた。ポン太は怨《うら》めしげな顔をして俺を見た。ミャオ！　怒りの声である。俺は皿の上に「カリカリ」を少しずつ出してやった。ポン太はそれでもガツガツと食べた。

見下げ果てたヤツだ。ちゃんと食わせてやってるだろう。お前には礼節やプライドというものがないのか。図に乗りやがって。また野良に戻すぞ。やはり野に置けレンゲ草《そう》って諺《ことわざ》だってあるんだ。調子に乗るんじゃない！

翌朝、俺がフスマを開けたとき、あの毎朝のポン太の「新妻のような出待ち」はなかった。ゴムの木の鉢植えの陰に身をひそめている。こちらを見ようともしない。眼を閉じたままだ。さすがに俺の怒りが伝わったのだ。そうだ。猫の場合ワガママもある程度までは微笑みを誘うものだ。だが限度を過ぎるとたしなめられたり、ときには罰を負うものだ。ポン太もさすがに反省ということを知っているらしい。そう、反省して謙虚にして、今日からイチから出直すのだ。野良から家族の一員にしてもらったからにはそれなりの……。

洗面所の灯りをつけ、俺が歯ブラシを口に咥《くわ》えたとき、何かのニオイが俺の鼻腔を一瞬、刺激した。

俺は下を見た。洗面台の白く丸い陶器の底には、金色の大きなカリントウみたいなものがあった。ユタカ級《クラス》のポン太の大糞《オオグソ》だった。

グェッ‼　俺の口からは歯ブラシが勢いよく飛び出した。

＊

「猫って復讐するもんなのかなァ」

俺はパセリに訊《き》く。

「猫はオンナで、犬はオトコって言うもんね。猫のほうが執念深いっていうか、復讐なんて軽くするかもね」

パセリは台所で洗い物をしながら、こちらを振り向きもせず軽く言う。

「ホラ、化け猫ってのもオンナじゃないの。映画で見たけど、アンドンに影が映って、油をペロペロなめてるっての。たしか先っぽのとがったカンザシもあったわよ。パパも気をつけたほうがいいわよ」

なんだ。その気をつけたほうがいいってヤツは。お前は鍋島藩のまわし者か。

確かにポン太をユタカが拾ってきてから、俺は猫というものと初めてじっくり向き合った気がする。それでわかったのは、猫と女にはハッキリと独特な習性というものがあるということだった。

ポン太は水音に敏感だ。風呂のフタを俺が開けると同時に風呂場へ飛んできて、半分開けずに残しているフタの上へ飛び乗る。俺が湯に入ると、フタの上に仁王立ちして俺の頭の上からポン太は俺を真っ正面に見下ろす。このときのポン太は眼の光が違《ちが》う。ライオンや豹《ひょう》といった猛獣の眼の輝きを放っている。そして眼を外《そ》らさない。じっと俺の眼を見ている。ふだん眼を合わせようとしないポン太なのに、この俺より視線が上のときだけ眼に強い光がある。ディズニーのマンガ映画で見た猫に見下ろされるネズミのような気持ちになる。

そういえばこんな女もいた。廊下や部屋を歩くとき、まったく足音をたてないのだ。そして夜中や朝に俺が眼を覚ますと、きまって顔の上からじっと俺の眼を見ている女だった。

ポン太はテレビで鳥の声がすると反応する。顔はチラッと画面のほうを見ているだけだが、鳥の声に合わせて耳がピクッピクッと動く。

そういえばテレビの声、司会者やタレントの話に、いちいち「ウンウン」と声を出し、顔を上下に動かしてうなずく女がいた。最初は変わったヤツだくらいに思っていたが、そのうち気になりはじめて、うなずかないように頭を押さえてやった。

猫の場合は言葉をしゃべらないから理解不能な分だけこちらにあきらめもつくし、かわいいと思う。しかし人間の場合は言葉がしゃべれる分だけ、いつも厄介なことになる。最初は変わったクセや仕草が、それがかわいかったのに、いったん気になりはじめると、それが嫌《いや》になり、やがてはそれが耐えられなくなり、逆に憎むようになってしまうことがある。あれほどいとおしかった仕草やクセが、同じであるのに耐えられなくなるのである。

猫はかわいいままで、不思議だ。

そうだ。毎月十八日は「マグロの日」である。といっても近所の商店街の「魚金」がノボリを立てる特売日だ。赤身のブツの切り落としが山盛りでタダのような値段である。

ポン太の食欲が落ちたとき、マグロの赤身を手で持って食べさせてみたら、パクパク、モグモグと食べはじめた。俺の皿から半分も食べた。

「魚金」のオヤジに頼んで、月一回は「マグロの日」にして、赤身のブツを目玉として安売りしてもらうようにした。これが当たって魚金は繁盛している。「マグロの日」が十八日になったのはポン太をユタカが拾ってきた日だからだ。

猫にも月日の感覚があるようだ。十八日になるとポン太は朝からソワソワしはじめるのだ。

22

「桑の実をそんなに食べると腹《はら》ヤメるよ」

ベニヤ板でつくった大きなカンオケを背中に負った俺たちに、真っ黒に陽焼けした女の子が小さな妹の手を引きながら笑って言う。

腹ヤメるというのはたぶん「腹病《や》める」、お腹《なか》を壊《こわ》すということだろう。こんな岩手の山の中で子供は古語《こご》を使うのかと驚いた。

背中に負ったベニヤ板のカンオケの中には、俺たちがつくってきた人形劇のための人形たちがびっしりと詰められている。人形をしまうとき、先輩たちが「カンオケ」とその箱を名づけた意味がわかる。

盛岡から宮古へ行き、バスに乗り、終点から四キロほどの山道を登った行き止まりに集落がある。俺たちはそこで二週間、小学校の分校に泊まって子供たちに人形劇や影絵劇を見せる。子供たちは十八人。上の姓はみんな同じなので、早いうちに全員の下のほうの名前を覚えなければならない。

もう夏休みに入った子供たちは朝まだ暗いうちから分校の窓枠に並んで坐って俺たち学生を見下ろしている。

「あ、やっと起きた。ほら動いてる」

「あの人は去年も来た人だ」

「女の人でも起きてからお化粧をする人とせん人がおる」と喧《やかま》しい。


人形劇サークルに入ろうと思ったのは、新宿での暮らしをつづけたあと、買ってきた古本を二週間かけて読んでからだった。

俺は突然、体が使いたくて仕方がなくなった。

学生会館の屋上で、胴にプラスチックのパイプをつけた人形を動かして人形劇の練習をしている一団がいた。

「あのう、僕も人形劇、やってみたいんですけど……」

俺がそう言うと、上級生らしい丸刈りの少年っぽい人が俺にポンと人形を渡して言った。

「入部おめでとう」

俺はその日から児童文化研究会というサークルの一員となったのだった。

子供たちに人形劇を見せるのは夕食後である。昼間ではライトの中から人形が浮かび上がらない。影絵劇ではさらに暗さが要る。

だから早朝から俺たちは子供たちと遊ぶ。昼メシには、木の枝に小麦粉と砂糖を練り込んだものを巻きつけて薪《たきぎ》の炎の中へ入れて焼いて食う。子供たちは色いろなかたちにして焼く。食べると意外にうまいものだ。ツイスト焼きと俺たちは名づけていた。

昼過ぎからは子供たちに連れられて分校の裏にある川で魚を獲る。手が切れそうなくらい冷たい水に子供たちは岩の上から飛び込む。パンツ一丁である。道具は何も要らない。魚はすべて手摑《づか》みだ。聞くと岩の間に手を突っ込んで獲ると言う。大きなウグイを両手に持って岸に上がってくる。見るとすべてのウグイの片眼がない。岩の間にいる魚の眼を指で一瞬にして抉《えぐ》ると魚の動きが止まり、簡単に摑めると言う。とても真似のできることではない。腰が引けている俺たちを見て子供たちは喜ぶ。

分校にはオトコ先生とオナゴ先生がいる。夫婦で教師として分校の別棟に住んでいる。二人とも四十才になるかならないくらいで、俺たちが子供たちと遊ぶのをいつもニコニコして見ている。子供たちと俺たちが多少乱暴にふざけ合っていても、「ケガをしないように」と言うだけだ。もう何年もつづけていることなので、どうやら俺たちへの信用もあるらしかった。

子供たちに人形劇を見せたあと、オナゴ先生がお風呂をどうぞと言ってきた。分校の片隅にある風呂場は思ったより清潔なタイル張りで、湯舟は大人が五、六人入れるくらいはある。

俺たちが風呂に入っていると子供たちがのぞきに来た。入ってもいいか？　と訊《き》く。いいよと大きな声で返事をすると、子供たちとそのお母さんまで入ってきた。俺たちはあわてて洗い場から湯舟の中に飛び込んだ。つづけてオナゴ先生までが入ってきた。あとで子供たちに聞いたら、集落には風呂がなく、大人も子供も男も女も分校の風呂を使うのだと言う。初めの日は俺たちは窓のほうを向いたまま湯舟から出られず、すっかりノボセてしまったが、やがて風呂にも慣れてしまった。サークルの女の人たちは俺たちに見張りを頼んで貸し切りで入るようにしていた。無理もないことだった。

俺は人形劇のサークルに入って、ひたすらに、ひたすらに、ひたむきに体を使っていた。人形づくり、台本書き、舞台づくり、人形を入れるカンオケづくり……具体的な作業と呼べるものが山ほどあった。何も考えずに、ただ体だけを動かす。何かに没頭することは、いつの間にか胸の中にできたわけのわからないクレバスを少しずつ埋めていくような気がしていた。大阪のことも、養父、養母、実の父、実の母、そして隆たちの顔や声も、このクレバスを埋めてしまえば少しずつ消えてゆくに違いない。過去は過去、事実は事実なのだ。俺の甘えは、きっといまさら始まったことではないのだから。もっともっと強くなりたい。もっと俺を鍛えたい。俺は分校の十八人の子供たちと力いっぱい遊んでいた。

まる二日かかってやっと名前をみんな覚えた子供たちとも最後の夜になった。昼過ぎから集めた倒木を組み上げてキャンプファイヤーをした。

♪サバンナ野原の真ん中に「コロケッチョ王国」
　つくるのさ
ワシのつくったこの種で動物たちがはえてくる
グワァラン　グワァラン　太陽も
ワシの門出を祝ってる……♪

真っ赤な火柱が上がる中で子供たちは、サークルの先輩たちがこの分校で歌いつづけてきた「太陽の芽」という歌を大声で歌った。
出稼ぎに行ったまま帰ってこない父を持つ子がいる。洟《はな》を垂らしたまま眠りこけている赤ん坊を背中に負ったままの女の子もいる。

両親の離婚でこの村のおじいちゃん、おばあちゃんに育てられている子がいる。魚獲りの上手な子、毎日俺たちへ真っ黒に熟した桑の実を持ってきてくれる子がいる。

たった二週間、朝から晩まで一緒に過ごしただけで、こんなにも気持ちが通い合うものだろうか。

キャンプファイヤーの火がゆっくりと消えてゆくにしたがって、分校のまわりの闇が濃くなっていく。やがて空には満天の星が輝いているのがわかった。

「ねえ、また、来年も来る？」

桑の実をたくさん食べると腹が病《や》めるよと教えてくれた女の子が、ひとりでシーソーに乗って星空を見上げていた俺に囁《ささや》くような声で訊いてきた。

「ああ、来るよ、……たぶんね」

「たぶんは嫌じゃ。たぶんはたいがい嘘じゃ。せんないもんじゃ。来年もきっと来るよね」

「うん、来る」

二人は指きりをした。女の子がせがんだのだった。

「星がきれいだなぁ」俺は言った。

「わしは見えん」

俺はしまったと思った。女の子は眼が悪かったのを、俺はすっかり忘れていた。眼病の女の子の左の瞳には白い星があった。

「ごめんよ」俺は謝った。

「なんも」

女の子はシーソーの向こう側の小さな椅子に坐った。俺はシーソーをこいだ。

「わしは空の星は見えん。見えんけど夢では見る。きれいによう見える」女の子は言った。

俺はシーソーをこぎつづけた。

そうか、ほんとうにきれいな星はきっと空になんかないんだ。夢や心の中に輝くほんとうの美しい星空を俺は見たことがあるのだろうかと思った。俺は女の子を何度も星に近づけてやろうと、いつまでも夜のシーソーをこぎつづけた。

23

どうして男はあと片づけというのが基本的にできないのだろう。俺だけなんだろうかと考える。弁当や食事をつくることは比較的できる。楽しいと思うときすらある。しかしあと片づけとなると、つくっているときの半分も意欲というものが湧いてこないのだ。

ある夜のことだった。台所には皿や茶碗が山のように積まれてあった。俺は疲れていて子供たちが寝てから洗おうと思った。子供たちと一緒にテレビを見ているうちに眠ってしまったらしく、起きたときにはもう子供たちは二階へ上がったあとだった。

俺は仕方なく台所に行って皿を洗いはじめた。やっと全部洗い終わり、リビングのソファーに戻って寝っ転がった。そしてまた、いつの間にか、そのまま眠り込んでしまった。夜中に眼が覚めた。風邪をひくといけないと思って寝室に行こうとして台所の横をとおった。ふと見ると台所には俺が洗ったはずの食器が汚れたまま、そのままだった。夢だったのだ。俺が洗ったと思っていたのが夢だったのだ。そういえば俺が洗っている間、俺の背中を俺が見ていた気がする。

俺はまた仕方なく食器を洗いはじめた。夢の中の食器洗いよりもっと時間がかかった。すべて洗い終わって俺はリビングに戻り、また、ソファーで眠ってしまった。今夜はもうこのまま、ここで寝てしまおうと思った。

そしてどれぐらい眠ったのだろうか。俺はまた夜中に眼を覚ました。夢から醒めて洗い直したことが、また夢だったのだ。

なんと台所には、まだ食器が洗っていないまま積まれてあった。夢から醒めて洗い直し

向いていないというのは、こういうことなのかもしれない。翌朝、この話をパセリとユタカにした。その夜からだった。食事が終わってしばらくすると台所には初めて食器を洗っているパセリの後ろ姿が見えた。右肩がちょっと下がって長い髪の毛の先がリズミカル

に揺れ動いている。女房《アイツ》に怖いほどそっくりだった。

マサカ、女房《アイツ》が子供を置いてまで俺から離れていくなんてことは考えてもみなかった。迂闊《うかつ》といえば迂闊だった。世の中の言葉で言えば思いあがっていたバカということになるのだろう。結婚式すらも仲間うちのパーティだけ、それも会費制だった。

俺はソノオ、いわゆる「結婚式」ってやつがどうしてもできない。だいたい神前であろうがキリストの前であろうが「誓いの言葉」というのを読みあげたくないのだ。誓ったってどうせ守りっこないし、守らないのならウソを堂々とつかねばならないのが嫌だ。仲人の言葉も嘘八百だし、友人代表も参列している親セキの手前、ある程度しか正直なことも言えない。つまり実体がないどころか、犯罪そのものだと思っている。

まあ、たまには「誓いの言葉」どおりに生きてしまうヤツらもいるだろうが、つき合いたくもない連中だろう。

女房《アイツ》のときも、だから結婚式は拒んだ。しかし泣き落とされてパーティを会費制でやった。ひとり娘だから親にウェディングドレス姿だけは見せたい、それが夢だった、と言われては仕方がなかった。

歌が売れてからは家の近くに仕事場を持った。寝る時間もなく遊びまくり、家にも週に一、二度しか帰らなくなった。

家には金を入れているし、いいだろうという気があった。女と関係ができるたびに、またこの女で一、二曲は歌がつくれるはずだ、それも鮮やかな歌が……と思っていた。

もちろん人間と人間だから地獄もやってくる。ヘタな女に手を出してヤクザに追っかけられたりも覚悟の上だったし、歌なんてものは男と女の地獄をくぐり抜けるたびにナントカ出てくるものだと思っていた。

朝から夕方まで外にも出ないで机の上で書ける歌なんて一つもないのだと。

そもそも夕方には家に帰ってビールを飲んで、子供たちと会話をして、週に一、二度、子供たちが眠ってからネズミのようなセックスをするなんてところから出てくる歌なんてものは、いったいどんな歌なんだろう。

女房《アイツ》との最後の夜、俺に投げつけられ、木の椅子に鋭く突き刺さっていたグラスの欠片《かけら》、それは抜きようのない俺の業《ごう》の牙のように冷たく煌《ひか》っていたものだった。俺はあのとき、女房《アイツ》の蒼白な顔を見ながら思った。もうこんな当たり前の女に用はない……と。

眠りもしないで遊び、酒を飲み、女を抱き、そして歌を書いた。ギャンブルも、女と旅に出て一週間はやりつづけた。

指輪が欲しいという女がいて、そのために三度も家から伊豆の宿近くの銀行へ金を振り込ませた。

当然のように金はなくなった。それでも収入が尻上がりのときはよかった。いったんヒット曲が途切れ下り坂になると、地獄が待っているのだった。

家を売り、ローンを精算して賃貸の家に移ったところで、せいぜいが延滞している税金に追いつくかどうかというところまで来ていた。

すべては俺の目茶苦茶な濫費《らんぴ》のツケがまわっただけの話だった。自業自得、因果応報、金の切れ目が縁の切れ目、世の中にはうまい言葉がある。まったくそのとおりだ。

俺は女房《アイツ》と一緒になって以来、ほとんど銀行の預金通帳というものを見たことがなかった。女房《アイツ》が出ていったとき、机の上に置いてあった通帳の残額は二万円だった。離婚後、俺の実家や音楽出版社に、何回か借り入れに行っていたことがわかった。きっと俺に言わずに俺の濫費を女房《アイツ》が埋めていたのだろう。


「ねえ、パパ。ウチってマルビなの？」

夕食のとき、ユタカが俺に言った。貧乏のことを「マルビ」というのが流行っていた。

「そうそう、マルビ、マルビ。大マルビ」俺は笑いながら答えた。

「やっぱりマルビなんだ。パセリがウチはほんとうはマルビなんだって言ってたもん。やーい、マルビ、マルビ。ウチはマルビ！」

パセリは囃《はや》したてるユタカを見てバツの悪そうな顔をしている。

そうか、やっぱり子供たちも感じているのだと思う。そうは言っても、まだ電気や水道が止まったり、サラ金に追われることもない状態ではある。

このまま何年かおとなしくしていれば、なんとか借金や赤字の税金も少しずつは埋まっていくことだろう。減ってはきているが、まだその設計が立つぐらいの印税も来ている。

印税といっても、レコードの売り上げに応じて来るもの、放送などで使われたもの、カラオケや楽譜によるものなどがある。それぞれが三ヵ月に一回の割りで送られてくるが、まったく金の入らない月が年に四回ある。その四回というのが正月でモノ入りの一月、入学や進学時期の四月、夏休み前の七月、紅葉の秋の行楽時期である十一月だ。決まってお金の要るときだ。貯えどころか自転車操業マル出しの暮らしにはコタエる。

子供たちも憎たらしいぐらいに敏感で、これらの月にはメシどきに、

「最近オカズの質って落ちてない？」

とか、パセリがひとりごとっぽく言ったりする。

七月や十一月というのは、お中元やお歳暮の時期でもあるが、当然これらは、もらう専門となる。電話や手紙で力いっぱいのお礼を言い、家じゅうで力いっぱい食べ尽くす。ヒットを出したときには年の暮れに新巻きジャケの大きいのを一本くれるレコード会社でも、気がつけば同じ一本でもカレンダー一本に変わるから油断ならない。

「これでしばらく食いつなげます。ほんとうに命の恩人です」などと電話で言っても、向こうはまさかと思っているから大笑いする。マジなこちらは冷たい汗が流れる。

この世界では「いちばん忙しいヤツに仕事を頼め」という鉄則がある。なるほどと思う。

寝るヒマもないくらい忙しいときには、確かに注文も次から次と来たし、いいモノが生まれつづけた。最後には乾いたタオルをまだしぼって水を出そうとしているような気になるのだが、そこからでも、まだ歌が書けるのだった。まあ、行列のできている店と同じなのかもしれなかった。

ところが、いったんカラスがカアと鳴くと、アッという間に仕事はほかの人へまわってゆく。A面で発売決定と言われていたのが、レコードが出てみるとB面にまわされていたりもする。

「カアちゃんが逃げて、子供の弁当づくりが忙しいらしくて、仕事なんかできるかって断りやがった」などという噂はアッという間に広がって、ついには閑古鳥が鳴くのは、行列のできる店でもアッという間にツブレるのがあるのと同じだ。

ノレンというものは俺たちの世界にはない。常に新製品で勝負なのだ。

いまの状態から這い上がってゆくのに何年かかるかわからない。ひょっとしたら、もう再浮上の場面はめぐってこないのかもしれぬ。

勤め人でもないのだから、老後への年金などはどこからも天引きされない。毎月どこへ払い込みに行けばいいのかもわからないし、現実、いまでは払い込む余裕すらない。老後の野垂れ死にという確率は相当ある。「年金手帳」というものがあるらしいが、一度も見たことがないのである。バカはバカなりの結末となるのが、この世のナラワシなのだろう。

イソップ童話のアリとキリギリスの話のマンマだ。

ふと気づく。女房《アイツ》が子供たちを置いてゆく決断をしたのは、それがいちばんの「バカにつける薬」だったからかもしれないと……。

家計が苦しいのを俺にいくら言ったところで、あのころの俺には聞く耳がなかった。あの時点で、もし女房《アイツ》が子供たちを連れて出ていったところで、俺の暮らしっぷりが変わるはずもないし、すべてが滅びてしまうと……。

自分の腹を痛めた子供を置いてゆくことなど、どれほどつらいことかくらいは俺にでもわかる。サルでもわかるだろう。でもそれが唯一、最良の選択肢だったのかと……。

しかし、と思う。たとえそうだったとしても、俺が子供をこの家計の状態で育てきるほどの男かどうかの見極めはどうだったのだろうか。俺が朝五時から弁当づくりをする男だとほんとうに信じられたのだろうか。それとも、そうさせるべきだと思ったのだろうか。

もしそう思って家を出ていったのだとしたら、たいしたものだと思う。俺より何枚も上手《うわて》の人生の役者である。俺は読まれていたというのだろうか？　俺は所詮、女房《アイツ》というひとりの女の手のひらの中で喚《わめ》き散らし、威張り散らしていた、ライオンどころか、ミノムシの如き小物だったというのだろうか。たぶん、そんなところだろう。

「ねえ、うちがマルビだったら、食べ物がなくなって死んじゃう？」ユタカが訊く。

「大丈夫。ウチにある最後の食べ物がパン一個だったら、俺は食わずにお前たちに半分ずつ食わしてやる」

「へえー、ほんとかなあ」パセリが三白眼《さんぱくがん》をして言う。

「ぜったいにウソだね。パパひとりで食べちゃう」ユタカがかぶせるように言う。

「お前たち、俺のこと、そんなに信じられない？」

「ちょっとはね」パセリが言う。

「ゼーンゼン、信じられなァーい」ユタカがフォークとナイフをカチカチと合わせて、うれしそうに言う。

「そうか、そんなに信じられないのか。

ヨシ、もうわかった！　こうしてやる‼」

そう言って俺はパセリとユタカの半分ほど残っていたハンバーグに手を伸ばし、間髪を入れずに両手で自分の口へ押し込んだ。

「ワァー‼」二人は叫んだ。次の瞬間、俺の顔は二人のパンチと飛び蹴りにあっていた。

＊

「弱り目に祟《たた》り目」といううまい言葉がある。日常に突然入り込んでくる不協和音。

パセリとユタカという二人の子供とだけ向き合って生きてみるかとハラをくったにも

かかわらず、世の中はそうはさせてくれないようだった。

「パパ、ケーサツの人だって……」

玄関のチャイムに出たパセリが少し心配そうな顔をしてやって来た。パセリが心配しているときの顔は、なぜか少し笑っているようになる。俺もそうなるらしい。

「私、こういう者です」

出された手帳には北陸のほうの警察官であることが記されていた。

「お忙しいところ恐縮です。実は……」

その刑事さんが話しはじめたのは、ビックリするような内容だった。

北陸のテレビ局の深夜番組で、ソコソコ人気の「カラオケ大会」のようなものがあって、そこで審査員として二年間も俺の名前で出演していた男がいる。刑事さんが出した写真を見ると、スポーツ刈りの男で、なるほど、ちょっと前の俺に似てなくもない。

「それで、この番組はまだつづいているんですか？」俺は刑事さんに訊く。

「まだやってます。でも、あなたのニセモノはもう出てません。行方不明です」

「ということは？……」

男はシャベリも達者だったらしい。今年の「正月スペシャル特番」で、そのテレビ局の社長と対談する一時間番組もこなしていた。

それくらいなら、まだよかった。よかったというのもナンだが、俺がガマン笑いをすれば実害はさほどなかった。

しかし、その男はスゴ腕だった。その「社長との正月スペシャル特番」のビデオで信用させ、絹織物屋さんから、なんと一億円相当の反物をだまし取った。いわゆる取り込み詐欺である。こうなると刑事さんの登場はやむを得ない。話を聞いていると大胆というか、思わず笑ってしまうようなニセモノぶりである。

まず俺の書いた歌の名をすべて知っている。そういえば二年ほど前、聞いたこともないプロダクションの名を使って、俺のプロフィールと作品名をFAXしてくれという電話があった。FAXしたが、そのプロダクションは実在せず、キツネにつままれたようなことがあった。たぶんそれだろう。

そして名刺、色紙に書かれたサイン。なんと俺が見てもわからないほど、ソックリである。右肩上がりの字体、くずし方もしっかり真似ている。きっと俺が地方へ行ったとき、どこかで関係者の誰かに渡したものだろう。

たった一つ違うところ、それはニセモノさんが語っていたという「オレの暮らしぶり」である。

オレは南の島に別荘を三つも持っているらしい。一つはモルジブの白い砂浜に面し、ガラス張りの床の下には熱帯の美しい魚が泳いでいるのが見える。あと二つはハワイとタヒチで、いずれも、思い立ったら当日でもファーストクラスで飛んでいけるそうだ。ワインもフランスのボルドーにオレのブドウ園があり、もちろんラベルにはオレの名前。年間五百本のワインは、日本のグルメのトップの間でも評判の優れものだ。

「すごい暮らしですなぁ」俺は刑事さんを見てタメ息をつく。

「なかなかのものですよ、奴は」

家のローンもいっぱいいっぱいで、その売却を考えながらイモ焼酎をお湯でキッチリ七倍に薄めてチビチビ飲んでるホンモノには、目の玉が飛び出るような、リッチな暮らしぶりである。

とりあえず「被害届」を出さなければいけないらしい。その詐欺を働いたのは俺ではない、ニセモノだという証明を、被害者に対してしなければいけないのだ。ただでさえ子育てで忙しいのに、迷惑な話である。

「ニセモノが出たんだって？」

刑事さんが帰ったあとで、パセリが訊きにくる。

「パパって有名なんだ」

「バカ。有名じゃないからニセモノが出るんだ。タレントさんみたいに顔が売れてないから、ニセモノ君も実にやりやすい。二年間だぞ。二年も毎週テレビに出てて、誰も疑わない。本人もまったく知らない」

「すげえ無名じゃん」

パセリも言うことが極端だ。少しムッとする。

それにしても詐欺師という奴は実に鋭いところを突いてくる。俺たちは歌づくりの社会の、あくまで裏方である。歌は売れたとしても、その題名と歌手の名前だけが覚えられる。とくにシンガーソングライターが主流となってきてからは、歌ってる本人がつくった歌と思い込んでいる人が多いし、実際、本人が作詞作曲をしているケースがほとんどだ。そこでニセモノの名刺が効き目を発揮する。

カラオケでは歌が始まる前、画面に小さく作詞、作曲者の名前が出る。名刺を見て一般の人は「へぇ〜」と信用してしまうのだ。

ニセモノ君は明らかにホンモノよりすごい暮らしをし、すごい夢を持ち、楽しんでいる……ようだ。

名古屋に出たニセモノは高級クラブでレミーという高級ブランデーを三本飲み、一緒に来た二人の連れとともに店の女の子まで持ち帰って名刺を差し出した。俺のところに来た請求書は五十二万円だった。

広島のはもっとスケールが大きかった。ニセモノはテレビ局の人と称する人たちとワッとやって来て誕生日パーティをし、カラオケで俺の歌を歌いまくり朝まで騒いで、百万円を超える請求書が俺のところへ届いた。一度でいいからそんな豪快な遊びをしてみたいもんだ、と思う。

さらにくやしいのは、あきらめきれず、わざわざ上京して自宅まで勘定を取りに来るママやバーテンが俺の顔を見るや、

「あっ！　違う……」

と声をあげ顔色を失くし、

「そのニセモノ、ひょっとして俺より男前だったでしょ？　たぶん……」

俺が言うと、一瞬、間をおいてから必ず、

「ええ、まあ、どっちかと言うと……」

と言ったあと、口もとを押さえて笑うことだ。

ほんとうに、くやしい。一度ニセモノ全員をとっつかまえて、家中をゾウキンがけさせてやりたい。家中ゾウキンがけしているのはホンモノの俺だ。

ま、ホンモノ自体が小物だから、ニセモノも似たり寄ったりの小物であるとも言える。

競馬場や競艇場の特別ルームには、ひとレース何百万も買う大物がゴロゴロしている。

その中には、立派（?）な詐欺師もいる。その人がほかの大口客とちょっと違うところは、

外れ券を捨てないで持ち帰ることだ。自分の外れ券はもちろん、となりの客の外れ券の束まで持って帰る。

聞けば、捕まると金の隠しどころを追及される、そのとき、いちばん手っとり早く納得してもらえるのが、もう小部屋いっぱいに集めてある外れ券だそうだ。そして捕まったら、房内でひたすら瞑想する。精神がいちばん研ぎ澄まされ、斬新なアイデアが浮かんでくるのが服役中だという。おまけに食事が質素だから肥満による糖尿病まで治る。そして出所したときには、みごとに「誰も考えつかなかった新しい手法」のダマし方の絵図が完成しているのだと……。

そんな話を聞くと、歌を書いていない俺なんか、パセリとユタカもろとも服役してみたくなる。

弱り目に祟り目、マイッたタヌキは目でわかる……そんなクサクサしているときに、税務署などが決まってやって来るものだ。

今回の調査の人は自転車《チャリンコ》に乗ってやって来た。

「使いすぎというより不自然ですよね。どこかに定期預金とか現金とか、ほんとうにないんですか？」

「ない。ないものはない」

「収入より多く使ってるんですか？　借金まであるとかだし」

「そうかなぁ。でも、そっちはプロでしょ、どこかに隠してても、ちゃんとわかるでしょ」

「わかりますね。プロですから」

「でもなかったでしょ。どこにも。ないからないんです」

「ない袖は振れぬ」という諺《ことわざ》があるが、こういうときは、ほんとうにないという自信のあるこちら側が勝つ。勝っても仕方ないんだけど……。

「ほんとうに財産、ないんですか」

「所有財産は売りに出しているこの家と二人の子供だけ」

「ほんとうに？」

「あなたもしつこいなあ。あなた、俺のつくった歌、いくつか知ってる？」

「知ってますよ、僕、ファンでしたし、ギターも弾くんです」

「ほらね。俺の財産は見も知らぬあなたの心の中にちゃんと分けて隠してある……」

「なるほど、そう来ますか……」

もちろん、そんなヤケクソ言ったからって安くなるヤワな税務署ではない。納税は国民のギムですからと、中学の教科書で習ったようなことを復誦《ふくしょう》させられ、追加の金を取られた。また借金が増えることになる。

電話が鳴っている。毎日決まった電話が六回、鳴る。まったく会ったこともない女からの電話が二回。弟子入り志願の中年オヤジと青年からの電話がそれぞれ一回ずつ。婚約不履行で訴えてやると息まく女が二人の計六回だ。

まったく見知らぬ女からの電話は何度も警察にお願いしているが、警察も俺の職業を聞いた途端、「どうせ何かちょっかいでも出したんでしょう」というような口調へ露骨に変わる。

弟子志願の連中は、粘れば必ず目的は達せられるという教則本の信者らしく、どんなに怒鳴ってもヌカにクギだ。

婚約不履行で訴えるという女二人には、

「どうぞどうぞ。君といるとなんか幸せな気持ちになるなぁ……なんて言ったくらいでそんなこと言われてもなァ……」

と、できるだけ慎重な対応を心がける。

もう矢でも鉄砲でも持ってこいという毎日だから、電話だって一本もないよりはあったほうがいい、という気分である。

どんなくだらないような内容の暮らしでも、慣れてしまうと、それなりに感じるところが出てくるものだ。「嗜虐的《しぎやく》に静かな毎日」というのが人生のある時期にはあってもいいのかな、なんて思いはじめたりしている。

24

猫のポン太が見るも痛々しい姿のまま、我われのほうをソファーの上でじっと見つめている。ポン太はまるで妊婦の腹帯《ふくたい》のような白いホータイを巻いている。

ポン太はここのところ、なぜか元気がない様子だったが、三日ほど前フラリと家を出ていって翌日の昼まで帰ってこなかった。

玄関先でポン太を見つけたときには、もう死んでいるのかと思った。腹はアバラ骨が見えるかと思うほど深く抉《えぐ》られ、血がたくさん腹の毛について乾いていた。ケンカでもしたのだろう。しかもかなりの深手を負っていた。

そのまま古毛布にくるんで医者に診せに走った。点滴を打ってもらい、消毒をして、ホータイ姿となったのである。

「かなり傷は深いですが、案外、猫ってヤツは大丈夫なんですよ、自然治癒力ってのが強くてね。車にはねられて大骨折しても、三、四ヵ月で治ってもとどおり元気って猫もいますから。これくらい、ま、命取りってほどじゃないね」と獣医さんは手を洗いながら言った。

学校から帰ってきたパセリは、ポン太の頭に頬ずりをしながら、

「ホント、弱虫のくせに、いっちょ前にケンカなんかしちゃうんだから、ネェ」

と言って、なぜか俺を見た。

ユタカはポン太を見るなり、

「お、やったな。なかなか、カッコいいじゃん、そのホータイ」

と言って満足気だった。

もうそろそろ、春の気配がしている。

ポン太も去勢をしてやったほうがいいのだろうかと思う。こんどケンカを売られたら、この体じゃもたないだろう。

俺か？　俺はいま、ちょっとばかし自粛《じしゅく》の去勢中だ。

ホータイを腹にグリグリ巻きにしたポン太は伏し目がちにしてソファーの上でじっとしている。パセリが言うように自分の手に負えないような強い相手に挑《いど》んだことを反省しているのだろうか。

実はポン太が洗面所の白く丸い陶器の真ン中に、俺への復讐とも思える大きな置き糞《グソ》をしたあたりから、俺のポン太を見る眼が変化してきたようだった。

いままで気づかなかったポン太のひとつひとつの仕草や表情に、いとおしさを感じはじめてきたのだ。もとは飼い猫だったかもしれないが、野良猫、それも骨と皮のヨレヨレに

なった猫として我が家へやって来たポン太には、確かにかわいくないところがいくつもあった。

まずメシが欲しいときには、頭を俺の足にスリスリとこすりつけたりするのだが、絶対に俺の膝には乗ってこない。捕まえて抱こうとしても、最初からスキを見て逃げようとする。二年近く経ったいまでもそうだ。宅配便がピンポーンとチャイムを鳴らすと脱兎《だっと》の如くカーテンの裏へ逃げ込む。缶詰もカリカリのキャットフードも、同じものは三、四日で飽きて食べない。ゆいいつ食べつづけているのは「マグロの日」の生マグロだけだ。それも四、五日経って鮮度が落ちたとみるや、ペロッと舌でいちどなめるだけでプイと横を向く始末だ。

数えあげれば十本の指では足りないくらい、ポン太の欠点はある。しかし「大糞事件」以来、ポン太は少しずつ態度を変えてきた。

子供たちが学校へ行って俺ひとりになると、ポン太はいつも一定の距離を置きながらも、俺の近くで寝そべるようになった。それまではポン太の定位置は植木鉢の裏か、部屋の隅にある座椅子の上だった。俺や子供がポン太にちょっかいを出すには、いちばん不便なところを選んでいたのだろう。これは大きな変化だった。

夜、子供たちが寝てからもポン太は俺につかず離れずして横にいる。俺が眠れないまま、徹夜で本を読みつづけていてもポン太はそばにいて、ときおりバタンと尻尾《しっぽ》を持ち上げて床を打つのだ。健気《けなげ》だと思いはじめた。女房《アイツ》ですら夜どおし俺の横にいてくれたことなど一度もなかった。

当然のことで、俺はポン太に話しかけるようになっていった。俺とポン太だけの会話である。最初は俺も「ひとりごと」を言うようになってしまったのかと思ったのだが、いまでは、すっかり日常になってしまった。そのことをパセリに言うと、

「いいんじゃない。猫はもともと夜行性らしいしさ、ポン太が夜、起きてくれてるってのはパパの思い過ごしかもしれないよ。ま、ポン太が寝不足にならないようにしてあげてね」

とニベもない。

そしてついに、俺はあろうことかポン太に人生相談を持ちかけてしまったのだった。

とは言えど相手は猫である。俺は人間として威厳を保つべく、ゆっくりとコーヒーメーカーを使ってモカマタリを淹《い》れる。猫にはキリマンジャロもモカマタリも識別はできないはずである。

「なァ、ポン太、あの『いちご大福』の子だけどな、『子』と言っても俺と七つしか違わないんだけど、ちょっと気にならないか？」

俺はポン太のほうに顔を向けて言う。

「どこがだよ、お前サン、またゾロ悪いクセが出たんじゃないかい？

たぶんお前サンがワケのわからないことを言って口説いても、あの子ハナもひっかけないんじゃないか、そういうのを恥のうわ塗りって言うんだよ。

アンタの女房なんて誰もつとまらないよ。悪いことは言わないから、やめときなって」

とは、ポン太が言うわけがなかった。言ったような気がしただけだったが……。

ポン太はソファーの端っこでただプシュンと鼻水を飛ばしただけだった。ポン太はこの家に来たときから鼻が悪い。

「ポン太よ、お前だってそんな偉そうなことを言える義理じゃないだろう。どうせその腹の傷だってかわいいメス猫を奪い合っての深手じゃないのか？

俺、もういいんじゃないかって……気がしてる。

何かこう、ヒラメキっていうかな、何か俺とあの子には、口ではうまく言えないけど、通じ合っているところがあるような気がする。パセリやユタカも何か感じているはずなんだ。パセリが『また来てね』ってワザワザお愛想じゃない口調で言ったのは、あの子が初めてだったしね」

ポン太は急に猫伸びをして、寝る方向を反対側に向けた。

「好きにしなよってことかい、ポン太。

あの子の書く詞はいいよ。

雪国育ちのガマン強さと妙な信念みたいなものがある。ま、ちょっと融通のきかないようなところもあるけど……。

気に入ったね。何か気に入ったね。

俺のいい加減さ、不誠実さをちゃんと本能的に見抜いている。

ポン太さあ。

俺、思うんだけど、結婚とか、女房になるってのは夢なんか持ってちゃだめなんじゃないかと思うよ。ま、俺の場合だけかもしらんけど。

将来がありそうだとか、誠実そうだからとか、いまは銀行だって潰《つぶ》れない保証はないし、一生かけつづけた年金だってマトモにもらえる保証なんてないんだよ。

結婚だって、その時点じゃ、なんの保証めいたものもないんだ。

早い話、男と女なんて誤解と錯覚と行きがかりだろ。結婚は単なるスタートだ。俺みたいに転んじゃうヤツもいるけど、もう一回スタートするだけ。きっと決まっているんだよ、一生の相手なんて。

だってこれだけ男と女がいるんだよ。

結婚したからってほかに好きな女ができることだって……おっとごめんごめん。

最後はやっぱり直感じゃないの？

結果が悪いのはお互いの直感が鈍臭《どんくさ》かっただけなのよ。

俺さあ、もうちょっと押してみるよ。

あの『いちご大福』をさあ。だめならオレの直感なんて猫の糞《クソ》だと言ってやる……」

ポン太はいつの間にか、ク、クウーといつもの寝息をたてて爆睡していた。

＊

ポン太がホータイ姿のまま、我が家から忽然と失踪してしまったのは、俺が深夜にポン太に人生相談をしたわずか五日後のことだった。

ほんとうに突然消えてしまった。人ならば警察に届けるだろうが、猫の場合は手分けして捜すしかない。以前、猫がいなくなって見つけだしたという友人を思い出し電話してみた。その猫は五百メートルほど離れた庭先で見つかった。猫は坂があると下のほうへ下のほうへ降りてっちゃうみたいだよと、その友人は言ったが、家のまわりに上り坂はあっても下り坂はない。

人の家の軒下や、生垣から庭などをのぞいていると不審がられた。バツの悪そうな笑いを浮かべてポン太の写真を見せる。罰ゲームで顔中に墨を塗りたくられたような大層な御面相である。猫好きには妙にかわいいと言われたりするが、大概の人は笑いだしてしまう。

「コレ、猫ですか？　すごい顔だな」

「コレだったらすぐに見つかるんじゃありませんか？　特徴ありすぎですもんね」

「どこが眼なんです？　え？　ここ？」

確かに駄猫の元野良猫ではあるが、あまりの言われようをすると腹も立ってくる。

学校から帰ってきたパセリもユタカも別々の方向を捜している。歩いているのを見たという人が出てきて「スワ！」と思い話をよく聞いてみると、出ていった一週間以上前のことだったりする。

とにかく「腹にホータイを巻いた黒白の猫」という、いちばんわかりやすい聞き方に統一して家族中で捜したが、ポン太はついに発見されなかった。

「ねえ、ポン太の傷、思った以上に深手だったのかもよ。ほら猫って最後は家から姿を消して死んじゃうって言うじゃない」

パセリがエンギでもないことを言う。でもそれはよく聞く話だ。

「ポン太、メシ食ってるのかなあ。そうだ、アジの干物を釣りザオの先につけてあちこちの家の縁の下に放り投げてさがせばいいじゃん。ポン太ならきっとパクッと食いつくから……」ユタカもそれなりに心配しているのがわかる。

「もう三日もさがしてるのに出てこないんだからだめかもね。パパ。ポン太がいなくなって淋しいんでしょ。ここ何ヵ月かパパ、ホントに猫バカっちゅうか、夜もポン太とずうっと一緒だったもんね」パセリが言う。

せっかく人生相談までできるようになった仲なのに……と思う。そろそろホータイも汚れてきたのでもう一度、医者へ診せに行くつもりだった。食欲はいま思えば少し落ちていたような気もするが、マサカ消えてしまうなんて……

女房が逃げて猫までも……

忸怩《じくじ》たる思いだった。

25

「おう、モディ、久しぶりじゃないか、ちょうどよかった。今日はドヤ（宿）に帰ろうと思ってたんだ。一緒に来る？」

人形劇の夏休みの旅が終わって、俺は久しぶりに新宿へ顔を出した。

「あれ？　ナカジマさんにもドヤがあるの？」

「あるさ。三、四ヵ月に一ぺんぐらいしか帰らないけど。ま、すごいところだけど来る？」

ナカジマさんは俺の返事もロクに聞こうとしないでどんどん歩く。

ナカジマさんのドヤは「やもり庵」というらしい。中野哲学堂へ向かう商店街を歩きつづけて、ナカジマさんは一軒の中華料理屋の裏口の戸をガラリと開ける。

「チンさん、いるかい？　もう店も終わりだろ？」と声をかける。

奥から出てきたのは油だらけのエプロンをした角刈りのコックさんだ。

「帰ってきたかい。あとで行くよ。やもり庵だろ。ハラ減ってるの？」

「減ってる」ナカジマさんが腹を片手で押さえる。

「わかった。酢豚かなんかつくってくよ。あ、炒飯《チャーハン》も要る?」

「要る。それと今日はお客さんだからビールなんかも少々……」

「あいよ」

卑屈でもなく、無理強《じ》いでもなく、脅《おど》かしでもないこの「タダの注文の仕方」は、なかなかなかに難しいと俺は思う。裏口の男なのだ。ナカジマさんは。

「やもり庵」は、もうボロボロの古い一軒家だった。玄関を入ると十畳ほどの広めの部屋
があり、若い男が三人、炬燵《こたつ》に入っていた。

「チンさんが来るからさ。酢豚も頼んどいたし、ちょっと一杯やろうぜ」

ナカジマさんは奥の部屋へ入って畳にドスンと坐る。

「ここ、俺のドヤ。俺もトシだからさ。あんたの二倍以上だもんなァ。ここ帰ってくると
一週間は寝っ放し。疲れてんだよ。やっぱり」

ナカジマさんはそう言って俺に座蒲団をすすめる。

三畳のその部屋には窓がない。三方がベニヤ板の壁だが、全面水色のペンキが塗ってあ
る。

「窓がないから陽当たりが悪いんだよ」

陽当たりがないと言うべきでしょうと俺は思う。

「ま、人間より、ナメクジとかヤモリのほうがこの空間では過ごしやすい」

俺は水色の壁を指でそっと押してみる。ボコッとベニヤの壁がズレて、奥の土壁が見えた。

「戻しといてね。風が来るし、ゲジゲジも入ってくるから」

ゲジゲジも来るのか。

「ゲジゲジはまだいいけど、朝起きると蒲団の中ででっかいムカデがペシャンコになってることがある。俺が寝返りを打ったからそうなったんだけど、噛まれると痛いよ。足なんかひどく腫《は》れちゃうし」

ムカデも出てくるのか。

東京は広い。中野哲学堂あたりでもまだまだジャングルがあるのだ。

「さっき隣の部屋にいた三人の男《ひと》は？」

「ああ、同居人。あと俺を入れて四人の合計七人でこのボロの一軒家を借りてる。一人あたり月二千円。ま、寝るだけだね。風呂トイレなし」

「トイレなし？」

ナカジマさんは十畳間へ俺を連れていくと、奥にある破れ障子をガラリと開けた。カンナ屑が山のようにあり、木の端切れも混じっている。またその奥は製材所らしく丸いチェーンソーが見えた。

「トイレはここ、カンナ屑の上にすればいい。大は禁止。でも緊急の場合は仕方がないけど。ただしちゃんと上にカンナ屑を乗っけておくこと」

猫だってもう少しマトモなところで用を足すんだろうにと思う。そういえばカンナ屑のほかにもかなり異臭がするのは気のせいじゃなかった。

テレビはなく、ラジオがかかっている。学生だという三人の男たちはみんな別々の学校で、もう三年も予備校生をやっているヤツも住んでいるとナカジマさんは紹介をする。

「みんなクチコミで『やもり庵』に住みついてるってワケ」

「やもり庵ってのは？」俺が訊《き》くとナカジマさんは「ホラ」と言って頭の上を指さした。

裸電球の上に白いガラスの傘がついている。よく見るとまるで傘の模様のように、うっすらと人差し指ほどの長さでやもりの影が映っている。二匹。

「なるほど」俺は納得する。

「ヤモリってヤツもバカでね。何を考えてんだか、ときどきポタッと上から落ちてくる。吸盤の水気が乾くんだろうかねえ。それが不思議と顔とか手とか、体温のあるところに落ちてくる。こないだもここでみんなで鍋をやってたら、湿気で電球の傘が濡れて、スベっちゃったんだろうかねえ、ポタッと鍋の中に落ちてきて、ちょっと跳ねてそのまま煮えちゃったヤモリがいた」

「マサカ……食べたんじゃないでしょうね」

俺が訊くと、黙ってマンガ本を読んでいた立教の学生が言う。

「ナカジマさんが食べました」


「鍋って言やあね、タイとラオスとビルマだっけ、あの辺の国境が交わっているゴールデントライアングルあたりは凄いんだね。マリファナなんか村のまわりにいっぱい自生していて、葉っぱをそのまま鍋の中にバンバン入れる。ダシなんだね、いい味の。これを入れると入れないとじゃぜんぜん違う。

ヤモリも凄いよ、川っぷちのレストランなんかに行くとテント張りの屋根やガラス窓にいっぱい貼りついてる。でかいんだなコレが。そしてチューチュー、チューチューと鳴く。鳴き声がうるさくって安いホテルなんかだと、ひと晩じゅう眠れない」

「ナカジマさんは、いつごろタイに行ったんですか？」俺は訊いてみる。

「行ったのは……ない」

「え、行ってないんですか？」

「ま、タイによく行く商社マンがいてね……」

行ったこともないタイのヤモリの話をこれだけ熱く語れるナカジマさんはやっぱり凄いと思ってしまう。ナカジマさんならタイでもアフリカでもきっとどこでも住める。なんでも食える。新宿で浮かんで生きていけるなら、きっと世界中プカプカと浮かんで生きていけるのだ。

チンさんがアルミの岡持ちに山盛りの中華料理を持ってきた。そしてもういちど玄関へ戻り、ビールを一ダース、ケースごと持ってきて炬燵の上にどんと置いた。

「悪いなぁ、チンさん、いつも」

ナカジマさんがビールの栓を歯で器用にポンポンと空けながら言う。

「いいんだよ、ナカジマさんが帰ってくるの俺の楽しみなんだからさァ。雇《やと》われコックなんてつまんないんだから。昼メシなんてなんだと思う？　いつもメザシだよ、メザシ。メザシとメシと味噌汁だけ。オーナーいつも俺たちの昼メシ見張ってるからね。ま、たまには仇討《あだう》ちしなきゃね。さ、どんどん食べてよ、足んなかったらまたつくってくるからさ」

「やもり庵」のタダで豪華な宴会は明け方までつづく。

明け方、俺は障子をあけてカンナ屑の上に小便をした。小便は大きな放物線を描いてカンナ屑を濡らしていった。

俺の人生がもしこの小便だったら、いまの俺はこの放物線のどのあたりになるのだろうかと酔った頭で考えていた。

「やもり庵」の夜明けは小雨になっていた。窓の外に牛乳配達の自転車が止まった。ナカジマさんがまるで待っていたかのように小銭入れを持って表へ飛び出してゆく。そして牛乳ビンを二本さげて戻ってきて俺に一本くれた。

「マサカ牛乳配達の子まで手懐《てなず》けてるんじゃないでしょうね」俺が言うと、

「彼は学生クンだからね。勤労学生。偉いねェ。だからちゃんとお金を払います」

ナカジマさんはそう言ってググッと牛乳を一気に飲み干した。

「ところでアッチの部屋にいた学生三人のうち、ナカジマさんのほうをぜんぜん見ないで、口もきかなかった学生が一人いましたけど……」

「ああ、あの子ね。もう半年も口をきいてくれないんだよ。青山学院の子だけど」

「なんかあったんですか？」

「ウン、まあ、ちょっとしたことだけどね。半年前に、俺、酔っ払って『やもり庵』に帰ってきたんだよ。そしたら俺の部屋に彼が寝てたんだな。十畳間が満杯で……」

「怒ったんですか？　ナカジマさん」

ナカジマさんは煙草に火をつけた。

「いいや、怒らないよ。そんなことじゃ俺、怒らないもん。見ると彼の足が蒲団から出てる。彼ね、眠ってるとき、ハエみたいに両足の先を擦《こす》り合わせるクセがあるんだ。そのときも擦り合わせてる足が薄暗がりで見えた。だからちょっとイタズラを……」

「何かしたんですね彼に」

「ウン、カバンにあった赤いマジックで足の裏にハートを描いた。もう片っぽの足には例のホラ、太陽に似た例のマーク……」

「怒ったでしょ、彼」

「ところがいっこうに起きないのよ。足をゆっくり擦り合わせたままね……せっかく絵を描いたのにと思うとだんだん腹が立ってきた……」

「それで？」

「それで……だからね、ちょっと荒療治に出た。蒲団の下から両手を突っ込んで、うつ伏せになって寝ているヤツのキンタマを思いっきりつかんでムギュムギュッと……」

「かなりやっちゃいましたね」

「ウン」

「彼、飛び起きたでしょ」

「ウン、飛び起きて、ウーンと唸《うな》りながら、それでも正座した」

「正座？」

「俺、あわてて頭の上の電気をつけた。するとヤツの頭には毛がなかった……。故郷《クニ》の島根から出てきた彼のオヤジさんだったんだよ」

「オヤジさん……」

「こんどは俺が正座して土下座よ。スミマセン、息子さんと間違えまして……つい」

「ほんとうのムスコ違い……」

「そんなシャレ言ってるどころじゃなかったなァ……それにしてもやっぱり親子だね。足先を擦り合わせて寝るクセが同じなんよ。ホント、災難だった……」

「災難は向こうのオヤジさんだったと思うけど、それでどうなったんです、足の裏に描いたマジックの絵」

「俺の絵具箱からシンナー取り出して必死で拭いたよ。でも島根のオヤジさん、いい人だったなァ。俺が拭いている間じゅう、いつも息子がお世話になってて、ありがとうございますなんて言っちゃって……俺、けっこう慌《あわ》てもんなんだよなァ。昨日だってヴィレッジゲイトの隣にある食堂……」

「ああ、鶴亀食堂ですね」

「そう、ツルカメで、似顔絵描きのマツザキがカレー食ってたのよ」

「ああ、いつもハンチングかぶってる……」

「そうそう、だからマツザキの肩、後ろから抱いてマツザキのスプーン取り上げてガバッとカレー食ってやったのよ。マツザキがアッと叫んでね、振り向いたら……まったく知らない人だった」

「どうしました、その人」

「これが凄かった。俺を見ながら、よろしかったら……どうぞって言うんだよ」

「できた人ですね、なかなか……」

「でもどうぞって言われたってなァ、つづけて食えるわけじゃないし、また土下座よ」

どうやらナカジマさんは土下座に縁のある人らしい。


「あ、そうそう、君に面白いものをやるよ、すっかり忘れてたけど、ジプシーにもらったんだよ、これ、ちょっと凄いよ」

そう言ってナカジマさんは例の頭陀《ずだ》ブクロからボコボコになったシガレットケースを取り出し、和紙でくるんだ丸薬のようなものを俺の手のひらに乗せた。

「ホラ、いつもは風月堂でイイ顔になってる易者《ロクマ》のジプシー、知ってるだろ、ときどきインドのサリーを着た美人と一緒にヴィレッジゲイトに来るけど……」

「ええ、二回ほど顔を見たことがありますけど……」

「ウン、そのジプシーがくれたんだけど、効きめ、凄いよ。びっくりした……。いや、ヤバイ薬じゃないよ、LSDとかマリファナとかでもない。まあ、漢方薬みたいなもんかな。ジプシーが飛騨の山奥へ行ってたときに薬草を集めて団子にしたやつさ」

「なんか、もっとヤバそうな気がするけど……」

「大丈夫、徹夜したからよく眠れるだろう。だからいま飲めばいい。いい夢が見れる」

「どんな夢なんですか？　なんか、ちょっと怖い気がしますけど……」

「いやいや、夢っていってもね、ま、潜在意識っていうかな、君がいちばん会いたい人、君がその人の心の中をのぞいてみたいという人の夢を見る。どんな人と指定はできないよ、勝手に出てきちゃうんだから。うんとリアルに、……ま、君がその人になりきれるっていうんかな。なんたってジプシーは新宿じゃタダモノじゃないからね。ジプシーの薬もタダモノじゃない」

俺は手渡されたその黒い丸薬をビールで喉へ一気に流し込んだ。とてつもなく苦い薬だった。

「苦いっスね。こんな苦いの初めてですよ」

俺はナカジマさんに言った。

「ま、熊の胆《い》よりはマシだろう。あれはもっと苦い」

ナカジマさんは眠そうにそれだけ言うと、アッという間にイビキをかいて眠ってしまった。

まるで子供のような人だ。よく見ると寝顔も子供のようだ。

俺は窓のない部屋の灯りを消した。それでも破れ障子のあちこちから朝の光がもれてきている。

何か心臓がコトリと音をたてた。また、コトリ、コトコト、コトコト……まるで体の中に目覚まし時計が飛び込んできたような感じだ。

やっぱりヤバイかなあ、ジプシーの薬。

俺は少し後悔をしはじめていた。ヘンな薬を飲んでこのまま冷たく固まってしまったら、やっぱり不審死ということで司法解剖ということになるんだろうか。

どうせならデモのサーチライトの中とか、学校の庭の真ん中に立っている有名な銅像の前とかが良かったんだけど……。

頭の中がグラリと揺れた。

そして頭の中の半分が、崖が崩れるようにストンとなくなってしまった。

黄色だ。黄色い光だ。あ、赤だ。凄い赤。

あ、暗い。ほんとうに暗い。

そして静かだ。

待てよ。何かが聞こえている。なんの音だろう。

雨だ。雨の音だ。パシャパシャパシャパシャ……トタン屋根に当たる雨の音だ。

眠い。凄く眠い。

大阪だ。大阪の家だ。

俺はどこにいるのだろう。

これから眠ろうとしているときの雨の音だろうか。それとも、眠っていて、これから起きようと思う前の寝床で聞いている雨の音なのだろうか。

話し声が聞こえる。やっぱり大阪の家だ。ぼんやりと浮かんでいるフスマの千鳥模様。大きな袋を肩に担いで、いつも不気味に満面の笑みをたたえている布袋(ほてい)さんの置き物。その向こうから話し声が聞こえてくる。一人はお袋だ。もう一人の女の人と低い声でしゃべっている。聞き覚えのある声……隆……そうだ隆の母だ。いや、もういままでは俺を産んだ母だ。もういいんだ。俺にはもう解っているんだ。

ジプシー、そうか、ジプシーの薬だ。

俺の心臓のコトコトコトコトという時計のような音は、いつの間にか雨と二人のお袋の低い話し声の中へと溶け込んでいってしまっていた。

26

「畜生腹《ちくしょうばら》やと言うんよ。犬や猫やあるまいし、そないに次から次に産んでどないしますんや言うんよ」

良子《よしこ》はそう言って生まれたばかりの隆の口に乳を含ませた。まだ乳が張って張って仕方がないようだ。それにしても良子の姑《しゅうとめ》のお菊バアさんはきついことを言うものだと思う。

「年子《としご》は育たんって昔から言いますやろ。年子はどちらかが必ずどちらかを痛めつける。そんなことも言われたし。姉《ねえ》ちゃん、私どないしたらええんやろ。いまやったらお菊バアさんの言うように堕《お》ろすこともできる月やけど、姑に言われて堕ろすなんて、お腹の子、あんまりにもかわいそうやろ……」

良子の大きな白い乳房には血管が浮かび上がっている。私が三度の流産のあとで、やっと産まれた女の子を四十五日めに死なせてしまった。それからしばらくは、もう子供はいないというのに乳が張って張って仕方がなかった。生まれてきてから、あんなにつらい思いをしたことはなかった気がする。「乳もみ」の産婆さんに来てもらったとき、白い乳がピューピューと勢いよく飛び散るたびに、あの子の顔が浮かんで身を切り刻まれる思いやった。いま良子も、お腹の子を始末しろと言われて、きっとあのときの私と同じような思いをしてる。

けれど姑のお菊バアさんの言うのも無理はないかもしれない。良子の夫の賢三《けんぞう》さんは末っ子だけど、お菊バアさんと同居している。母屋《おもや》は広いけど、終戦で焼け出された兄姉たちが二組も夫婦で居候《いそうろう》している大家族だ。食べていくだけでも大変なのに年子なんて言いだすのも仕方ないかもしれない。

皮肉なものだと思う。私の家は昆布巻きの中にニシンの炊いたのを入れた「鬼鹿巻《おにしかまき》」というのが売れて売れて、それまで軍人あがりと言われいじめられていたのに、海産物業界で、アッと言う間に中堅へのし上がった。そんな余裕ができたときに、私が三度も流産した。お医者さんはたぶん夫婦の血液型不適合だろうと言ったが、そんなもん、あるんだろうか。そしてやっと生まれた女の子も四十五日しか生きてはくれなかった。

逆に私は良子たち夫婦には、たぶん子供はできないんじゃないかと思っていたくらいだった。

良子の夫の賢三さんは戦争で満州へ行ってるとき結核になり、終戦前に大阪の連隊病院へ傷病兵として帰還してきた。そして日赤に志願して看護婦となっていた良子と出会い、結婚した。工専を首席で出た、スラッとした二枚目の賢三さんだったけど、大阪の日赤へ見舞いに行ったときは、もう骨と皮でいまにも死にそうな感じに見えた。インテリで、日記もまずい部分はドイツ語で書いていたような人だったから、軍隊では相当いじめられたと私は夫から聞いたことがある。体も弱く、気鬱《きうつ》症のところもあり、自殺の恐れありとマークされていたらしい。良子はまったくの健康体だったが、まず子供は無理だと思っていた。でも私と良子はこと子供に関しては皮肉な逆転劇となっているようだ。

「良子、そのお腹の中の子、私らにくれへん?」私は思いつくより早く良子にそう言いだしてしまった。

「くれへん? って言うたって、姉ちゃん、犬の子やないんやで、そんなに簡単に言わんといてくれる？　そんな言い方されたらお菊バアさんの『畜生腹』と一緒やんか」

「ごめん。そんなつもりやないんよ。でも良子の話聞いてたら、ふっと言うてしもうた。そやな、私もいちどは親になったことのある身や。それくらいわかってるわ、ごめん、忘れてや、ほんまに忘れて」

　乳を飲み終えた隆は良子の胸で乳首を咥《くわ》えたまま眠り込んでいた。年子は育たんってほんまやろうか？　私はお菊バアさんが言ったというその言葉を隆の寝顔を見ながら何度も思い出していた。

　良子が隆を母屋に置いて出て、家の近くの運河に飛び込もうとして橋の欄干の上で捕り押さえられたという知らせが入ったのは、良子が天満の家に来たその一ヵ月後のことだった。

　ちょうど夕方で、新聞の配達を終えた青年が二人、橋の上で動かない良子を見つけたのだという。青年たちが自転車でとおり過ぎ、気になって振り向いた途端、良子が橋の欄干に飛び上がって立った。青年たちは自転車を投げ捨てて二人で片足ずつを押さえた。良子の体は橋の外に放り出されて川面のほうへ落ちたが、二人は手を放さずに引きずり上げたという。

　その知らせを聞いて、私が着物に着がえ良子の家へ向かおうとしたのを夫が止《と》めた。夫には、良子がここに来てどういったことを言ったのか、そして私が「お腹の子を欲しい」と言ったことも伝えていた。私は良子が起こした事件の責任の一端が私にもあるような気がしていた。夫はすべてを頭の中で整理して私を止めたのだった。

「しばらく、そっとしておいてやれ」

夫はそれだけ言った。そうかもしれない。私が行くと良子をもっと刺激してしまうかもしれない。私は夫の冷静さに感謝した。

一週間が過ぎて、私は近くの天満宮へ朝早くからお参りに出かけた。毎月のはじめ一日には境内で白湯《さゆ》の入ったお釜が並べられ、護符と薪で湯が沸かされる。宮司さんが榊《さかき》の小枝で、その沸いた湯をかきまぜて境内へ撒《ま》き、お祓《はら》いをする。私はいつもそれを見に行く。なんとはなしに穢《けが》れが祓われるような気になるから不思議だ。

家へ戻り朝食を食べ終えたとき、突然お菊バアさんが玄関先に立っていた。驚いた。

「良子はどうです、大丈夫でしたか」

私は訊《き》いた。訊かずにはいられなかった。

「えらい心配かけてもうて、すまんこってした。まあ、顔は橋桁《はしげた》に打ちつけて、まだけっこう腫《は》れて、四谷怪談のお岩さんの半分ぐらいにはなってますけど、まあ大丈夫ですわ。今日は、ちょっと話、聞いてもらいとうて来ましたんや」

そのひと言で、良子とお姑さんとの間がかなりわかった気がした。良子とは神経の太さがまるで違う。

けっきょく、お菊バアさんは良子を説得した。事件のせいで、養子縁組の話が急ピッチでまとまったようだった。良子の出産は良子と私の実家である竹井の家ですること、そして生まれてすぐに私へ手渡して、そのまま養子として育ててほしいということだった。

こちらとしての異存はまったくなかった。もし何か割りきれないものがあるとするなら、良子と賢三さんの気持ちだけだろう。良子はきっと事件を起こしたことで、あきらめたのだと思う。賢三さんには嫁の良子よりも家全体のことを考えなければならない立場というものがある。何よりお菊バアさんには、末っ子ということもあるし、逆らえないのだと思う。

「まあ、盥渡《たらいわた》しの子は親孝行するって昔から言いますからなァ」

帰りぎわ、お菊バアさんは聞き慣れないことを言った。

「ウチの在所ではそう言いますんや、生まれてすぐの子を盥に入れて人様に手渡す。その子は親孝行をする。家に残った子より、親孝行をするらしいですわ」

よくそんな酷《ひど》いことをと言いそうになって、ぐっと呑み込んだ。

良子のお腹の中の子は、私たちが育てよう。ひょっとしたらお菊バアさんの家で、「事件を起こしたときの腹の中の子」と言われて育つより、ウチで育てたほうが幸せかもしれない。

良子が竹井の家であの子を産んだのは、遠くで祭囃子《ばやし》が聞こえていた夜のことだった。祭御輿《みこし》を担いで戻ってきたまだ中学生の弟が祭半纏《はんてん》を着て鉢巻と化粧をしたまま、産婆さんを呼びに夜道を走っていった。

二度めの出産だけに安産だった。木の盥の湯で産婆さんがあの子の体を洗った。「盥渡し」と言ったお菊バアさんの言葉が頭の中を過《よぎ》る。

「姉ちゃん、姉ちゃん……」

汗で額に前髪を貼りつかせたままの良子が蒲団の中から私を小さな声で呼ぶ。

「何？　ん、何？」

私は耳をできるだけ良子の口もとに寄せた。

「姉ちゃん、お願いや。今日ひと晩だけでええ。ひと晩だけでええから、この子を私の横で寝かせて。

ひと晩だけ抱いて寝る。

ひと晩だけ、この子、抱かせて……。

もう言えへんから、もう言えへんからお願いや……」

いま良子の胸は、鋭い刃で真っ二つに切られているのだろう。その裂け口から良子は涙をこぼしつづけている。血よりもっと重くて辛《つら》い涙を。

私は用意してきた真っ白な羽二重《はぶたえ》の初着《うぶぎ》を、洗われて盥から出されたあの子に着せた。

そしてあの子を良子の顔の横に寝かせた。

涙と汗で髪が顔に貼りついた良子は、あの子の頬にふれ、そして初着を力なくさすった。

「姉ちゃん、ありがとう。

これ、羽二重やな。ウチらやったらこんなええ初着《べべ》、着せられへん……。

ありがとう……な」

良子はそう言って眼を閉じた。

祭囃子が風に乗って、また聞こえてきた。

あの子が一才の誕生日だった。能勢《のせ》に住んでいる夫の長兄が祝いに鯛の焼いたのを持ってきた。私が止めるのも聞かず長兄はあの子に鯛を食べさせた。鯛が悪かったのか、食べさせた手が汚れていたのか、あの子は腸炎になった。食中毒だ。発熱がつづき、下痢の脱水状態がつづいた。当時は腸炎で死ぬ幼児は多かった。近くの医者では手の打ちようがなく、国立大の先生を紹介された。お礼には大金が必要だった。この子をこんなことで死なせるわけにはいかない。その想いだけでお金も私の命すらも惜しくはなかった。

一週間ほどして、大学の先生が「もう大丈夫です」と言ってくれたときには、私も夫も全身の力が脱《ぬ》け落ちた。先生は、これからしばらくは、このアメリカ製の粉ミルクを探して飲ませてください。ほかの食べ物はいっさいだめですと言って、「アトロゾン」という名前を書いて帰った。

この「アトロゾン」を見つけるため、夫は電車や自転車に乗って大阪中から神戸まで駈けずりまわった。ヤミに近い輸入物資、払い下げ物資を扱う店でも、この「アトロゾン」は三日探してなんとか一缶を見つけだすのがやっとだった。結婚して以来、あれほど毎日必死の表情をしている夫を見たことがなかった。

夜中の十二時をまわって、「アトロゾン」の缶を一つだけ抱え、「あった、あったぞ、堺まで行ってきた」と言って玄関にへたり込んだ夫だった。いつもの倍の値段を言っても三缶しか売ってもらえなかったと、肩を落として帰ってくる日もあった。

そんなある日、あの子を出産して以来、良子が初めてウチにやって来た。怒鳴り込んできたのだった。良子は眠っているあの子の蒲団をいきなりめくった。

「姉ちゃん、この子、殺す気なんか。なんやのん、この子の手と足。骨と皮やんか。干し大根みたいにシワだらけや。誕生日に腐った鯛、食べさせたんやてな。姉ちゃんがちゃんと育てる言うたから、この子渡したんや。いま腸炎でどれだけの子が死んでるか知ってるん？　ええ加減なことせんといて。姉ちゃん、聞いてるん！」

私は良子にひと言も言い返さなかった。いや言い返せなかった。

夫は横に立っていたが、「申しわけありません。不注意でした」と押し殺すような声で良子に謝った。夫の手は拳を握ったまま、ブルブルと小さく震えていた。

夫の「アトロゾン買い」はそれから三ヵ月もつづいた。この人は偉い人だと思った。

＊

「残念ですけど、この子は七才までしか生きられません」

近所の乾物屋さんの二階に住んでいる拝《おが》み屋《や》の三上さんはキッパリと私にそう言った。

あの子が幼稚園に入ったばかりで、肺浸潤《はいしんじゅん》という小児結核の前症状だとお医者さんに言われたころだった。

肺浸潤のことは、まだ良子には言っていない。いずれ看護婦をしていた良子にはわかってしまうことだろうが、腸炎になった一才のときのようにまた怒鳴り込んでくることだろう。

でも賢三さんも結核やったやんか、そのおかげで二人は知り合えたんやろとでも言い返してみようか。

結核は遺伝性のあるものなのだろうか、こんど川野医院へ行ったときに聞いてみよう。

「この子は七才までしか生きません」三上さんはそう言った。

初めて三上さんを近所の人に紹介されて訪ねていったとき、三上さんは私の財布の中味をすべて当てた。三上さんは千里眼の人なのだ。

干瓢《かんぴょう》を乾かしている強い臭《にお》いの倉庫の二階に三上さんはひとりで住んでいる。「神さん」が降りてくるときの三上さんは恐い。全身が雷に打たれたように痙攣《けいれん》して後ろへ引っくり返る。そのときの三上さんは白眼を剝《む》いている。蛇の抜け殻のように外側だけで中がまったく抜けだしたような眼になっている。

やがて三上さんはフーという溜め息をつき、起きあがってゆっくりと正座し、お告げをくれる。

「この子は七才までしか生きません」

「ということはあと二年ということ……でしょうか」私は訊きなおす。

「いま五才なら、そういうことです」

「いまのこの子の病気ですか？」

「それはわかりません。でもたぶん、そういうことでしょう」

私はほんとうにがっかりした。

うまくいかないときには次から次と難題が嵐の大波のようにやってくる。去年は不渡り手形を大手のお得意さんにつかまされて、何度も私が玄関先まで行って返済を頼んでみてもだめだった。

家自体に何か気配がするのだろうか。新しく住み込みでやって来た四人の若い人たちが、鹿児島の一人を除いて三人までも辞めていった。北海道から来た野球の上手な子は、朝、起こしに行ったら姿を消していた。書き置きすらなかった。難波する船からはネズミが大勢逃げだして海を泳いで別の船に移るという話を聞いたことがあるけど、そんなものだろうか。

いちばんの差し迫った問題は、この子に弟ができたことだ。あれほど流産をくり返し、生まれた女の子も四十五日しか生きなかったのに。そしてこの子をもらったら、三年めに男の子が生まれ、育った。妊娠がわかったとき、いままでかかっていたお医者さんは、「たぶん、これまでは血液型不適合だったんだろうけど、お子さんをもらって精神的に落ち着かれたんでしょうな、よくあることです、いま三十五才？　大丈夫、産めますよ」と言った。生まれた子は頑丈で、この二年間、病気ひとつしないで育っている。

そして今年、私はまた、身《み》籠《ごも》った。

予想していたとおり、良子の家がこの子をなんとか戻してくれないかと言ってきた。

良子は隆を産んで、年子のこの子を手離したあと、子供ができなくなった。良子の家の状態も変わってきていた。焼け出されて母屋に住みついていた、良子にとっては小姑に当たる兄姉や、その家族たちも母屋を離れて独立していった。母屋はお菊バアさん、賢三さん、良子、隆の四人だけになり、良子の話によると「火の消えたよう」に静かなものに戻ったのだった。そのうちお菊バアさんが「あととりが男の子ひとりだけではなァ……」と言いだした。

こちらはこの子を長男に、次男、そして来年早く、もう一人の子が生まれようとしている。この子を良子に戻せば二人とも二人の子供で釣り合いがとれるともお菊バアさんは良子に言ったらしい。

年子は育たん、どちらかがどちらかを痛めつけるからなんて言ってたのにと思うと、その勝手さに腹が立つ。

「天罰かもしれんわ……」去年、良子がウチへ来たときにぽつんと言った。私は聞こえなかったフリをした。あの事件のことを言ったのだろうか、それともあれ以来、子供ができず、不安がりはじめたお菊バアさんに良子が呟《つぶや》いたのだろうか。

賢三さんが私の二番めの兄とやって来たのは今年の春だった。小学校の教頭をしている次兄は「教育的見地から……」と言って、私たち夫婦にこの子を良子の家へ戻してやれと言ってきたのだ。

私たちは当たり前のようにその申し出を断った。まだ五才とはいえ、この子はしっかり物心がついている。この子は私たちの子です。この子が少なくとも成人に達するまでは、口が裂けてもこの子には、この子の秘密を漏らしたりはしません。大人たちの都合でこの子の気持ちを深く傷つけたくはありません。だいいち年子は育たんなどと言うたはったのは、良子の家やないですか。

だんだんと激高していく私に夫は何度もブレーキをかけた。賢三さんは例によって何も言わない。賢三さんはいい人だけど気の弱い人だ。話し合いは物別れに終わった。物別れということは現状のままということになる。

ただ私と夫は、この子にもっともっと重い責任を背負わされたようだった。どんなことがあってもこの子を育てあげなければならない。隆にヒケを取ることがあってもいけないだろう。どんなに病弱な子であっても、絶対、死なせてはいけないのだ。

「ちょっと！　これを見なさい‼」

三上さんが祭壇に点《とも》されていた太い蠟燭《ろうそく》を指さした。炎は黒い煙を上げて燃え盛っていた。そして垂れた蠟がみるみる鱗《うろこ》を次から次に重ねていった。それはまるで白い蛇の鱗のようになり、ついには太く長い蠟燭の下の燭台《しょくだい》まで連なり降りてきた。

「珍しいことですなあ、白龍さんが降りてきはりました」

「白龍さんですか」

「この子、不思議な子やなあ、めったに降りてきはらへん白龍さんが降りてきはった。この子の守り神は白龍さんや、ひょっとしたらこの子、もっと生きるかもしれまへんなあ」

「七才よりもっと生きますか、この子」

私は思わず叫ぶように言った。ありがたい、助かったと私は心底思う。その日、私は三上さんにいつもの三倍のお礼をはずんで帰った。

だからこの子が七才になって小学校へ入学したときは、ほんとうにうれしかった。三上さんにも、この子を連れてお礼に行った。三上さんも、「白龍さんのおかげですなあ、ほんまに、よろしかったなあ」と喜んでくれた。

＊

人は誰でも誰にも言ったことのない秘密の一つや二つ抱いたまま死んでいくんやないかと私は思う。株をやっていた竹井の父のところへは、大きな会社の社長さんが当時、人気の相撲の横綱なんかを連れて遊びに来ていた。でも立派そうに見えた大社長さんほど大きな秘密を持っていることを、竹井の父はいつも聞かせてくれていた。

「アイツは闇で儲けていまの会社の基礎をつくったんやが、黙って何人も殺してきとる」とか、「アイツの金はみんな国から引っ張ってきた金や」とか、子供には裏側をなんでも話してくれた。結婚して、商売の相手を見るとき、そのことはずいぶん役に立ったと思う。

父は「いちばん裏切る人間はどんな奴やと思う?」と私に訊いてきたことがあった。

「嘘つく人やろ」と私は答えてみた。しかし父は首を横に振り険《けわ》しい顔で言った。

「いちばん手ひどく裏切る奴は、自分がいちばん信頼している、自分の最も近くにおる奴て、あいつはアホやアホやというてや。ふだん嘘もつけんような奴や。次に気をつけなあかん奴は、自分が馬鹿にしてる奴や。あいつは命取りになるような裏切りを食うことがある。よう覚えとき。る奴には命取りになるような裏切りを食うことがある。よう覚えとき。

秘

自分のいちばん近くにおる奴、自分が馬鹿にしてる奴、こいつらがいちばん裏切る。秘密は絶対に言うたらいかん」

父はそう言って真っ紅なブドウ酒を切り子のグラスに注いで飲んでいた。

＊

あの子を夏休みの間、夫の兄夫婦がいる能勢の家へあずけるのに私は反対した。医者は胸の菌が固まる間、空気がよくて涼しい能勢へ行くのはいい転地療法だと言ったが、私は兄夫婦を信用していなかった。

案の定、毎年、私が迎えに行くたび、この子をくれと言いだすのだった。

あの人たちは、いつか平気でこの子の秘密をしゃべる。私がいつかこの子に打ち明ける日が来るかもしれないけど、その日までは、私がこの子を守る。次の年の夏からは、もう能勢には行かせられないと思った。

でもその秘密は、ちょっとした偶然から、ほんとうにあっけなく暴かれてしまった。

あの子が大学受験から帰ってきて、黙りこくったまま良子の家へ行ってしまい、隆の部屋で隆と一緒にしばらく暮らすと良子が言ってきた。

これからあの子がどうするのか、もう成人間近になったあの子が決めればいい。ウチに戻るのもいいし、良子の家の子に戻るのもいい。小学校のころ毎日あの子に書かせた日記のように、もういまの私の手には白い大きな消しゴムはないし、あの子も、これからは私の手で人生を消されたり、変えられたりすることもない。

いまでも私のお腹には、高校二年のあの子からもらった拳の一撃の重い痛みが残っている。

私にできることは、私が育てたあの子を信じつづけてやることしか残されていないと思う。

夫が心配しているように、ヤケになって新宿でフーテン暮らしをしているとか、デモにも行っているようだとか、女の子と暮らしはじめたとかの隆からの情報も、どうだっていいことだと思う。あの子にはいま、信じられるものが何ひとつないのだから。だから私はあの子を信じてやりたい。あの子がどんなにだめになってしまっても、たとえ罪人になったとしても私はあの子を信じてやる。この子はいい子なんだと、世界中を敵にまわしてでも言いつづけてやる。

いま、あの子には言ってやりたい。

どこへ行ってもいいよ、どこまで行ってもいいよ。でも迷ってしまったら、死んでしまいたくなったら、そのときには死なずに私のところへ帰ってきなさい。あの子をほんとうにこの世でいちばん愛しているのは間違いなくこの私なんだから。

私は忘れていない。乳母車に乗せて小学校へ通わせた二年間のこと。運動会や学芸会の朝、のり巻きをつくる台所の私の足もとに坐り込んで、のり巻きの端っこを、「ここがいちばん美味しいんや」と言って全部食べていたあの子。遠足のお弁当に入れるあの子の大好きな玉子焼きには、いつも六つも玉子を使ったこと。

あの子の誕生日近くになると咲く金木犀《きんもくせい》の花、あの香りが好きだと言ったら、あの子は毎日どこかの家の庭から小枝を折って持って帰ってきてくれた。もう季節が過ぎたころ、持って帰ってきた金木犀の枝にはゴミ箱の臭《にお》いがついていた。ゴミ箱から拾っても私を喜ばせようとしてくれたのだろう。

もうみんなみんな、とおり過ぎてしまった思い出だけど、私にはかけがえのない安らぎだった。

もうきっと私はそう長い間生きられないのだろう。夜、眠りにつこうとすると毎晩、頭の中でボンと大きな花火ほどの音がする。お医者さんは血栓がちぎれて飛んだ音だろうと言う。

私は満足している。肩の重い荷が、あの子を手渡してもらったときから初めて下りたような気がしている。方法《やりかた》はもっといろいろあったかもしれないけれど、私はあの子をじゅうぶんに育てた。じゅうぶんに愛した。その中味はあの子の下に生まれた男の子と女の子とまったく変わらない。私は幸せだった。でも私の幸せの分だけ良子に不幸せを背負わせてしまったような気がする。

私はもう長くは生きない。もし私がいなくなって、あの子が私のことを思い出してくれるとしたら、良子に報いてやってほしいと思う。ほんとうにかわいそうなのはあの子じゃない。良子だと思う。

ほら、お菊バアさんも言ってたじゃない。

「盥渡しの子は親孝行する」って。

だからあの子には良子が生きている間、親孝行をしてやってほしい。自分が産んで、自分が育ててこれなかった。でもその間の愛は私なんかのとは比べようがないほどの深い愛だと思う。もっと切ない、もっとやり場のない、手を伸ばしても伸ばしても届かない愛だったと思うから。

＊

俺はうっすらと眼を開けてみる。顔の横にナカジマさんの足がある。玄関先ではまた牛乳配達の音がしている。まる一日睡《ねむ》っていたのだろうか。顔が痒《かゆ》い。枕代わりの座蒲団の、眼のあたりがビッショリと濡れていた。俺は泣いていたんだろうか。

27

初めて陽子《ようこ》の部屋へ入ったとき、滝壺の中にある部屋かと思った。アパートのすぐ下に川が流れ、雨で増水した川は濁流となって激しい音をたてていた。

人形劇サークルと新宿漂流に明け暮れた俺は当然、留年ということになり、一年下の新入生たちの組に編入されるのだった。

最初の授業だけは、ちょっと新入生の顔でも見に行こうかと思って出た。そのクラスに陽子がいた。グリーンのフェルトのベレー帽が、ナカジマさんを思わせた。

「この人、私のお兄さん」陽子は眼鏡をかけた男を俺に紹介した。

「あ、兄です。どうも」男はそう言って、陽子のほうを見て笑った。

「ここは凄い音ですね、まるで滝壺だ」俺が言うと、

「この神田川ってやつは始末が悪くてね。すぐ水が溢れる。川幅が狭いからね。この近く、

道にあるマンホールの蓋《ふた》なんてバーンって飛び上がるよ。雨水が下水路を逆流するんだ」

お兄さんはそう言って煙草に火をつけた。

「あれ、お兄さんもこの近くですか？」俺が訊く。

「まあね。近くといえば近く……だな」お兄さんは急に曖昧な感じで答えた。


三畳の部屋にはほんとうに猫の額のようなちいさなかわいい靴脱ぎ場と、その横の半畳ほどの板の間には流し台とガスコンロがひとつある。木の勉強机と椅子が窓際にあり、その横には畳ひとつをタテにしたような扉の押し入れがある。花柄のビニールのファンシーボックスの中には洋服が納めてあるのだろう。キョロキョロと物珍しそうに部屋を見渡している俺にお兄さんが言う。

「この部屋は初めてなんだ。ふーん」

「当たり前よね。ついこないだクラスで初めて会ったんだから」と陽子が言って、部屋を出ていった。トイレはどうやら外にあるらしかった。

お兄さんと二人きりになった途端、お兄さんが声を潜《ひそ》めて俺に言う。

「そういうワケか。いや、陽子が今日来てって言うからさ、来てみたんだけどさ。俺、陽子が予備校に行ってた一年間つき合ってたけど、俺の後釜がアンタってワケだ」

「あれ、お兄さんじゃなかった……」

「あんたもけっこうトッポイねえ。ま、俺が見たとこ合格だな。俺、帰るからさ、元気でやれって陽子に言っといて。じゃあ、がんばってな。がんばれって言うのもナンだけど……」

「はい」

〝お兄さん〟は傘を持って帰った。トイレから戻ってきた陽子に俺は辞書を貸してくれと言った。

辞書には……「とっぽい（俗語）気障《きざ》で生意気である」と書いてあった。東京に出てきて初めて聞いた言葉だった。

共同トイレ、風呂ナシの陽子のアパートから銭湯までは一キロ半ほどの道のりである。近くにも銭湯はあるが、通りの両側に並んでいる古本屋の棚をのぞきながら、前の下宿のそばの銭湯に通った。何より「安兵衛湯」という古風な名前が気に入っていた。

冬の寒い日には、アパートへ帰ってくるころには濡れたタオルが凍りついて一本の棒になっている。二人の肩までかかる長い髪も黒い針のように固まっていた。

「ねえ、ゼイタク煎餅《せんべい》買おうよ」

風呂の帰りに陽子はよく言った。見かけも味もふつうのセンベイなのだが、

「これを食べると、なんか、すごーくゼイタクしてるって気がするのよ、ねえねえ、味ま

でちょっとゼイタクでしょ、違う？　でしょ？」

　と陽子ははしゃぐ。

「ゼイタクは敵だ。欲シガリマセン勝ツマデハ、っていう標語があったんだぜ、戦争中には」

「あなた戦争行ってたの？　私なら、欲シガリマスヨ負ケタッテ、って変えちゃうかも」

　陽子はそう言い、紙袋からセンベイをつまみ出して食べた。大きな眼がいたずらっぽくクルリとまわった。

　陽子と三畳ひと間に暮らしはじめる前から、俺はヴィレッジゲイトの活動家に誘われるまま、何度か戦場《デモ》へ行っていた。「ベトナム戦争・反対」「産学協同路線・粉砕」「学費・学館闘争に勝利しよう」などと大きな字で書かれた立看板が大学の構内を埋め尽くし、俺たちは警察の機動隊に受験票をチェックされ、机や長イスなどが砦《とりで》のように積み上げられたバリケードの森の中をくぐって受験したクチであった。

「武力が違いすぎる」

　羽田空港にはまだ遠すぎる京急蒲田の駅で、すでに我われを囲んでいる機動隊をひと目見たとき、俺は俺をデモに誘った活動家に言ったのだった。

　青い完全武装のカブト虫の群れはジュラルミンの長い楯を持ち、樫の長い警棒を持って城の石垣みたいに整列していた。

学生のほうはといえば、かたちばかりの薄いペラペラのプラスチックのヘルメットとジーンズに運動靴。覆面はただのタオルだし、気のきいたヤツは腹とシャツの間に新聞紙や週刊誌を入れてガードしているだけだ。

新聞で書かれているゲバ棒といっても、いちばん安物の杉の角材だった。一撃するまでもなく一発で真っ二つに折れたし、ヘルメットも警棒で簡単に割れるシロモノだった。

「だからさあ、俺たちのカッコウは精神性と思想性なの。いわば象徴としての反権力ってワケ。武力の比較じゃねえんだよ、馬鹿」

活動家はそう言ってから、持ってきたハンディマイクで演説をブチはじめた。

機動隊は駅の改札口の通路を空けていた。俺たちは隊列を組み、改札口をとおった。駅員の姿はどこにもなく、俺たちは一人ずつちゃんと買ってきた切符を渡すこともなくとおり過ぎた。三両にびっしり乗ってきた学生たちがすべて改札をとおり終えたら、車をとおしていない道路の向こう側から音をたてて機動隊の大群がやって来た。

「気をつけろ、挟《はさ》み撃《う》ちだ！」とリーダーが叫んだ。俺たちは蜘蛛《くも》の子を散らすように四方八方へ逃げた。捕まった学生は、殴られ、引きずられ、蹴られていた。あちこちでボンボンと火炎ビンのオレンジ色の光と音が炸裂している。逃げ遅れたり転んだりした機動隊員が学生たちに捕まる。次の瞬間には、機動隊員が圧倒的な数で反撃し取り返す。

市街戦が始まっていた。
四、五人ずつにバラバラになった俺たちは、十人ほどの機動隊員に追われ、ビルの階段を駈け登った。屋上へ出られる扉は開いていた。機動隊員も追いつき、もう逃げ場がなかった。学生の一人がシャツの襟首を摑《つか》まれて引き倒された。そのとき、屋上の向こうの扉が開き、三十人ほどの学生たちが飛び出してきた。こんどは一瞬の迷いもなく機動隊員が逃げだした。間一髪だった。「全員検挙!」と下の道では装甲車のマイクが叫んでいた。
その日のデモでは空港近くの橋の上で一人の学生が死んだ。


活動家に連れられて成田へ行った。援農《えんのう》といって空港反対同盟の人の家に泊まり込み、農作業を手伝うというものだ。小川で泥のついたニンジンや大根を洗い、スイカ畑のビニールハウス造りを手伝う一週間だった。

細かく切った竹をカーブさせて両端を畑に差し込む。畝《うね》と畝との間の土は固く、かなりの力が要った。学校から帰ってきた小学生の女の子が横に来て、いとも簡単にスパッ、スパッと差し込む。コツは腰をうまいタイミングで落としながら差し込むことだった。八十才になるというお爺さんが、俺たちを笑いながら見ている。

「学生サン、俺たちだって国に空港が要ることぐらい、わかってるだよ。でも、なんで反対してるか、この畑を見ればわかってもらえるだよ。ホラ、この土の上に手を広げて置いてみなさい」

俺はお爺さんの言うとおりに盛り上がった畝の土の上へ手の指を広げて置いた。

「ホラ、沈んでいくだろう。指のかたちのまま二十センチは沈む。この富里《とみさと》のスイカは甘いんで有名じゃが、この土にするまで最低でも五十年はかかる。俺たちに金を渡して別の土地をやるからと言われても、このスイカは五十年できない。それに俺たちが金を持ってもどうなる？　子供たちが曲がるだけじゃろ、親まで曲がる……」

お爺さんは俺たちが帰るときに、裏山で掘ってきたタケノコを三本ずつくれた。俺は二本を東京へ来てすぐに盲腸炎となって倒れ込んだ中華料理屋のおカミさんに持ってゆき、一本は陽子のアパートに持って帰った。

陽子が煮上げたタケノコからはいい香りが立った。その香りの中には、もう消えてゆくあのお爺さんの、富里のスイカのような甘い匂いが混《まじ》っていた。

お茶の水のデモにはレモンの配給があった。半切りにしたレモンを二つずつ女子大生が配ってゆく。夜のデモなので、催涙ガスを打ち込まれたら刺激性の煙で視界が極端に悪くなる。そんなときには、このレモンの切り口で眼をこすっていれば大丈夫というわけである。

確かに効きめは絶大だった。しかしそれも機動隊に追われ、蹴られるときまでのことだったが……。必死で逃げるときには、誰ももうレモンなど手には持っていなかった。

「あら、パンダさん、お帰りなさい」

部屋には陽子のつくるカレーライスのいい匂いが充満していた。催涙ガスと俺たちの汗とは対極にあるような幸せの匂いだと思う。

「鏡見てごらんなさい。パンダさんでしょ」

陽子は俺に円《まる》い手鏡を渡す。

ほんとうにパンダみたいだった。パンダは眼のまわりだけが黒いが、デモの煙と埃《ほこり》の中で眼だけをレモンでこすっていたので、俺の両眼のまわりだけは黒くないのだった。逆パンダ。こんな顔で俺は中央線と山手線を乗り継いで帰ってきたのかと思うとおかしかった。

「私、教職課程取ろうと思うの。どう？　一緒に取りに行かない？　教育学部で授業受けて単位取らなきゃいけないけど、別に先生にならなくても取っといてもソンはないでしょ、ねえ、一緒に行きましょうよ」

陽子は台所でカレーのルウを混ぜながら、後ろ姿のまま俺に言う。

「行かない。先生になんかなれない。だいたいふつうの授業だって出てないの、知ってるだろ」

「やっぱりね。じゃ、私ひとりで行く。

今日のカレーね、カレー肉、特売だったの。だから豪華版のビーフカレーよ」

陽子はちょっとこっちを振り向いて言った。クマのプーさんのエプロンをしている。

俺は流し台で逆パンダさんの顔を洗い落とす。

「今日のデモ、また負け戦《いくさ》？」

「負け負け、大負けもいいとこ。アッという間にバラバラにされて踏まれて蹴られておしまい。ま、勝ち負けじゃないんだけどね。ただ今日はなんとなくヒヨリたくなかったから行っただけ」

「ヒヨリって何？」

「日和見《ひよりみ》ってさ、言われるんだよ、デモをサボるとさ」

俺はさっきから、ずうっと陽子のエプロンの結びめあたりを見ている。二人で学校の先生か、悪くないなァと思う。岩手に人形劇を持っていったときの分校のオトコ先生、オナゴ先生の、穏やかに暮らしている笑顔を思い出す。陽子のつくるカレーライスの香りに包まれて……デモの罵声や怒号、企業戦士としての激しい生き残り出世競争などとはいっさい無縁の「静かな一市民として陽子と暮らす暮らし」……考えることといえば明日の授業の簡単なコンセプトだけ……給料だってこの国のことだ。二DKで食べていけるくらいはちゃんとくれるだろう。たまにはゼイタク煎餅も陽子には買ってやれるだろう……。

俺は今日のデモにいた機動隊員のことを考える。連中は宿舎に帰って何を食うんだろう。

消灯の合図があったあと薄い蒲団の中で何を考えるのだろう。ヴィレッジゲイトの活動家が「機動隊ってのはエリート集団なんだぜ。志願して体を張って、実はエリートをめざしてる。だから根性もある。だから見てみな。奴ら、待機中の装甲車の中でも上級幹部試験の勉強してるぜ」と言っていたのを思い出す。

それでもいくらエリート集団といっても、故郷の親や恋人に手紙ぐらいは書くだろう。「国を壊そうなんて言ってる奴らと毎日戦っています。使命に燃えています」なんて書くのかな……。まずこんなふうに思いを馳せること自体、俺はすでにデモ学生失格なんだろう。

「お待ちどおさま、できたわよ、豪華ビーフカレー。今日は福神漬けも酒悦《しゆえつ》のビン詰めで張り込んじゃったんだから」

陽子は赤く円い小さな卓袱台《ちやぶだい》の足を立てて、ごはんの入った白い食器を並べる。

俺には使命なんてものはないモンなと思う。たいした勉強もせずに、デモに行く位置づけすら自分で探せないまま、まるで烏合《うごう》の衆のような単なる数の一員として行っている。

確かに興奮に似た気持ちがある。サーチライトに照らされてジュラルミンの二層に重ねられた壁へ隊列の先頭で突っ込んでいくとき、このまま殴られ、突かれ、蹴られて死んでゆくのか、ちょっと悪くないと思う瞬間がある。そうして俺が死んでしまったとして、誰がほんとうに悲しんでくれるのか、確かめてみたい気もする。俺を育ててくれたお袋か、それとも親たちの中で唯一、血の繋がりのないオヤジか、それとも生みの母や、父か……。「厄介なヤツがおらんようになった」とほくそ笑むのはお菊バアさんだろうか。俺の存在証明、俺だって生きている人間、魂を持ち、血も涙も人並みに熱く通っていた人間なんだと思い知らせるには、少なくとも新聞に名前ぐらいは出る死に場所じゃないのか、どんなにみっともない死に方をしても、知らない人が花を投げてくれるかもしれない、いい死に場所になるかもしれない……。隆はそれでも「馬鹿な奴や」と言うだろうけど。

いいや、それは単に臆病者の助平根性なんだろうと思い直す。俺はやっぱり、生きているかぎり、生きることで存在証明を獲得してゆかなければならないのだろう。一寸の虫にも五分の魂、盥《たらい》渡しの子にも意地があるということを少なくとも俺はお菊バアさんには叫んでやらないことには、死んでも死にきれない。人間を馬鹿にするんじゃない……と。

ほんの一瞬、青いサーチライトに照らされ、矛盾した想念が交錯した次の瞬間には、俺は盾の下で下敷きにされたまま踏みつけられているのだ。殺してくれ、俺だけは殺してくれ。どこか遠くで叫び声をあげている俺の声を俺は聞くのだ。

「なんか難しい顔をしてる。疲れたの？　カレーライス、冷《さ》めちゃうじゃないの」

陽子はもうスプーンを使いながら、ビーフカレーを食べはじめている。俺もスプーンを取りいちばん大きな肉の塊をカレーと一緒に口の中へ放り込む。

「うまいなァ、うまいよ、ほんとに」

陽子はスプーンを持ったままの手でコブシをふたつ重ね、鼻の前で「天狗の鼻」をつくってみせる。

いま、どこで死んでも、どんな死に方をするのも俺は怖《こわ》がっていないと気づいてハッとする。

でも、いまの俺のまわりにあるこの確かなぬくもりみたいなものは、なんなのだろうか。この体と心に、ゆっくりとゆっくりと沁《し》み込んでくる安堵感は、なんなのだろうか。俺はカレーライスを食べながら陽子の顔を盗み見る。陽子が言うように「心を入れ替えて」教職課程でも一緒に取りに行こうか。そして「いい先生」と言われて陽子だけを愛しつづけて……。

俺は心の中で、しかしやっぱり首を横に振っていた。そんな絵に描いたような「しあわせ」の中に浸っていれば、俺は「俺が生きていた」という存在証明ができないのだ。

俺って奴は、ほかの奴とはあらかじめちょっと違うのだ。

陽子がふっと微笑んだ。俺がいまいちばん怖いのは、この陽子のやさしい微笑みだけかもしれないと思った。

28

　まる一年つづいた陽子との暮らしが突然終わった。俺は家からの仕送りを断り、学校も辞めることにした。学部の事務局へ言いに行くと手つづきは簡単なものだという。学校に来なくて学費も納めなければ、抹籍《まつせき》処分となり本学に存在したことも認めない。また学校に来たければ入学試験を受けてください。休学や中退の場合は、届けを出す日までの学費をちゃんと納めていれば復学は可能で、中退証明書を出しますというものだった。仕送りを断って学費だけを大阪の親に払わせることもできない。

「じゃ、抹籍でいいです」

　まるでソバ屋に入って注文を聞かれ、「ザルソバ」と言ったのと同じ感じだった。

　事務所を出てスロープを降りてゆくとカラスが鳴いた。空は綺麗な夕焼け雲が広がっていた。俺はやっと自由の身になれた実感に浸っていた。ここは東京だ。そしてもう親がかりの学生でもなくなった。いっそ気持ちがいいと思った。これから俺は何にでもなれる。何者にもなれないかもしれないけれど、もう俺を、俺の心を誰にも縛られることなく生きてゆける。俺はやっと俺ひとりになった。

　それまでにも俺は短期のアルバイトはずいぶんやっていた。仕送りは届いたその日に下宿代を払って、残りはすべてその日のうちに古本屋で一文残らず本を買った。ヤケクソのような俺の意地だった。

本といっても、俺の買う本はほとんどが詩集、詩論集、映画論のたぐいである。吉本隆明、谷川雁、埴谷雄高の三人の本は、当時、すでに伝説的な存在だったために、ずいぶんと高かった。

吉本の『言語にとって美とはなにか』という本をやっと手に入れたときの喜びといったらなかった。「ゲンゴビ」と呼ばれたその上下巻を、三日間の地下鉄工事のアルバイトで手に入れたとき、一行読むたびに体が震えた。眠るときも枕の下ではモノ足りず、敷き蒲団の下に並べて眠った。暗記する勢いで読み、ボロボロになってからは赤や緑の鉛筆で線を引いて読んだ。

吉本隆明は不思議だった。隆明詩集や初期ノートなどの詩は完ぺキに論理的で、ゲンゴビや『模写と鏡』などの詩論や評論は、逆にまったく「詩」なのだった。谷川雁は金持ちの友人から写させてもらい、埴谷雄高の『死霊』などという本は絶版になっていて、その値段は何ヵ月働けばいいのだろうというような高い値札がつけられていた。アルバイトでなんとかがんばって買える詩集は、黒田喜夫、石原吉郎、入澤康夫、金子光晴、寺山修司、大岡信ぐらいまでである。

埴谷雄高の『死霊』を置いてある古本屋は、まずなかったと言っていい。しかし『死霊』がまぎれもなく、本棚のいちばん上の段に置かれてある店があった。

風呂屋の番台のようなかっこうで、古本屋のオヤジさんは店のいちばん奥、本棚をすべて見わたせる台の上に坐っているものだ。

学生運動の活動家御用達の店だが、マルクス関係とは別の棚に詩集のコーナーがある。店のいちばん奥、つまりオヤジさんの目の前だ。ほとんど口をきかないオヤジさんとしても学生の間では有名だった。

「よく勉強しますね」

と、初めてオヤジさんがポツリと言ったのは、詩集の棚の本をほぼ買いあさったころだった。『死霊』以外には。

チャンスが来たと思った。

「いちばん上の『死霊』、ちょっとだけ見せてもらえませんか?」

俺は意を決して口にした。半分以上は断られると覚悟していた。

「どうぞ、いいですよ」

オヤジさんはそう言って、少し微笑《わら》った。初めて見た微笑みだった。

脚立をひろげて、いちばん上の棚から『死霊』に手をかけた。抜き出した本の上にはチリひとつなかった。毎日ハタキをかけているのがわかった。

最初の一ページだけを食い入るようにして読み、パラパラとめくるようなこともせず、俺はまた本棚に戻した。恋人の唇に初めて指先がふれた想いがした。

「高いよね。高すぎるよね。ホントはもっとたくさんの人に読んでもらいたい本だけど……」

オヤジさんはまた、もとのムッツリした表情でそう言った。

数年後、俺は友人から、そのオヤジさんが交通事故で亡くなったことを聞いた。

そして『死霊』は、再版されることになり、伝説は消えた。

「ホントはもっとたくさんの人に読んでもらいたい本だけど……」

オヤジさんの言った言葉どおりに、本は再版されたのだった。

＊

生活費や食費やサークルの活動にかかる金はアルバイトで稼いできた。地下鉄の徹夜工事、建築現場、食品冷凍庫、それらのものは手伝い程度だったが純粋な肉体労働で、体力の消耗や時間が不規則な分だけ短期間で金になった。私立探偵もやったが、大企業入社のための身分確認ぐらいしかさせてもらえなかった。

俺は永続性もあり、身入りもいい仕事をスポーツ新聞の求人欄で探すことにした。

そしてそれはコミッションセールス、つまり出来高歩合給の飛び込みセールスしかないことがわかった。

青山通りのビルの二階にある会社で俺は社長に面接された。サングラスをかけ、上等なスーツを着て、鹿革の手袋は十本の指へタイトに貼りついていた。

「まず、その肩まで垂れている長い髪を切れ。そんな髪の毛じゃ一本も契約は取れん」

「絶対無理ですか?」

「当たり前だろう。そんな髪で稼げるんだったら俺はみんなの前で裸で逆立ちしてやる」

社長はそれだけ言ってパイプに火をつけ椅子をクルリと回転させて、それっきり口をきかなかった。

その会社の商品は写真パネルだった。一ヵ月一枚二千円でリースの契約を取る。最初の一ヵ月分の半分、千円が俺たちのコミッションとなるのだった。寿司屋には鯛だのひらめだの伊勢海老だののカラー写真パネルを毎月絵柄を替えてリースする。洋菓子屋にはアルプスや草原の写真、絵の具屋さんや文房具屋さんにはパリのモンマルトルの絵描きさんたちの写真という具合である。スナックやキャバレー用にはヌードパネルまであり、その写真の精度とセンスはかなりいいものだった。俺は「イケル!」と踏んだ。

俺は肩までの長髪をけっきょく切らなかった。社長の逆立ちを見たかったワケではないが、社長の言うことがほんとうかどうかを確かめたい気はあった。

俺はパネルが六種類入った大きなカバンを持って商店が多そうな浅草へと向かった。人がなんとなく気やすく声をかけてくれそうな下町からというネライだった。しかしこのネライが大間違いだったことに気づくのは二週間ほどあとになる。ただし長髪、ジーパン姿という俺のスタイルだけは浅草でもまったく違和感はなかった。

とりあえず街並みの商店に片っ端から飛び込んだ。一週間経っても社長の言うように、みごとにたった一本の契約も取れなかった。電車賃、食費はすべて自費であるのがつらい。みんな話は聞いてくれるのだが、契約のムードになると腰を引いた。

俺は一軒のちょっとオンボロな寿司屋に眼をつけた。入り口にはちょっとしたショーウインドーがあり、なかには品書きと、どういうわけかトンボのオニヤンマが一匹、干からびたまま置かれてある。ここはオニヤンマの代わりに魚のパネルを置くべきだと俺は勝手に考えた。最初の日から、俺が挨拶をしようが、セールスをしようが、たぶん店主である板前はまったくこちらを見ようともせず、手も休めることがなかった。よし、やってやる。俺は燃え上がるものを感じた。ここが落とせないならこの仕事は俺のもんじゃないと思った。

三日めに板前は、やっと俺を見てニッと笑ったが口はきかなかった。四日め、いつものように昼の時間が終わる三時ごろに行ったとき、やっと話を聞いてくれて「いらねえな」と、ひとこと言った。

五日め、六日め、板前はまた口もきいてくれなかった。七日めだった。俺が顔色を窺いながら何か言おうとしたときだった。板前は俺にアガリを入れる大きな湯呑みを投げつけた。湯呑みは俺の足もとに落ちて転がったが、割れなかった。俺は湯呑みを拾い、今日はダメだと思って、何も言わずに帰った。その後一週間、毎日通いつづけたが同じだった。

　さすがに俺も参ってきた。泥棒猫さながらに何かを投げつけられるぐらいは、ある程度、覚悟はあった。しかし今日で二週間、電車賃と昼メシ代が赤字で収入はゼロである。夜になって会社にパネルが入ったカバンを置き黒板の俺の名前の下へ0《ゼロ》という数字を書いてから帰る。もちろん会社の連中は俺に口もきかない。部長と呼ばれている小肥りの男が俺の黒板を見て、「お、きれいに白丸だな。十四日全勝じゃないか、明日で全勝優勝だぞ」と言った。


「こっちへ入りな」

　寿司屋のノレンを上げた途端、一週間前、俺に湯呑みを投げた板前が手招きした。

「こないだは悪かったな。そんな気はちっともなかったんだけどよォ、しつこいなァって思ったら手が動いちまった」

　板前は握り寿司を一人前、俺の前に出した。

「出前でひとつよけいにつくっちまったからよう、よかったら食べねえか」

　その寿司は、乾いてもいず、つい直前に握ったものだというのがすぐにわかった。

「ありがとうございます」

俺は箸《はし》を割り、マグロを口に入れた。うまかった。久しぶりの寿司だと思った。最後に残ったキュウリのカッパ巻きを食べようとしたとき、涙がポトポトと芯のキュウリの上に落ちた。口に入れたカッパ巻きはしょっぱい味がした。

「ありがとうございました。おいしかったです」俺は礼を言って帰ろうとした。

「おいおい、お前、なんのために来てんだよ。ほら、いいから、契約してやっから」

「いいえ、いいです。お寿司を食べさしてもらって。それだけでけっこうですから……」

板前が初めて笑った。

「おめえ、年いくつだ？」

「ハイ、二十一です」

「いいなァ、ま、まだなんでもやれる年だ。がんばりな」

字が下手だからと言って契約書を俺に書かせて板前はハンコを押してくれた。阪野という名前だった。

「阪野さん……俺の初恋の人の名前です」

「バカ言ってんじゃねえよ」

俺の契約第一号だった。

青山の会社で社長が鹿革の手袋を脱ぎ、上等のスーツを脱ぎ、パンツ一丁になってセールスマン全員の前で逆立ちをしてくれたのは、その日から四ヵ月が経ったときだった。俺は長髪のままセールスをつづけたが、ただ服装だけはジーンズからフツーのスーツに変わっていた。

社長は俺に会社の社宅として買ってあるマンションへ移れと言った。家賃はいらない……好条件だった。俺に逆らうなんて根性がある、見どころがある、幹部になれとまで言った。

「そのマンションから東京タワー見えますか？」俺は社長に訊《き》いた。

「東京タワー？　見えるなんてもんじゃない。真下だよ、真下。あれって下から見ると凄いぞ迫力があって。スカートの下から見上げているような気がするぞ」

そう言って社長は俺をベンツのスポーツカーの助手席に乗せ、マンションへ向かった。

ベランダの側の窓を開けるとそこはほんとうに東京タワーの真下だった。社長の言ったように俺の鼻先で東京タワーが大股開きをしているような感じだった。

俺の中学の修学旅行は東京だった。修学旅行専用列車「きぼう号」で大阪から静岡まで行き、バスで富士箱根をめぐって東京に入った。

思っていた倍ほどの高さに富士の頂上が見え、東京タワーでは展望台から雨雲の下に東京の街が見えた。富士山と東京タワー、そして俺が受験で上京する一年ほど前に開通した新幹線。この三つが俺の中での東京を代表する、いわば「三種の神器」であった。東京でいつか、この三つがすべて見える場所に住む。東京の人たちが聞いたら笑いだしそうな俺の「夢」。まずその「夢」の一つが思わぬことから叶った。俺は毎晩ベランダで缶ビールを飲みながら、首が痛くなるまで東京タワーを見上げていた。

俺のセールスにとってラッキーなできごとがあった。久しぶりに新宿へ出て、ナカジマさんと会っていたときに、ジプシーがやって来たのだった。

「モディ、スーツなんて着ちゃって、すっかりカタギになってるじゃねえか」

ジプシーは占いの筮竹《ぜいちく》をカバンから取り出して何度も竹を抜き出し、俺を占ってくれた。

「ちょっと手相も見せてみな」

俺は両手を突き出した。ジプシーの占いは当たるというので少し怖かった。

「なんだやっぱりマスカケか。文才があるってことか、ン？　なんかカンザイが出てる。いま金運があるかもな」

ジプシーはそれだけ言って横のサリーを着た女を抱き寄せた。

新宿のキャバレーの支配人をジプシーは紹介してくれた。ジプシーの信奉者の元ヤクザだと言う。

「契約してやらなかったら車の運転にはちょっと注意するようにとジプシーが言ってたと

言っておけ」

俺はジプシーに感謝した。八十枚もの大口契約を俺はもらったのだった。キャバレーの入り口から四十メートルもある通路の両側にヌードパネルを並べてくれた。

「これ、現像してくれたらほかの店も紹介してやるぜ」と言って支配人は一本のフィルムを渡した。ハゲかかった支配人が大汗かいて若い女の子に挑んでいる写真が現像液の中で浮かび上がってくるたび、俺と現像部の社員は大笑いをした。写真を手渡すと、支配人は大喜びで百枚クラスの店を三軒も紹介してくれたのだった。

俺は業種別にカメラマンを派遣して、商品ができあがるまでの作業パターンをパネルにさせた。漢方薬、椎茸などの乾物、海苔屋、豆腐屋など、その商品の種類や製造風景などの紹介パネルをつくった。リースなので一ヵ月ごとに図柄を変え、ウインドーは活性化する。リース料が高いと文句を言われると、

「いま一ヵ月二千円で商店イメージをアップさせて、毎月お店の印象も玄関先で変えられるものがほかにありますか。ほんのタバコ代ですよ」

とあきれたような顔で言うと、ほとんどが、落ちた。なかにはいい写真なので買い取れないかと言ってくる店もあった。買い取りはリース料の五倍という設定にしたが、大きなパネルはよく売れた。俺も会社も買った商店もみんなが喜べた。確かにいいビジネスだった。東京タワーの見えるマンションも快適だった。

だが、何か空しさがあった。金は入ってきたが、何かが違っているような気がしてならなかった。

29

月収四、五十万円にもなり、セールスマンとしてまさに波に乗っていた俺の月収が突然、二万五千円になった。

四谷あたりをセールスしていたときに、この近くのラジオ局で人形劇サークルの先輩がディレクターをしていたことを思い出したのだった。ロビーで会った先輩は俺に放送台本を書いてみないかと言った。まあ、修行中はレコード運びのバイトでもしていればなんとかなるだろう。人形劇の台本が書けていたんだから大丈夫かもしれないと誘った。

イチもニもなく、俺は転職することに決めた。鹿革の手袋の社長はあの手この手で俺をなだめすかして思いとどまらせようとしたが、俺は聞かなかった。

俺はまた下宿を探し、家賃七千円という超オンボロアパートを見つけて引っ越した。快適なマンション暮らしからまた一転、まったく陽の当たらない北向きの擦り切れた畳へと舞い戻った。そして一ヵ月、ラジオ局でレコード運びのバイトをしてもらった給料が二万五千円だった。

その東中野のアパートは寝に帰るだけで、畳と蒲団さえあればいいと思って借りた部屋だった。やもり庵といい勝負かな？　俺は窓側の手すりにナメクジが這《ふ》っているのを見ながら思った。裸電球。横を走っている中央線は、夜中に貨物列車や福生《ふっさ》行きの米軍用燃料を積んだタンクローリー貨車が走る。貨物列車がとおるたびに部屋が揺れる。しかも嫌になるくらい通過する時間が長い。しかしほんとうに困ったのは、ひとりの少年だった。開けたままの窓に人の気配がした。蒲団から顔だけ出して見ると、ひとりの少年が部屋の中を見ていた。外は土の庭で、木といってもヤツデが二、三本植わっている程度だ。その庭から少年は俺を見ている。小学校の四、五年生ぐらいのようだった。

「きのうは夜二時ごろ、帰ってきたでショ」

「ああ」俺はできるだけ面倒臭そうに言った。

「このアパートの一階でいちばん遅かった。ボクは足音だけで誰が帰ってきたか、みんなわかる。寝たのは四時半ごろでショ。それまで電気がついてた」

おいおい、お前はなんだと言いそうになるのをじっと耐える。

「なんの仕事してるの？　あまり帰ってこないでショ。こないだ帰ってきたのは三日前、その前も三日前で、その前は四日前だった」

「ラジオの仕事してるの。だから宿直室で寝てるの。夜遅い仕事が多いからね」

「オモト知ってる？」

「オオモト？」

「ううん、オモト、コレ。万年青って書くんだって。この部屋に前住んでた人が置いていった。あずかってたんだけど、いる？　オモト」

少年は万年青《おもと》の鉢植えを手に持っていた。赤い実がみすぼらしくマダラについていた。

「要らないよ、ボクにあげる。俺だって水もやれないし」

少年はちょっとうれしそうな顔をした。

「ラジオの仕事ってさ、ボクも毎日ラジオきいてるけど、コント55号ってラジオ出てるよね」

「ああ、ウチの局にも来て録音してるよ」

「すごい。ねえ、サインもらえる？　ファンだからさ。すごいファン」

「わかったわかった。サインもらっといてやるからさ、もういちど寝かせてくれる？　二時まで、頼むよ」俺は本気で頼み込んだ。

しばらくしてそっと眼を開けてみると、もう少年はいなかった。

午後二時きっかりに俺はけたたましい目覚まし時計の音で叩き起こされた。窓辺には少年が片手で目覚まし時計を持ち上げながら立っていた。

俺はこのアパートにいるかぎり、この少年の視線に出会っていなければならないことを悟った。俺が帰ってくるたびに、少年は間髪を入れず俺の部屋のガラス窓を外の庭に立って叩くのだった。

やがて少年の母というのに会った。近くのバーに勤めるホステスだった。父親はいないらしかった。

「いつもすみませんねえ」少年の母は引っ詰め髪を束ねながらトイレですれ違いざまに俺に言った。金歯が一本、ピカリと光った。


俺はこの少年を見ていたり、話しているとほっとするものがあった。たぶん、それは相手にも伝わっていたはずだ。

人の眼の中には、ひとりずつ違った泉がある。同じ色を持った泉に出会うとき、人はたぶん微笑み合うのかもしれない。

俺はヴィレッジゲイトで、警察の殺人課、日本では捜査一課と言われるところの刑事と仲良くなった。俺は難事件で口を割らない犯人をどうやって落とすのか聞いてみたことがあった。人は右の眼と左の眼で力が違う。どちらかが必ず弱い眼だ。その弱い眼だけを正面からジッと見つめつづけると……落ちる。刑事はそう言って「アンタは右の眼が弱い」と言った。

少年にはわかったのだ。俺の欠落の眼が。

そして俺にもたぶんわかったのだ。

秩序とか、「ありきたりの自然な愛」から、あらかじめ振り落とされていると自覚させられている少年の眼の中の泉、欠落し乾いた水の色が。

＊

ラジオ局で俺は「放し飼い」というニックネームをつけられていた。一日中、放送局の中に棲息し、朝六時のニュースを社内モニターで聴いてから宿直室で寝る。誰よりも遅くまでいて、誰よりも早く番組の部屋にいる。そうして俺は台本を少しずつ書かせてもらえるようになっていった。

番組というのは俺にとっての家族であり、番組の部屋はもはや俺の家だった。そこで俺は「放し飼い」と呼ばれて認めてもらえている。ただそのことだけで俺は充実していた。

局に棲息するようになって先輩の放送作家から徹底的に教え込まれたのは、「ディレクターへの対応」だった。絶対に逆らうな。キレるな。かわいがられろ。という三つだった。「シャレ」というのが大切だとも教えられた。どんなに非道《ひど》いことを言われても笑っていろ。怒ったり言い返すのは「シャレにならない」と言われてアッサリ切られて終わりだ。その瞬間からこの世界と縁が切れる……と。

俺はエビのシッポが好きだった。天丼やエビフライのエビのシッポは香ばしく、残さず嚙み砕いて食べるのだった。そんな俺の食べ方を見ていたディレクターが俺に訊《き》いた。

「エビのそんなでかいシッポを食いきるヤツを初めて見た。シッポ好きなのか？」

「ハイ、大好き……です」俺は答えた。

まだ週に一本だけ台本を書かせてもらえるようになったばかりのころだった。

次の日の昼、ディレクターが言った。

「今日は長寿庵の天丼を俺が全員におごることになったから、お前も食べろ」

「ハイ‼」俺は元気よく返事した。

俺に渡された天丼のフタを取ると、メシの上にはシッポばかりが三十本盛られていた。

噛みちぎった跡がそのままわかるエビのシッポばかりだった。

「いやあ、うまそう。いただきます」

俺はアッという間に天丼、いやシッポ丼を平らげた。

「さすが放し飼い。いい食いっぷりだねえ」ディレクターは満足そうに笑った。

三十分ぐらいしてから、俺は胃の痛みでのたうちまわっていた。あまりに早くシッポばかりを食べすぎたのだろうか、胃痙攣《いけいれん》を起こしたようだった。胃にたくさんの針が刺さっているような感じだった。脂汗まで出てきた。

「あんたバカじゃないの？　ハイ、これでも飲みなさいよ」

俺の頭の上から声がして、眼の前に胃薬の包みを差し出した女がいた。片ほうの手には水を入れたコップを持っていた。俺は礼を言って胃薬を飲んだ。ジャンボというニックネームがついていた「番組の部屋」の中でいちばん背の高いアシスタントディレクターの女の子だった。うわさでは百七十センチを越えているという話だった。

「腹も身のうちって言うでしょ。いくら駆け出しだからって、体まで張ってディレクターにゴマ揺《す》らなくったっていいでしょ。

確かに『シャレになる』って思われたかもしれないけど、もうちょっとプライド持ちなさいよ」

ピシャリとした言い方だった。

「だって俺、ほんとうにエビのシッポ好きだからさあ」俺はウンウンと唸《うな》りながら言った。

「人が食べたエビのシッポ山盛りにされたのなんて食べることないでしょ。そういうのを卑屈《ひくつ》って言うのよ。卑屈になってまで貰える仕事なんて、どうせロクな仕事じゃないわよ」

確かこのコ、俺より年は下のはずなんだけどなァと俺は思っていた。

容赦《ようしゃ》のない言い方だけど、なんか筋がとおっている気もするし、ちょっと温かいかな？この「ジャンボ」って子……。

「放し飼い」と「ジャンボ」は、お似合いのカップルだと言われて一緒になった。結婚式などはせず、ラジオ局の番組の身内のパーティを会費制でやってもらった。

一年後に女の子が生まれ、名前を「パセリ」に決めた。体重四千グラム。生まれてからすぐ、ほかの子の二倍もミルクを飲む赤ん坊だった。

俺はどんなことがあっても守っていかなければならない存在というものが誕生したことを知った。

パセリが一才の秋、ラジオ局に新曲のキャンペーンで来ていたジーンズ姿のフォーク歌手に頼まれて歌を書いた。三度めに彼に渡した歌が売れ、俺はラジオ局を辞めた。

いまも俺のレントゲン写真は胃が変形したままだ。ラジオ局の放送作家時代にストレスで三回もやった胃潰瘍《いかいよう》で胃が破けた痕なのだ。

＊

人は病気になったときに、初めて気がつくものだ。それまでの健康だった日々のありがたさ、そしてそのありがたさになんの感謝も感じず、ただ不平を並べていた愚かさに……。

ポン太がいなくなってから、俺はパセリが言うように気が抜けていた。

野良猫あがりで、抱きあげてもすぐに体をひねって逃げだしたポン太だったが、俺の手には毛の手ざわり、背骨から腰骨、額から上がってゆくカーブ、アゴの下の毛並みの感触がまだ温かく残っている。

いちばん生々しく傷口に沁《し》み込んでくるのは、食べ物を見るときである。ポン太が好きだった猫缶は、まだ二十個近く残っている。カリカリも大好きだったタラ味とマグロ味の大袋が一つずつ封も切らずに残っている。

ステンレスのボールに、いまはもう水は入っていない。捨てたのだろうか、それとも乾いてしまったのだろうか。ボールの真ん中に、水の浄化用にとパセリがどこからか持って帰ってきた炭が一個だけ置かれている。

ポン太はほかの猫より舌が短いのか、水を飲むのが下手だった。ピシャピシャと舌でかき上げるようにして飲むのだが、飲むのと同じくらいの量の水をボールの外にはねこぼす。だからといって水の量を半分くらいに減らすと怒るのだった。

女房《アイツ》がいなくなってからも同じことがあったと気づく。二人や、家族全員でよく行った店や食べ物を避けるようになっていた時期が確かにあった。子供たちの前で馴染みになっている店主や奥さんに、「アレ？　今日は奥さんは？」などと言われるとたまったもんじゃないし、食べ物の思い出は当時の状況と密接に結びついているからだ。

突然にポン太は消えた。消えられた俺よりももっと切ない想いをしているのは、消えていったポン太のほうじゃないかと思うとさらに切なくなる。

女房《アイツ》なら書き置きもあった。一年後には消息をたずねる電話もしてきた。傷を抱えたまま家を出たのは同じだが、ポン太は誰にも告げずに行ってしまった。

淋しいよ、ポン太。ひとりで死ぬんじゃないぞポン太。戻っておいでポン太……。

深夜、気がつくと俺は「いちご大福」の電話番号を押していた。

30

香りの高さでその季節が今年もめぐってきたことを教える花がある。俺の誕生日前には金木犀《きんもくせい》が信じられないほどの遠くから香りを漂わせてくるのだが、学校の卒業、そして入学のころには必ず沈丁花《じんちょうげ》の花が咲き、強い香気を街角に置く。

ユタカの小学校の入学式があった。講堂に整列しているとき、ユタカの背が児童の中でもいちばん抜きん出ているのがわかった。

入学式の夕方、俺は「いちご大福」を呼び寄せ、みんなで近所のレストランでしゃぶしゃぶを食べることにした。

ユタカはしゃぶしゃぶの肉を鍋の中でグルグルと何回転もさせ、あげくにはタレをつけた肉を手で搾《しぼ》ってから食べる。眼を丸くしている「いちご大福」を見て、俺はユタカにマナーというものを教えてこなかったことを反省した。

「パパはお姉ちゃんのことをいつもなんて呼んでるの？」パセリが訊《き》いた。

「ほんとうは弘美……だったよな」

「じゃヒロリンだ」ユタカが得意気に言った。

「ヒロリンってなんかカゼ薬っぽくない？」パセリが言う。

ヒロリンか、悪くないと俺は思う。なんとなく俺たちの前へ急にマントを翻《ひるがえ》してあらわれた新しい主人公のような新鮮さもある。でも手にはやっぱりカゼ薬持ってそうだけど……。

「よし、ヒロリンに決定だ。いいね」

俺はそう言って弘美の顔を見た。笑っている。

「ヒロリン、今日は泊まっていって」

ユタカがそう言うとパセリが間髪を入れずに言う。

「だめだって。まだお姉ちゃんは家に来るの二回めなんだから、無理言っちゃだめ」

「ヒロリンはどうなの？」

俺はわざと子供たちを代表して聞いてみるようにして弘美の顔を見る。

「もう少しならいますよ」ヒロリンが答えた。

子供たちは家に帰ってからも、なかなか部屋へ上がってゆこうとしなかった。俺はヒロリンにタクシー代を出すから子供たちが寝るまでいてくれるようにと頼んだ。

パセリとユタカがやっと二階へ上がっていったのはもう十一時をまわったころである。

「それじゃ、私はこれで……。どうもごちそうさまでした。楽しかったです」

「ユタカがしゃぶしゃぶ手で搾ってたけどね」

ヒロリンは笑った。ここ二、三日、吹きはじめた春の風のような温かい笑い方だった。

「俺の女房になれ。ちゅうことはパセリとユタカの母親になってほしいということだけど」

俺は自分でも驚くほど、自然な口調で言った。

「馬鹿なこと言わないでください」

ヒロリンのきっぱりとした強い断りの口調も、なぜか意外な感じがしなかった。俺はやっぱり馬鹿なことをまた言いだしてしまったのだろう。俺は次の言葉を考えようとしていた。

「バカはお前だろ、そんなこと言ってるからだめなんだ」

また馬鹿なことを口走っている。俺はだんだん情けなくなってきていた。

「モノ書きの女房になりました。幸せになりました……なんて話、聞いたことがありません。お断りです」

ほんとうにこの「いちご大福」、ハッキリしてやがる。こうなったらもう言ってやるしかない。

「誰がお前を女房にして幸せにしてやるなんて言った⁉　俺はお前を女房にして不幸にしてやる。間違いなく不幸にしてやるって言ってるんだ。不幸が嫌なのか」

「嫌です」

「そんなこと言っているからだめなんだ。一生だめだよ。俺と一緒に不幸になるんだぞ。俺と一緒に不幸になれ。きっと楽しい」

沈黙がつづいた。この沈黙は意外なことだった。「いちご大福」いや、ヒロリンはずっとうつむいたまま黙りこくっている。

しばらくの沈黙のあと、やっとヒロリンが口を開いた。

「今日は帰ります。おやすみなさい」

俺は電話でタクシーを呼んだ。なぜかどっと疲れが押し寄せてきていた。玄関のドアを開けて、やって来たタクシーにヒロリンが乗り込むとき、俺はもういちど言った。

「俺の女房になるか？」

「なりません」

「俺のこと、愛してないのか？」

「愛してなんかいるわけありません。冗談言わないでください」

ヒロリンははっきりそう答えて帰っていった。パセリとユタカの今日のうれしそうな顔が、遠ざかってゆくタクシーの姿に重なった。


翌日の夕方、俺は最高裁判所近くのビルの前に立っていた。ヒロリンに電話を入れて近くの喫茶店へ来るように言った。ヒロリンは困惑したような顔をしてやって来た。

「明日は休日だろ。今日は泊まっていけばいいから。またみんなで晩メシを食おう」

「着がえの服も何も持ってません。無茶苦茶言わないでください」

「わかった」

俺はそう言うなりヒロリンをタクシーに乗せ、近くのデパートへ走らせた。

スーツを三着買った。

白地に桜の花びらが舞い落ちている模様のワンピースは似合うと思った。

ヒロリンはようやく、半分あきらめたような、あきれたような、そんな表情を初めて見せた。女房《アイツ》が出ていって二年めの早春だった。

31

白い雪野原がヒロリンの故郷を覆《おお》い尽くしていた。

俺たちふたりは、ヒロリンの親たちの承諾を得るために、「言っても誰も知らないから言わない」とヒロリンが言った村へと向かっていた。

上越線で小出《こいで》という駅に降り、古い造りの土産物屋の前からタクシーに乗った。今年は豪雪の年に当たっているとかで、雪の分厚い壁が道路の両端にできていた。

「それで、電話で何度かは話したんだろう、俺のこと。どう言ってたの、お父さんやお母さんは……」

「言ってもわからないから。母はともかく父は反対みたいです。絶対ダマされてるって」

「ダマされてるってか。確かに……当たってるかもしれない」

「笑いごとじゃないんですけど」

「そうだよな。三十近くになって、やっと長女が結婚話を持ってきたと思ったら二人の立派なコブつき。いきなりおじいちゃん、おばあちゃんになっちゃうわけだから」

タクシーは山のほうへ向いてカーブし、それまでの半分ほどの道幅になった。

両脇にある雪の壁は道の幅とは反対に倍近くの高さになっている。

「まだ行くのか、こんな雪のバリケードみたいな道」

「まだまだです。この辺なんか、まだ三メートルくらいしか積もってませんけど、ウチのほうは五メートルはカタイですから。何しろひと晩で一メートル積もります」

「ほんとうに人が住んでいるんだろうな。行ってみたら雪だらけの狐と狸が待ってただけだったりしたら、俺、帰るからね」

「だから言ったでしょ、村の名前なんて言っても無駄だって……」

　もうこの辺だろう、ここか？　と聞いた村落を三つも四つも過ぎて、やっとタクシーが停まった。

　そこはさらに山のほうへ向かう坂道の入り口で、「松坂屋」という看板が出ていた。

　玄関のガラス戸越しに、蒲団やら吊り下げられたシャツやらブラウスやらが見えた。いわゆる田舎によくある「なんでもあり」の洋品店だ。

　ヒロリンの母親が立っていた。細身のヒロリンからは想像できないガッシリとした逞《たくま》しさがあったが、笑った眼もとは娘とそっくりだった。

「まあまあ、遠いとこ、よう来なさったのんし」

　俺はぎこちない挨拶をした。

　店の奥の部屋には掘り炬燵《ごたつ》が切ってあって、そのテーブルの上にはたくさんの皿が並んしている。野菜の煮物の真ん中には山盛りになった薇《ぜんまい》の煮物が見えた。ヒロリンの父は反対しているらしいが、この様子では案外イケるかもしれんぞという直感があった。

「寒いからどうぞ炬燵に足突っ込んでくんねえかのう。さあさあ」

お母さんの明るさも一気に俺を救ってくれていた。二階からお父さんが降りてくる足音が聞こえた。小柄で痩《や》せているが彫りの深い眼の大きな人である。

俺は足を炬燵から引き抜いて正座した。ゴメンナサイ、娘さんをだましております。いや、だまそうとしてます。俺はとても娘さんを幸せになんかできない男です。きっと苦労させます。だめなら仕方がありません、無理もないです、だめだと言われたらさっさと東京に帰ります。いえ、俺ひとりで帰ります。でも俺の娘も息子もあなたの娘さんを気に入っています。あの子たちの母にお宅の娘さんをください。ほんとうに必死でそう思っています……。

ほんの短い間、ヒロリンの父と向き合っている間に、俺の頭の中では、はじけた線香花火の火花のようにまとまりのない言葉が飛びかった。だいいち、この人びとの大切な瞬間だというのに、俺はまともに眼と眼を合わすことすらできない男なのだ。

「あのう……」

俺はそれだけ言うのがやっとの男だった。こんなときに、俺は言わなければならないわずかな言葉さえ、途中のタクシーの中でも真剣になってまとめてこなかったことに気がついた。

「いいですよ」

ヒロリンの父が口を開いた。信じられない思いだった。

「いいですよ。娘がいいと思った人なら。いいですよ」

俺はお母さんのほうを振り向いた。さっきからの笑顔をさらに二倍ほどにしているのが見えた。

「ありがとうございます」

俺は心のありったけを使ってお礼を言った。

「さあさあ、なんにもないども、食べてくんねえかのう。おなかも減ってるろ」

お母さんはそう言ってお茶を淹《い》れた。お父さんも炬燵に足を入れた。ヒロリンは台所へ立ってゆき、台所の入り口で俺を振り向いて首をタテに振り、ＯＫの合図をして微笑んだ。

俺は炬燵に足を入れて箸《はし》を手にした。足もとから急に熱く伝わってきたのは雪の中に埋もれて暮らしつづけてきた人たちの情《なさけ》だった。俺なんかにはもったいない「人の情」だった。

食事の間、お母さんは賑《にぎ》やかにしゃべりつづけ、お父さんは無口だが微笑みつづけていてくれた。途中で近くの中学校の教員をしているというヒロリンの弟が帰ってきた。

「わがままな姉《ねえ》ちゃんだども、なんとかよろしくお願いします」と笑いながら言った。

「わがままは絶対俺のほうが上ですから大丈夫です」俺はあわてて、また言わなくてもいいようなことを言った。

電話を借りて東京の家に連絡をした。パセリが出てきた。うまくいったよと俺は言った。

パセリは「よかったじゃない。東京に戻ってきたら『ママ』って呼んでもいいのかな。お姉ちゃんまだ若いから嫌だって言うかもね。嫌だって言うなら『お姉ちゃん』のままでもいいけど、聞いといて。ユタカにもそう言っとくから」と言って電話を切った。

パセリのどこか明るい声にも俺は救われていた。

32

ヒロリンが我が家の一員となって間もなく、ユタカが小学校へ上がってから最初の遠足があった。携帯用マホー瓶、敷きマット、遠足用の帽子、ナップザック、新しいスニーカーなどをユタカとヒロリンは買いに行き、当日は朝五時起きでヒロリンはのり巻きと玉子焼き、唐揚げなどをつくって張り切っていた。

ユタカを送り出して、ホッとしてふたりでコーヒーを飲んでいたとき、玄関口で物音がする。行ってみるとユタカが遠足行きのカッコウのまま立っている。俺たちの顔を見た途端、ユタカは泣きベソをかいた。

「遠足は今日じゃないじゃん。来週じゃん」

いつもより少し早めに学校に着いたユタカは、教室で坐っていた。するとクラスの子供たちが登校してきたが、誰も遠足のカッコウをしていない。聞けば遠足は来週だというではないか。ユタカはそのまま電車に乗り、とって返して家へ戻ってきたのだった。

台所へ走っていって冷蔵庫にマグネットで貼りつけてあるユタカの予定表を確かめた。

「えーと今日は何日？　何曜日？」

だいたいからして毎日会社に行くわけじゃないので、曜日や日付けの感覚が薄い。わずかの間にどうやらヒロリンも日付けボケしてしまったようだ。

「あーら、ホントだ。来週の金曜日なんだ。遠足は」と言ってヒロリンも大笑いしている。

「笑ってる場合じゃないでしょ。もう一回学校行かなきゃなんないし」ユタカはもうしっかりとフクレッ面をしている。

ランドセルを背負わせて、駅まで俺が車で送ることにした。

道の途中で横に一本、いままで見たことのない道があった。思わず曲がってしまった。もしこれが抜け道だったら、駅までかなりのショートカットができそうな気がした。

しかし角を何度か曲がるうち、ドーンと行き止まりとなった。ユタカをチラッと見た。

もうグッタリとうなだれていた。

「あのねェー、頼むから街の探検は別の日にしてくれない。もうチコクしてるんだからさあ」

「悪い悪い。ちょっと面白そうな道があったからつい……」

駅に着いてユタカを車から降ろすと、ユタカはうなだれたまま定期券を見せて改札口に入っていった。その後ろ姿に俺は声をかけた。

「ユタカー、がんばれよォー」

ユタカはちょっと振り向いて、早くあっちへ行ってくれというように手でシッシと追い払う仕草をした。

男の子は常に鍛えてやらなくちゃいけない。がんばれ、ユタカだ。

翌週の金曜日、ユタカは先週の金曜日とまったく同じカッコウ同じ時間に、学校へと向かった。天気は快晴。先週と違って絶好の遠足日和となった。今回はユタカもしっかりクラスの友だち何人にも電話で確かめ、自信を持っていた。前日などは、

「ほんとうはさあ、遠足一週間まちがえて家に戻ったヤツ、ほかにも二人いたんだって」

などとヒロリンに気を遣ったような余裕まで見せていた。

ちょっと余裕がありすぎかな？　と俺は思った。人生はそんな甘いもんじゃない。余裕

のありすぎるときこそワナが待ち構えているのだ。それがこの世のナラワシであることを教えなければならないと思った。

夕方、遠足から帰ってきたユタカは俺の顔を見るなり、ナップザックから子供用の一キロの鉄アレイを取り出し、ゴロンと放り投げた。

「ちょっとお、頼むよお。なんだか一週間前のリュックより重いなあと思ってたけどさあ。弁当食べようと思って見たら底にこれだもん。一キロだよ、一キロ。頼むよもう、フザケないでよね。初めての遠足なのに……」

どうやら作戦は成功したようだった。ユタカはみんなに笑われたあとで、くやしまぎれにクラスの連中と鉄アレイを持ち上げる回数を競う大会を企画したようだった。

「人間、一寸先は闇」

俺はおもむろに言った。

「余裕を持ちすぎていてもどこかにワナがある。余裕がなさすぎてもさらにドツボにはまる。その鉄アレイが教えてくれたはずだ」

「まったく、ワケのわかんないオヤジを持つと子供は苦労するよ」

ユタカは吐き捨てるように言ったあとで、

「でも、ちょっとウケてた。お前ンとこの親、けっこうカブキモンだなあってさ」

と、ちょっとうれしそうな顔をしてニッと笑った。

33

「人生」と名づけられたオンボロのエレベーターは、しょっちゅう急上昇、急降下をくり返す。予感めいたガタゴトという不気味な音でわかるときもあるが、まったくわからず、つんのめることも多い。

電話が鳴った。

大阪の弟からだった。お袋の様子が急に悪くなったという。

ここ二ヵ月ほど、何度も電話があった。痴呆が進行し、俺と弟の名前をよく間違える。調子のいい日と悪い日の差が激しくなったというようなことだった。

俺は弟に明日の朝一番で行くからと言って、深夜の電話を切った。

*

間に合わなかった。

新大阪の駅から家までのタクシーに乗ったときから予感が強くあった。運転手は俺を乗せて行き先を聞いた途端、不機嫌になり、運転も投げやりで乱暴になった。期待はずれの距離だったのだろう。俺も暗い顔をしていたのかもしれない。家の近くでタクシーを降りたとき、運転手は窓からペッと唾を吐いた。こんなときにかぎって……。俺は予感が確信めいたものに変わってゆくのを感じていた。大阪弁をしゃべれる俺は、大阪のタクシーでめったにこんなことはなかったからである。

「朝の七時前やった。部屋に見に行ったらもう息してんかった。脳卒中、診断書はそういうこっちゃ。まあ、ええ死に方とちゃうか。おかしなったのはここ二ヵ月だけやったし。二日前には風呂からあがったまま、スッポンポンのかっこうで台所の床に大の字になって眠り込んどってな。難儀したけどな」

俺にそう言った弟の横で、弟の嫁が眼を真っ赤にしていた。

「ご苦労さんやったな。おおきに」俺は礼を言った。

お袋の葬儀の日は、大阪の夏ではここ五年来の最高気温という暑さだった。

お袋の棺を囲んでいたのはすべて真っ白な百合《ゆり》の花だった。

「私が死んだときは百合の花で飾ってや。私は百合の花がいちばん好きやから……」

子供のころに何度も聞かされていた言葉を俺は憶えていた。ひょっとしてお袋、百合の花の盛りのときに死ぬと自分でわかっていたのかという想いが胸を突いた。葬儀社の人は頼まれた花のすべてを百合の花にしてくれた。式場は百合の噎《む》せ返るような匂いで息苦しいほどだった。

「今日の大阪の花市場、百合の花の半分はここに来てます」

葬儀社の人が俺の横に来て、オーバーな話を真顔で言った。

パセリとユタカも、きちんと黒い喪服を着たヒロリンに連れられて、昨日の通夜の前に到着していた。素早い動きだ。

「これが最後のお別れとなります」

その合図で棺のまわりにいた親族たちは、いっせいに花をちぎりはじめた。棺は山のような白い百合の花で埋められた。俺は最後に長崎の歯医者さんが送ってくれたみごとな純白の胡蝶蘭《こちょうらん》の枝を、顔の両端に置いてやった。お袋の大好きな宝塚のどんな素敵なスターより立派な衣装だぜと思った。

お袋は微笑《わら》っているような顔をしていた。

冗談を言って笑っているとき以外、お袋の顔はほとんどが強張《こわば》った表情だった気がする。

小学生のころ、乳母車を押しているお袋を、俺は乳母車の内からときどき見上げていた。真っすぐ前を向く顔だった。隆の家の子になりなさいと口走ってオヤジに殴られたときのお袋の横顔は痙攣《けいれん》をくり返していた。

なんだ、お袋、こんないい顔ができるんじゃないか、どうしてもっとそんないい微笑《わら》い方を俺たちに見せてくんなかったんだよ、見せられなかったんかよ。俺たちが悪かったんか？　俺が悪かったんか？　え、お袋、どうなんだよ。なんとか言ってくれよ……。そこまで無言でお袋の顔に語りかけたとき、俺の中で何かがプチンと音をたてて弾けた。

「ごめんや、ごめんやで、お母ちゃん。ごめんや、ごめんやで。かんにんしてや」

俺は叫びながらボロボロと涙を落としていた。鼻水と一緒になって涙は、お袋の顔の上にこぼれ落ちていた。閉じたまぶたの上に、そしてまぶたの下の窪《くぼ》みに俺の涙と鼻水が滴り落ちた。そこは本来、お袋の涙の溜《た》まるところ、誰にも見せなかった、ひとりっきりのときのお袋の涙の住処《すみか》であるはずの窪みだった。

お袋、わかるか、俺や。なんにも恩返しもせんうちに、たった一度もやさしい言葉や、ありがとうも言わんかった、あかんたれの息子の涙や、あったかいか、しょっぱいか？　汚いか？　それともうれしいか？

え、なんとか言え、お袋。

俺、なんにもお袋にやられへん、なんにも返してやられへん。こんな鼻水と一緒の涙ぐらいしかやられへん。

ごめん、ごめんやで、お袋……。

棺が閉じられた。気がつけば俺の喪服の背中をさすりつづけている手のぬくもりがあるのだった。咽《むせ》る俺の背中を、もうずうっと前からなでつづけていた手。それは真っ赤な眼をしたヒロリンの手だった。

部屋の隅に並んでいたパセリとユタカの泣き顔が視界の端に見えた。

親が死んだぐらいでこんなにも取り乱す親を見て、あの子たちはどう思ったのかと一瞬、考えた。

ひょっとしたら取り返しのつかない醜態だったのかもしれないとも思った。

34

子供たちが夏休みに入って、一家全員が新潟へ行くことになった。俺にとっても、免許を取ってから初めての遠出のドライブとなる。どうせ仕事も来なくなっていたので、ハラを決めて夏休みいっぱいをヒロリンの実家で暮らすことにした。

ユタカはカブト虫を幼虫から育てようとしていて、熱帯魚用の大きな水槽を持っていくことになった。都会の子供にとっては、山の中の暮らしは毎日が発見の連続となる。

俺は肺浸潤《はいしんじゅん》のため、空気のいい能勢《のせ》の山の中へ夏休みいっぱい三年間も行っていた。その期間があったために樹の名や花の名、魚や動物の名前をずいぶんと知った。偶然のことだが、子供たちにはいいチャンスが与えられたと思った。

ひと夏の間を過ごすとなると、車のトランクはビッシリ荷物で埋まった。いざ家の前から出発しようとすると、

「ぼくのカブト虫の水槽……」とユタカが言う。

「家の中へ戻って取ってこい。もうトランクには入らないから新潟までヒザの上に乗っけて持っていくんだぞ。それがイヤならカブト虫はあきらめて置いていきなさい」

そしてしばらく車の中でエンジンをかけて待っていたが、ユタカはいっこうに戻ってこない。様子を見に行くとユタカは玄関に水槽を持ち出したまま、ワンワン声をあげて泣いていた。水槽が大きすぎてユタカの腕がまわらないのだった。どうやらユタカでは水槽は持てないし、俺が車のエンジンをかけたので置いてゆかれるのかもと思ってしまったらしい。ユタカはまだそれほど幼なかった。

まだ関越トンネルは開通しておらず、車は群馬と新潟県境にある千二百メートルもの高さの三国峠を越えてゆかねばならなかった。

峠のテッペンのドライブインに着いたのは深夜の一時ごろだった。食堂へ入ってトラックの運転手たちの真ん中に坐り、みんなでラーメンを食べた。子供たちの食欲は旺盛で、パセリとユタカはチャーハンまでペロリと平らげた。

ヒロリンの実家に着いたのは早朝の四時近く。まだ薄暗い玄関にはヒロリンの父と母が迎えに出てくれていた。

「おうおう、よう来てくれたのんし」とお母さんが言った途端、ユタカはヒロリンの両親を指さして「じっちゃん！　ばっちゃん！」と元気いっぱいな声で言った。ヒロリンが教えたことだったのだろうか、それは新潟の言葉だった。そうか、ヒロリンの両親は二人ともまだ五十代なのに、いきなり「じっちゃん」「ばっちゃん」になってしまうのかと初めて実感した。

「いやはあ、たまげた。元気でえかったのんし」

お母さんは満面の笑みを見せてくれた。

その日の夕方、食事が終わると、お母さんが浴衣を四枚持ってきた。俺たち全員の浴衣だった。今日は村の祭があるという。

浴衣の丈《たけ》は全員まるで誂《あつら》えたかのようにピッタリだった。そしてパセリとユタカには、迷子になったら困るというので紐のついたお守り袋が渡された。首にかけた二人はさっそくお守り袋の中を開けて見ている。なかには、この家の住所と電話番号の書かれてある紙切れと千円札が一枚ずつ入っていた。

村の祭といっても鎮守様の祭で、縁日の屋台はもう何十年も「太助《たすけ》バッサ」というおばあさんがおもちゃの店を一つだけ出しているらしかった。

「まだ生きてたの？　太助バッサ……あの人、私が子供のころから立派なバッサンだったけど……」とヒロリンが眼を丸くした。

「太助バッサ」のおもちゃの店で、パセリとユタカはお守り袋の中の千円札を握りしめて何を買おうかともう二十分近くも思案していた。

「ほんとうに縁日といってもこの一軒きりなんだ」俺が言うと、

「私が小さいころからこれ一軒きり。みごとでしょ」ヒロリンが笑う。

やっと子供たちはばっちゃんのくれた千円札での買い物を終えた。ユタカは千円になるまでおもちゃを買いきり、パセリは二百円のビーズの腕輪を買っただけで残りをお守り袋にしまった。二人の性格がよく出ていた。

帰りの暗い畦道《あぜみち》を四つの白い浴衣が並んで歩いている。

「じっちゃん、ばっちゃんってのは、いきなりなんだかかわいそうな気がしない？」俺は子供たちに相談を持ちかけた。

「だって、じっちゃん、ばっちゃんでいいってヒロリンが言ったもん」ユタカが言う。

「じゃ流行《はやり》のマルバ、マルジでいいんじゃない？　ウチはマルビだし……」パセリが提案した。

「マルバ、マルジ、マルバ、マルジ……いいかも」ユタカも納得した。

家に着いた途端、玄関口でユタカはヒロリンの両親に宣言した。

「マルバとマルジに決まりましたァ〜」

ヒロリンの両親はニコニコしていたが、わかっていないようだった。

居間へ入ると、卓の上にはデーンと、ユタカがヒザの上に乗せて持ってきた水槽が鎮座していた。なかには昔「モスラ」という映画で見たようなカブト虫の幼虫が五匹、モソモソと蠢《うごめ》いていた。さすがのユタカも少しビビっている。マルバは枯れ葉とワラをその上からバサバサ入れて「ハイ、おやすみ」と幼虫に言った。

幼虫がカブト虫になるにはまだまだ日数がかかるとわかって、夕食後は車に乗りカブト虫探しへ出かけるのが日課となった。五分ほど山の中へ入ると、街灯の下にはカブト虫やクワガタが這っているのを見つけられる。ふだんデパートの水槽や縁日の大きなカゴの中でしか見たことのない本物のカブト虫やクワガタが手でさわれる。ユタカは歓喜の声をあげて夢中になって獲る。俺が能勢で初めて蟬《せみ》を網で叩き落とすようにして獲ったときと、おそらく同じ気持ちなんだろう。そう思うとうれしくなる。

「値段のついてないカブト虫、初めてだ」

ユタカは初めて大きなツノのついたカブト虫を獲ったときにそう言った。

パセリは算数が大の苦手だとわかったのは、朝の涼しいうちに夏休みの宿題を……という俺たちのころからの不変のセオリーを子供たちにもやらせていたときだった。

国語や社会などはソコソコこなせるのだが、算数や理科となると皆目話にならないのだった。はじめのうちは根気よくつき合っていたが、あまりの呑み込みの悪さに、ついついモノサシで手をピシリと叩くようになってしまった。これほどまでとは思ってもいなかった。

自慢ではないが、この傾向は百パーセント俺とそっくりだったからだ。算数は遺伝する。その事実が俺を焦《あせ》らせ、苛《いら》だたせた。

パセリもとうとう泣きはじめる。パセリの「わからない。どうしてもわからない」という気持ちが、俺にはすべて理解できるだけに辛《つら》い。

「もういい。ほんとうにバカなんだから」俺は投げ出した言い方をしてしまう。ほんとうはその前に「遺伝だから」という言葉を付け加えて言いたいのだけど、そうもいかない。

そのひと幕になって、毎朝決まって登場するのがマルバだった。お菓子を持っている。

「パセリちゃんはバカなんかじゃないよ。算数ができないなんて、なーんも気にすることたぁないよ。パセリちゃんはうーんといい子だのっし。私の手伝いもちゃーんとできるし、こんないい子はいまどきいねえよ。さあさ、泣くことねえっし。パセリちゃんはうーんといい子だのっし」

ヒロリンに聞くと、マルバはずうっと同じペースらしい。その愛情三百パーセントから逃げないと私はダメになる。そう思って、ひとり東京へ出ていったという。

「愛情三百パーセントねえ。何かわかる気がする……」俺はそう言って黙り込む。でもまあいいかと俺は思いはじめる。いまのパセリやユタカにいちばん必要なのは、まったく「愛情三百パーセントの純粋モデルの存在」なのかもしれないと。まったく他意のない、純粋に心のすべてを包み込むぬくもり、やさしさ……たとえそれが過剰なものであったとしてもだ。心の裂け目をゆっくりと静かに埋めてゆく「人の善意のぬくもり」。俺にしたって、この新潟の人びとから甘受している最中じゃないのかと。

しばらく経って「マルバのひと口」という言葉ができた。ご飯をおかわりするとき、「もうひと口」と頼むと、絶対にふつうの茶碗一杯分のご飯が入っている。もちろん「もう一杯」というと山盛りである。これなど「愛情三百パーセント」の好例でもある。

その昔、まだバスも自動車もロクに走っていなかったころ、山の上の家へ帰ってゆく分校の子供たちは、マルバの家で何かを食べさせてもらってから帰るのが楽しみだった。そしてその子供たちは、大人になったいまでも、野菜などを持って遊びに来るそうだ。我われがいる間にも、雨の中ドロドロになってやって来たバイクの集団を風呂に入れ、何かを食べさせていたから本物だ。

そしてマルバの笑い声の豪快さ。それはヒロリンが学校から帰ってくるとき、二百メートル下にある橋の上からも聞こえたという。

マルジのほうは、ほんとうに無口なおとなしい人で、昔からマジメが服を着て歩いていると言われた人らしい。山菜とキノコ獲りの名人で、家にはビン詰めにしたキノコがたくさんあった。

新潟の言葉も新鮮に聞こえたり、ギクッとするようなものがあった。人の家を訪ねていくとき、

「おーこんしょー、いたかあ〜」と言いながら玄関を入っていく。

「ここの人、いるか？」ということである。

すると中からは、

「いた〜」と言って人があらわれるのだ。

ある日マルバが出かけているとき、「松坂屋」に男の客が入ってきた。どうやらシャツが欲しいと言っている。ヒロリンが応対に出ていきなり、

「おめが着るだか？」

と訊《き》いたので俺はたまげてしまった。子供たちは面白がってすぐにマネをする。俺もマネをする。

この世知辛《せちがら》い世の中でも、ほとんどが鍵もかけずに出かけるようだったし、ヒロリンの行った小学校、中学校、高校は、すべてノートや鉛筆、下敷きなどは「無人購買」だったと言い、我われを驚かせた。値段表を見て箱の中にお金を入れるのだという。問題は一度も起きたことがないというのだから、いまの日本では稀少価値の「無菌地域」だ。

パセリにもユタカにも、そして俺にとっても、新潟での夏休みは大切なものになった。

35

子供たちと過ごした夏休みが終わったころから、ぼちぼち仕事の電話がかかってくるようになった。漂流していた舟が、嵐もやみ、やっと針路を定めて新しい航海を始めたような気分になっていた。

もう迷っている時期はすり抜けたのだった。ブランクの大きさも実感できたが、ヒロリンという存在が加わったいま、これからの収入の道も探ってゆかねばならなかった。

歌の世界の情報は早い。アイツも、ちったあ苦労の真似をしたみたいだし、何か書けるかもしれないなァ、そんなムードが少しずつ出てきたようでもあり、仕事の電話が入ってくることになった。

実際、がんばらねばならなかった。まず家を売った。もとの借家暮らしに舞い戻る最後の夜、リビングで家族だけのバーベキュー大会をやった。もうもうと煙が舞い上がり、リビングの天井はだいぶ黒くなったようだが、名残りの祝宴だった。ほんとうは家の中でキャンプファイヤーでもして焼き払ってしまいたい気分だったが、焼けてしまうと売り物にならないので我慢した。

前の家の半分にも満たない手狭な一軒家を借りた。新しいスタートには、なんだか似合っているようだった。ポン太がもしフラリともとの家に帰ってくるようだったらどうする？　と、ユタカは引っ越しに難色を示したが、吹っ切ることが大切と言い聞かせた。それは俺自身に言い聞かせたのと同じことだったが……。

一軒家の引っ越しは大変である。何しろ荷物が多く、いつの間にか要らないものがたくさん増えているからだ。リビングともうひと間の天井にまで段ボール箱が積み上げられ、ため息が出た。その箱も少しずつ整理され、やがて納まるべきところに納まったのは、もう秋も深まったころだった。家の前を石焼きイモの屋台がとおるような季節が来ていた。

「パパ、ヒロリンがどこか具合が悪そう。汗かいてベッドでウンウンうなってるよ」

ユタカがテレビを見ていた俺のところへ言ってきたのは、日曜日の朝だった。寝室に行ってみると、うめき声が聞こえる。顔色を見てすぐ「救急車を呼ぶぞ」と俺は叫んだ。

俺はゆうべ、地方の仕事から新幹線の最終電車で帰ってきた。風呂にも入らず、もう先に床へ入っていたヒロリンを起こさず、そのまま寝た。疲れていたので俺は泥のように眠っていた。たぶん夜中もずっと苦しかったのではないか。後悔が走った。

言葉も弱々しく、ゆっくりとしかしゃべれない。しかも意識が途切れ途切れになっているらしい。「昨日、近くのお医者さんには行ったんだけれど……」と言うのを聞きだすのがやっとだった。

パセリが電話で救急車を呼んでいる。ちゃんと消防署にかけている。そのテキパキとした物言いを聞きながら、俺も冷静に、しっかりしなくてはならないと思った。

勝手口の戸をドンドンと叩く音が聞こえた。パセリがいま電話しているのだから、救急隊員ではないはずだ。

戸を開けると、まったく見知らぬお婆さんが立っていた。手に杖《つえ》を持っている。どうかしましたかと声をかける前に、お婆さんは訴えかけるような眼で俺に言う。

「私、隣の家の者ですが、嫁が私を家に入れてくれないんで来ました。私、どこへ行ったらいいんだか、困って……来ました」

「ごめんね。お婆ちゃん。いつもだったら話聞いてあげてもいいんだけど、いまウチの人が病気になってね。いま救急車呼んでるの、ごめんね」

「でも、ワタシ……」

「お婆ちゃん、ごめん。いまね、大変なの。わかる？　もうすぐ救急車来るの。ごめんね。お隣には電話しておくから……お婆ちゃん、大丈夫だから」

そこまで言うと俺は寝室にとって返した。ヒロリンの顔色はさらに悪くなったようだった。なんで、こんなときに……。

俺はベッドのそばの電話で、隣の大家さんに電話をした。奥さんが電話で謝った。

「すみませんねえ。お婆ちゃん、ちょっと痴呆が進んでて……いま、お宅にいるんですか、すぐうかがいます」

この瞬間に俺の家の戸を叩く老婆というのは、いったいなんなんだろう。何かあまりにも偶然的で、何か悪いことのはじまりを知らせるベルが、あちこちで、いっせいに鳴りだしたような気になった。やっと何かが始まったと同時に、何かが終わってしまうのか？　ちょっと幸せらしきものを手に入れたと思ったら、すぐに奪われてしまうのか？　ちょっと待ったれや、あんまりにもえげつないやないか！

俺は大阪弁で見えない神に毒づいていた。

救急車は近くの病院に向かった。手術室が三つもある病院ですから大丈夫ですよ、と救急隊員は車の中で言ってくれた。病院に着くと、どうやら顔色で容体がわかるらしく、すぐに処置室へ運ばれた。部屋の外で待つようにと、俺は入れてもらえなかった。

「相当量の出血がみられます。まだわかりませんが、子宮外妊娠の可能性があります。腹《ふく》腔《こう》、あ、おなかの中ですね、出血でパンパンの状態です。緊急手術をします。いま麻酔医を呼んでます」

白衣で眼鏡をかけたお医者さんがX線写真を見せた。俺には皆目わからない。どれが血なんだろう。でもどうでもいいことだ。ヒロリンはそれで助かるのか？

「わかりません。五分五分ともなんとも言えません。ご主人ですか？」

「ハイ」

「いちおう近親者のかたには連絡をつけておいたほうがいいかと思います。できるだけのことはやります。それしか、いまは言えませんので……。手術が終わるまでは、たぶん時間がかかります。そのまま入院となりますので、家が近かったら入院の準備をしてきてくださ い。では」

「よろしくお願いします」

お医者さんはまた、処置室へ戻っていった。

五分五分ともなんとも言えないということは、五分五分もないということなのだろうか？

しばらく待っていると処置室から移動用担架が出てきた。ヒロリンが乗せられていた。もう手術用の白衣が着せられている。俺は駆け寄ってヒロリンの左手を両手で握った。冷たい手である。看護婦さんが前後に二人ついていたが止められることも、表情を変えることもなかった。

表情を見せたのはヒロリンだった。

「ごめんなさい。がまんしすぎだってお医者さんに怒られちゃった。

どうして手術？　って感じ」

なんとヒロリンはそう言って笑った。

「がんばって……というか、なんて言うか……。大丈夫だから。お医者さんに任せるしかないから。マルバには電話しておく」

「マルバかあ、どうかなあ。いいよ。心配するから。様子みて私から電話してもいいけど……」

「ハイ、あまりしゃべらせないようにしてくださいね。これから手術室に入りますから」

年配のほうの看護婦さんがふたりの会話をさえぎった。手術室の前で担架はいちど停まった。そして扉が開き、ヒロリンは運び込まれていった。扉のところでヒロリンは左手を少し振って合図をした。微笑んでいた。

ヒロリンの手術が始まるころ、俺は歩いて家に向かっていた。日曜日の朝は、まったく何ごとも起こっていないかのように静かな街並みがつづいていた。近くの教会から、たくさん人が出てきた。日曜のミサが終わったのだろう。いい天気だ。こういうのを小春日和っていうんだろうか。教会の壁に這っているツタはもう赤い。

街は何も知らないでいる。

家の玄関を入ると、パセリとユタカが飛んできた。さすがに不安そうな顔をしている。

「ヒロリンは、これから手術、それから入院」

「病院についていなくていいの？」パセリが訊く。

「ああ、すぐに戻るよ。お前たちは家にいてくれ。マルバが来るかもしれんし……」

「マルバが来るの？」ユタカが少しうれしそうな声を出した。

「バカ、遊びに来るんじゃないのよ。今日は」パセリがすぐにユタカをたしなめた。

リビングの円《まる》いテーブルの上にザクロの実が四つ置いてあった。みごとに大きなザクロだ。

「隣の奥さんが持ってきたの。先ほどはすみませんでしたって……」とパセリが言った。

ザクロはパックリ口をあけて、赤い実が中にビッシリ並んでいる。なぜかいま、手術台へ載せられているヒロリンの傷口みたいにも見える。しかも四つ。縁起の悪い数字だ。いかん。ナーバスになりすぎていると思う。子供にはせめて、ふだんどおりの口調でいよう。

そう思ったら吐き気がこみ上げてきた。

新潟に電話を入れる。ヒロリンの弟が出た。今日は日曜日で学校は休みか。

「ばっちゃんはいま近くに出てますけど。……わかりました。○○病院ですね」

電話に出たのがマルバでなくて良かったと思う。万一のことがあるかもしれない、などとは、とても俺の口からは言えなかったからだ。

病院に戻った。手術室から出てきた看護婦さんに様子を訊くが、手術中です、先生が出てこられたら聞いてください、の一点張りだ。

とてつもなく長い時間なのだろうか。とてつもなく短い時間なのだろうか。まったくわからない。確かなのは、壁にかけられている時計の秒針が進みつづけていることだ。これが時間なのだと思うしかない。手術室の扉が開いて、白衣を着た先生が出てくる。そして最初に口から出てくる言葉が、俺やパセリ、そしてユタカやマルバの運命を左右するのだろう。

天罰、という字が頭の中に思い浮かぶ。天罰、俺にはそれ以上、当てはまる言葉はないだろう。しかし俺以外には、その字は当てはまらない。不運……そうかもしれない。とくに子供たちにとっては……。

俺も新幹線の中で戸籍を見て真実を悟り、不運という文字に行き当たったことがあった。なんで、よりによって俺が貧乏クジを引く……悪いクジを引かなかった人びとが幸福という名の笑いをたたえているのを、許せないと思ったこともあった。

そして結婚し、子供が生まれたとき、俺は子供たちにだけは、不運という文字を貼りつけないようにしようと思った。それだけは……と。しかし俺はみごとに失敗し、そして子供たちに与えてしまった淋しさを、ヒロリンという名の母で取り返そうとした。それもまた……。このままヒロリンが死んでしまったら……。

俺は子供たちから母親を引き離し、また新しい母をも死なせてしまうことになる。神よ。俺は神の名を口にした。神よ、都合のいい願いを聞いてくれる神よ。罰するなら、すべてを奪うなら、どうか俺だけにしてくれ。なんの罪もない人たちに、いわれのない罪を与えることだけはやめてくれ。神よ、あなたにそんな権利はない。奪うなら俺だけから奪え、俺を殺せ、八ツ裂きにしていますぐ殺せ！


「終わりました。こちらに来てください」

白衣のお医者さんは手術用の手袋を外し、マスクを片ほうの耳だけにかけて俺を呼んだ。空豆のようなかたちをした金属の皿の上に、テニスボールぐらいの大きさをした肉塊が見えた。さっき家で見たザクロのように、それは大きな傷口を開いていた。

「大丈夫……と言っていいと思います」

「助かったんですか」

大声をあげたつもりだったが、俺の声は呟《つぶや》くように小さかった。手の指先がピクンと跳ねるように震えた。

「すごい出血の量でした。もう二、三時間ここに来るのが遅かったらダメだったでしょうね。その分、輸血も大量にしましたが、しょうがないですね、これは。

まだくわしい検査をしないとハッキリしたことはわかりませんが、当初、子宮外妊娠かと思ったんですが、どうやらこれを見てみると卵巣嚢腫《らんそうのうしゅ》かと思います。軟《やわ》らかいし悪性のものではないと思います。これも検査をしないとわかりませんが。

この腫瘤《しゅりゅう》の軸、茎《けい》、というんですが、これが急に捩《ねじ》れて破裂した状態だったんですね。よく子宮外妊娠と間違えられるケースです。

でも相当な痛みだったはずなんですがねえ。相当ガマン強いのかな奥さんは」

「ええ、新潟のすごい雪の中で暮らしてたそうですから……」

「新潟ですか……。いま麻酔が効いてます。そのまま入院して、そうですね、三週間ぐらいかかりますかね」

「ありがとうございました。ほんとうに、ありがとうございました」

作詞家なんて世の中にいなくても、ひょっとしたら、ひょっとせずとも、なんともないかもしれないけれど、こうして世の中には確実に人の役に立つ仕事があると思った。

「あ、奥さんにガマンもほどほどにするようにと言ってたと言ってください。ホントに危なかったんだから」

お医者さんはそう言うと眼鏡を外し、初めて顔の汗を拭いた。

病室のベッドで、上を向いたまま眠るようにヒロリンは横たわっている。口には酸素マスクをしたままだ。俺はベッドの横のイスに坐って、もう長い間、ヒロリンの左手を握っている。ピクリという反応もない。小さな声で呼びかけても、首を動かすこともない。

むかし見た「愛と死をみつめて」という映画を、ふと思い出す。吉永小百合だった。阪大病院の暗い廊下の公衆電話で、吉永小百合は痛みをこらえて受話器から流れてくるギターの「禁じられた遊び」を聴いている。東京にいる恋人は浜田光夫。そのメロディーの最中に、吉永小百合は耐えきれず倒れる……暗転だ。

酸素ボンベというものはなく、いまはベッドの枕もとから酸素が管をとおって出てくる。そうか、あの映画はもう二十年近くも前のものか。病院の設備も進化したんだなあと思う。

日が暮れたころ、パセリがユタカを連れて病室にやって来た。家にいろと言ったのにと言いながらも、二人の気持ちを考えると叱りたくはない。

「何か食べたのか?」パセリに訊く。

「まあ、てきとうに……きのうのゴボ天も残ってたし、チキンラーメンもあったし……」

「それで足りたのか?」

「まあ、今日は仕方がないから……それよりママはどうなの?」

パセリはベッドの横に来てヒロリンの顔をのぞき込むが、ユタカは病室の入り口のところでうつむいてゴソゴソしている。どうやら酸素マスクをしているヒロリンにビビっている気配だ。

「ほら、ユタカもこっちへ来て」

ユタカは手にマンガ本を持っている。しばらくはここにいるつもりらしい。マンガ本をチラリと見る。本のタイトルは『死神くん』。

「ユタカ、ここは病院なんだから、よりによってその本はナイだろう」

ユタカはしぶしぶ本を腰の後ろに隠す。ユタカには悪気はない。最近熱心に読んでいるマンガだ。ついつい持ってきてしまっただけのことだろう。それとも、やっぱりママは死んじゃうかもしれないという怯《おび》えが、ストレートにユタカを襲っているのだろうか？　ユタカには悪いことを言った。

折りたたみイスを三つ並べて三人はベッドの横に坐っている。また家族がそろった……と思う。ヒロリンは生きている。生きているというだけのことが、これほど重いものなのだと、四人は今朝まで気づかなかった。人間というものは、ほんとうにうっかりモノだ。失くしたり壊れたりしてから初めて、その存在の貴重さに気づく。ありがたみに気づく。

「パパ、ヒロリンの指が動いた！」

ヒロリンの左手を握っていたユタカが突然、飛び上がるようにして言った。

「ほんとうか？」

「ほんとうだってば。ほんとうに動いたんだから」

俺とパセリはユタカとヒロリンの手の先を注視する。ユタカが指先をギュッギュッと握る。しばらくするとヒロリンの指が確かに動いた。ユタカの手を握り返している。ほんとうに弱々しくではあるが、握り返しているように見えた。

「ほんとうだ。動いてる。ヒロリン、わかるか、ヒロリン」

「ママ」

俺とパセリはヒロリンの耳もとに口をつけて呼びかけるが、顔の表情はまだまったく動くことはなかった。

「おやおや。ご家族ですか」

病室にお医者さんが入ってきた。お医者さんの顔は、われわれ家族に「大丈夫ですよ」と言うかのような微笑みをたたえていた。

「まだ麻酔が効いてますからね。それにしても、ちょっと効きすぎみたいだね。お酒は飲まないでしょ、患者さんは」

「ハイ」

「お酒飲まない人に効きすぎることはよくあるんですよね。でもちょっと効きすぎかな。意識レベルが少し低すぎてちょっと心配ですけど、そのうち意識も戻るでしょう」

「もともと意識レベルは低いんです、この人。『一陽来復』のお守り頼んだら『いちご大福』買ってくるような人ですから」

俺はまた冗談を言ってしまった。でも俺の冗談でヒロリンが笑いだしてくれたりしたら……そんな期待も少し込めたつもりだった。

「パパ、ふざけてる場合じゃないよ」

パセリが俺をにらむ。ヒロリンの顔に、やはり反応はない。

「いまママの指、ちょっと動いたよ」

ユタカがお医者さんを見上げて言った。

「そう、動いた。じゃあ大丈夫だね。もうすぐ眼もあいて口もきけるようになると思うよ。明日ぐらいかな?」

お医者さんはそう言ってから、ユタカの頭に手を置いて少しなでた。

バタン！と大きな音をたてて病室の扉が開いた。振り向くとマルバとヒロリンの弟が入り口に立っていた。マルバは一瞬、入り口に仁王立ちしているかのように見えた。そしてバタバタッと走るようにベッドにやって来て、ヒロリンの顔の真上へ自分の顔をかぶせるようにして叫んだ。

「弘美！　しっかりするんだよ！　弘美！」

病室じゅうに響きわたる大音声だった。俺もパセリもユタカも眼を丸くするような迫力だった。お医者さんがマルバの肩を抱えて、ゆっくりとヒロリンの顔の上からマルバの顔を離した。

「お母さん……ですか。いちおう手術はうまくいきました。まだ麻酔が効いていて意識は戻ってませんが、安心されてもいいですよ」

お医者さんもマルバの迫力に気おされたのか、苦笑いしているような表情を浮かべた。

「いやあ、よかった。ばっちゃん、顔ひきつったまま新幹線でも黙り込んでて……でもヒザが痛いって散歩もできないのに、駅の階段もここの病院の階段も二段飛びで駈け上がるもんね。たまげたよ。よかったね、ばっちゃん。大丈夫だって」

ヒロリンの弟が両手に荷物を抱えたままで言った。マルバは病室の扉を開けてヒロリンの姿を見た途端、持っていたカバンを何も言わずにヒロリンの弟へポンと投げてベッドに走りだしたらしい。

マルバのほうを見た。まるで子供のように両手で涙を拭いている。愛情三百パーセント。新潟の山の中からここまで、どれほど心配しつづけていたのかと思うと心が痛んだ。

その日から三週間、マルバはヒロリンのベッドの下に蒲団を敷いて泊まり込んだ。完全看護で付き添いは泊まれないことになっていると病院側が説得をくり返しても、マルバはひるむようなタマではなかった。マルバの強力な「坐り込み」は、病院はじまって以来のできごとだったらしい。

子供たちは学校が終わると毎日ランドセルを背負ったまま病院に来て、夕食どきになって俺が一緒に帰るまでヒロリンのそばにいた。

ヒロリンの意識は翌日の夜にほぼ戻り、翌々日にはしゃべれるようになっていた。

ヒロリンの話によると、口もきけず体もまったく動かせなかったが、ベッドのそばにいた俺たちの話はみんな聞こえていたというのだった。

マルバがやって来て、いきなり顔の近くで大声を出したのが、おかしくておかしくてたまらなかったけれど、体がまったく言うことをきかなかっただけ、ユタカが、指が動いた！　と喜んでいたので、できるだけ指を動かして反応しようとつとめたことなどを話して聞かせた。

「こんな体も動けない娘を置いて帰れません！」と言い張って病院の床に寝起きしていたマルバは、もう部屋付きの付き添いさんとして、同室にいたほかの入院患者の世話までしていた。果物をむいたり洗いものをしたり、「けっこう忙しいだんだんが……」と言っては疲れも見せずがんばっていた。

一週間ほど経ったころだったろうか、ベッドのそばのイスに坐っていたパセリが言った。

「ユタカってさ、ママが手術をした日、パパが病院に戻ったあとで、私に近くの神社へ行こうって言ったのよ」

「言うな！」

パセリをにらみつけるようにしてユタカが言った。

「言っちゃうもん。ユタカはね、あの日おやつに置いてあったドラ焼きを持ってって、神社にお供えしたの。ママの手術がうまくいきますようにって」

「チクるなって言ったろ。だからパセリはイヤなんだよ。なんでもチクるんだから」

ユタカはバツの悪そうな顔をしている。

「ありがとうね。パセリちゃんも一緒に行ってくれたの？　お参りに」マルバが訊く。

「ウン。でもさ、そのお供えしたドラ焼きってさ、ユタカがひと口かじってたの」

「ひと口だけだって！」ユタカがパセリにつかみかかりそうになる。

すかさずマルバが言った。

「いいんだよ。ニイガタではね、仏壇に上げる子供より、下げる子供のほうがかわいいって言うんだよ。ユタカちゃんは初めてウチに来たときも、仏壇にあったバナナ、パクリと食べただんだんが……。

パセリちゃんもユタカちゃんも、うーんといい子だよ。二人が神社でお祈りしてくれたから弘美が助かったんだよ、きっと」

仏壇に上げる子より下げる子のほうがかわいいか……マルバはさり気なくすごいことを

言うなあと思う。この母にはヒロリンも俺も勝てそうにはない。

三週間してヒロリンは退院した。縫合した糸に菌がついていたということで、縫い直しの再手術をしたため、ヒロリンの腹には大きな傷あとが残ることになった。

退院の日にお医者さんはさりげない口調で、

「卵巣は一つ残していますが、かなりのダメージを受けています。ひょっとすると妊娠は今後、難しいかもしれません」

と、俺とヒロリンに告げた。

家への帰り道、「でもまだ子供ができないと決まったわけじゃないんだし」と言った俺にヒロリンは言った。

「もうじゅうぶん、二人も授《さず》かっていますから。いい子をね」と、まるでマルバのような口調で……。

36

「それで今日は、このあとどこへ行こうか？」

俺がパセリとユタカに訊《き》いたのは、上野駅のホームで新潟へ帰るマルバを見送ったあとだった。マルバにはパセリの提案で、駅で売っていた天津甘栗をお土産に持たせた。マルバは甘栗が好きで、ヒロリンが新潟へ帰省するときにはいつも甘栗を持って帰っていたことをパセリは聞いていたという。

「甘栗、ありがとうね。オレはこれがいちばん好きだんだんが。ありがとね」

マルバが自分のことをオレと呼ぶのにも俺たちはすっかり耳慣れてしまった。

マルバは電車が動きはじめても手をずうっと振っていた。そのニコニコの笑顔。窓ガラスの向こうで何かを言っている。

「また新潟においでって言ってるんじゃない？」とパセリが言う。

「カブト虫獲りに来なさいって言ってる」とユタカが言う。

「ヒロリンをよろしくねって言ってるみたいだよ」と俺が言う。

ガラス越しに百面相をしてマルバは、もう雪が降りはじめているだろう北国へと帰っていった。

「それで今日は、このあとどこへ行こうか？」

「上野動物園でパンダ見る？」

パセリがユタカに訊いた。ユタカが一瞬考える。もうひとつ乗り気ではなさそうだ。

「前のウチに行ってみたい」

ユタカの答えは、ちょっと意外だった。

「あのウチ、まだあるのかな。まだ引っ越して半年だから、まだあるよね。隣のシュウイチ君やケンちゃんも、まだいるかな」

「まだそのままに決まってるじゃん」

パセリがユタカに答えている。

「行ってみようか。前の家《うち》」

俺は言った。俺はもうひとつ気が進まなかったが、ユタカは友だちにも会いたいのかもしれないと思った。

世田谷の前の家は、もちろんそのままあった。表通りから一本入った道の角に前の家が見える。俺たち三人は表通りから動かなかった。

「ユタカ、行ってこいよ。シュウイチ君やケンちゃんたち、いるかもしれないよ」

「いいよ、もう。表で遊んでたら会おうかなって思ってただけだから」

なぜか急に、引っ込み思案になっている。

俺は小学校で初めてヨソの家へ遊びに行ったときのことを思い出した。病気で外出も禁じられていたから、小学校三年生で初めて級友の家に行った。平野君という子が「ウチに遊びに来《け》えへんか」と誘ってくれたのだった。教えてもらった家は、すぐにわかった。でもどうやって平野君を呼び出せばいいのかが皆目わからない。ウロウロと小一時間も家の前で、ひたすら平野君が出てくるのを待った。そしてその日も、次の日もだめで、やっと三日め、平野君が家から出てきたのをつかまえた。

ユタカの引っ込み思案は俺ゆずりなのだろうか。

「あの家《うち》、もうぜんぜん知らない人が住んでるんだよね。なんかちょっと不思議な感じ。ここまで来ると、そこからダダッと走っていって、タダイマァーって玄関から入っていきそうな感じ。ねえ、そんな感じしない？」

パセリがクルッとした上目づかいの眼をして俺に訊く。

街はもう夕陽に照らされはじめていた。白いモルタル造りの二階のベランダも、うっすらと紅みを帯びはじめている。

あのベランダには、隣の家の高くなっている庭から子供でも飛び移ることができたのだった。俺が留守のときとか、ユタカはよくベランダから家に入っていた。ある日、俺が家に帰ってきたら、外からベランダ側の窓が開いているのが見えた。あわてて二階へ上がったら、ベランダには俺がいままで見たこともしたこともない大きなウンコがトグロを巻いていた。その少し前にテレビで「泥棒は家に忍び込むとき、気を落ち着かせるために玄関先でウンコをする」というのを見たばかりだった。俺はあわてた。居間に戻ってあちこちを点検していた。

それにしても大きなウンコである。アレだけのモノを出すケツの穴の大きな男というのはどんな奴なんだろうと思った。

そこへユタカが帰ってきた。俺はユタカにウンコと泥棒についての話をした。

「泥棒もウンコをして家に入ってみたものの、何も金目のものがないから何も盗らずに帰ったらしい……」

俺がそこまで言うとユタカが言った。

「パパ、ごめん。間に合わなかったんだよ。玄関にまわってカギあけてたら間に合わないし、隣の庭からベランダに降りたら、そこでもうダメになっちゃって……した……」

俺はにわかには信じられなかった。俺が見たこともないあんな立派なウンコを、まさかユタカが……そして思った、コイツ、ひょっとしたら俺よりケツの穴の大きい男になってくれるのかもしれない……と。

そんな思い出のある白いベランダも、いまは夕陽の中でうすい紅色に染まっている。

人が生きていくという間には、こうして絶ち切れてゆくモノや思い出がある。

俺たちはけっきょく、前の家には道一本へだてて近づくこともなく、遠巻きにしてたたずんでいただけだった。

戻ることのある場所と、戻ることをしない場所……ユタカも思いついてここへ来て、何かを感じたことだろう。

ひょっとしたらユタカやパセリにとっては、この夕陽が当たっている家は、自分たちの母といた場所であり、母と別れざるを得なかった場所でもあるかもしれなかった。

そして俺たちにはいま、近づこうともせず、手をつないでゆっくりと遠去かってゆくしか、ほかにすることは残されていないのだ。


俺たちは駅に向かう坂道を登っていった。

「ちゃーふー、ちゃーふー、ちゃい、ちゃい、ちゃーふー」

ユタカが自転車の前の幼児イスに坐って大声をあげていたあの坂道だ。

「パパ、ほら夕焼けよ」

パセリが坂道の後ろを振り返り、西の空を指さして教えた。

秋の空にはイワシ雲が出ていた。きらきらと紅く、ところどころ金色に光っている空。

「そうだ、左に曲がってあの公園から夕焼けを見るか」

俺たちは、高台になっていて、この近所ではいちばんキレイに街の夕陽が見える公園へ行った。この場所からは、小さく俺たちの住んでいた家も見えるのだった。家が見えたが、俺たちは誰ももう家のことは言いださなかった。

「キレイだなあ。空もキレイだけど、街もキレイだ。アカネ色ってのかなあ、この色」俺が言うと、

「赤まんまってのがあるじゃない。ままごとでご飯にしていた草。あの赤まんまのツブツブの色みたいだし……」パセリが言う。

「ちがうよ、オムライスの上のケチャップの色だよ。ぜったい」ユタカが張り合う。

そうか。いまの俺には血に見える。

俺の中の血。なんかショックだったなァ……と思う。新幹線の中で偶然見た戸籍……あのときから俺は俺の中の血というものに、いやおうなく向かい合わされつづけてきた。それまでの小さなできごとの謎が合い鍵ですべて解き明かされた。あの瞬間から俺は二つの家、二つのきょうだいをポンと手渡された。ダブルであるということは、それは一つもなくなったというのと同じだった。郷里に帰っても、どちらの家に行っても、わだかまりがあるということなのだ。ほんとうに、心ごと、体ごと、安らげる場所は、あの瞬間から消えてしまったのだった。

いまでも隆は俺のことを他人に紹介するときは、「従弟《いとこ》や。ちょっとできの悪い従弟や」と言う。隆に悪気はないと思うのだが、そのつど俺は笑顔をつくりながら「ワーッ」と叫んで隆につかみかかりたくなる傷《いた》みを押さえ込む。

天満の家の弟とは仲がいい。それでもミナミの飲み屋で「兄弟やねん」と言うと、ストレートな大阪の人間は「どこが兄弟やねん。顔も背も違いすぎるわ。兄弟が聞いたらハダシで逃げていきよるで」と、平気で言ってのける。どこかで弟には悪いと思っている自分がいる。

「俺」という人間の運命を操作した「お菊バアさん」を憎しみの標的にしたこともあった。年を経るにしたがって、俺たち終戦直後の生まれには食糧事情のせいもあり、俺と同じような立場の人が多いことも知った。

子供だけには、ちゃんとした親でいたいと思った。でもそれも、できなかった。「お菊バアさん」をどうこう言う資格すら失くしてしまった。パセリにもユタカにも、俺と同じように、いや俺以上に、家庭や精神《こころ》の軸といった、いちばん大切な芯を抉《えぐ》り取ってしまったのだ。

でも、俺は生きてきた。そしてこれからも生きてゆくだろう。生きなくてはならない。少なくともパセリやユタカが成人するまでは、と思う。作詞家なんて、いつまでつづけられるかなんてのは、わからない。歌は時代とリンクするものだ。年を取って、リアルタイムな感覚の若い人に支持される歌を書くのは難しい。

七才までしか生きないと言われた俺に、お袋は「体を使わない仕事に就けるように」と、白い大きな消しゴムを持って、俺が文章を書けるようにしてくれた。でもいままでは、「体を使う仕事」もできる立派な体になっている。

俺はこの子たちを育てるためにも、どんなことをしてでも、生きていなければならない。

もう過去や動かせぬ現実から逃げているヒマはないのだ。明日という日があるかぎりは……。


「ねえ、パパ、まだポン太、この辺のどこかにいるかも。生きてるかも」

ユタカが突然に言った。

「そうだな。まだどこかにいるかもな」

そういえば、この街から引っ越すとポン太が帰ってこれなくなるとユタカは最後まで引っ越しをシブっていた。


夕焼けの空は、もうその紅さを失いはじめ、夜の闇をその手に少しずつ受け止めはじめているかのようだった。

都会の小さな灯り、家の灯りが、赤く、青く、光の輝きを増しはじめてきていた。

俺はパセリとユタカの手を取った。消えゆこうとしている残照の中で、俺たちは長い影を落としていた。

ふと、俺は肩に何か重いものが乗っかった気がした。首筋にふれる毛の感触は、しばらく忘れていた、とてもなつかしいものだった。

なんだ、ポン太じゃないか、まだ生きてたのかよ、どこへ行ってたんだよ、いままで……。

俺は夕陽を見つめたまま、声を出さず肩に乗っかってきたポン太としゃべっていた。

ポン太、みんなで捜したんだ。もう腹の傷は良くなったのか？　ハラ巻みたいなホータイは誰に取ってもらった？

まだカリカリは食ってるか？　それともマグロのいいのを誰かにもらってるのか？

よかったなあ。でもやっぱりお前がいないと淋しいよ。ほら、夕焼けだ。ポン太、お前の大好きなマグロの赤身の色だろ。

そういやあポン太、お前、ユタカに拾われたんだったよな。この公園だってな。お前はオフクロやオヤジの顔を知らないだろう。きっと誕生日がいつなのかも……。

俺もいろいろあって誕生日ってのは大嫌いでさ。ウチでは俺だけ誕生日のお祝いってのは禁止なんだ。

ポン太、もっとさわらせてくれ。もっとスリスリしてくれ。鼻水こすりつけてもいいよ。

ポン太、もう出ていったりしないでくれ。黙って消えたりしないでくれ。大切な家族なんだからさァ。

みんな、うんと心配したんだよ。

ポン太、俺たち、また一人、家族が増えたんだよ。ほら、いちご大福持って家に来たヒロリン。知ってるじゃんポン太は。

夜中にポン太に相談したことがあったろ。あのコだよ。ほら、知ってるじゃん。

「パパ、パパ、もう行こうよ。パセリ寒くなってきたよ」

「ユタカも……寒くなってきた」

俺は二人の声で夕陽に背を向けることにした。長い長い、三人の影。

「やっぱり、もうポン太、死んじゃったね」

ユタカが言った。

「ポン太はいるよ。元気でいるよ。ほら俺たちの影を見てごらん。俺の影、いちばん長い影、ほら、俺の肩にポン太が乗っかってるだろ」

俺には確かにポン太の影が見えている。

「あ、ホントだ。ポン太、猫のびしている。

……なあーんちゃって」

パセリが影を指さして言った。ポン太の影はその瞬間、俺の肩を離れ、ポカンとして俺を見上げているユタカの胸にドサッと抱かれていったように見えた。

解説

重松　清

フトコロの広くて深い小説である。

「女房」がウチを出て行ってしまうところから物語は始まる。主人公の「俺」は、パセリとユタカ、子ども二人を抱えて、途方に暮れる間もなく、シングルファーザーとしての日々を生きる。

冒頭から軽快なテンポで場面は切り替わり、深刻な状況を描きながらも文章にはおおらかなユーモアが息づいていて、なにより小学三年生のパセリの愛らしさといじらしさといったら——。

「いやあ、みごとだなあ」と、まずはひと声、うなったのだ。二〇〇八年夏、十月に刊行される予定の本書の単行本版を、いち早くゲラ刷りで読む機会を得たときのことである。つづけて「やっぱり、さすがだよなあ」とも納得した。それはそうだ。喜多條忠さんの作詞家としてのキャリアを思えば、達意の文章も当然だろう。

しかしすぐに、いや待てよ、と気づく。数多くのヒット曲を持つ喜多條さんだが、本格的に長編小説をお書きになったのは、これが初めてのはず。還暦を過ぎての小説デビューなのである。「とても初めての小説とは思えないよ……」と、今度はしみじみつぶやいた。

文字どおりの一読三嘆。もっとも、その時点では、僕はまだ冒頭の数十ページを、章でいうなら第五章までを読んでいるにすぎない。正確には「一読」に至ってはいないのに、早くも三嘆した、というわけだ。すごい。それをご報告することで、紹介の文章の役目としては、もはや半ば以上の任を果たしたようなものではあるのだが――じつは、ここからが本題。

第五章までの展開からいけば、本作は「シングルファーザーの子育て奮闘記」に容易にジャンル分けされそうに思える。僕もそう予想しながら、なるほどなるほど、とページを繰っていた。その「なるほど」の中には、正直に打ち明けておくと、ある種の既視感も溶けていたかもしれない。思いきり意地悪く生意気に言えば「いままでも、こういう小説や体験記はけっこう読んできたけどネ」という感じになるだろうか。冒頭での「三嘆」も、だから、そのほとんどは文章の技巧や安定感に向けられたものだったのだ。

もう一つ打ち明けておこう。二〇〇八年の初読時、僕はオリンピックの取材で滞在していた中国・北京《ペキン》のホテルの部屋で本作を読んだのだ。ベッドに寝ころがってゲラと向き合った。お行儀は悪くとも、他意はない。読書中はなるべくリラックスした姿勢をとるのが僕の流儀で、それはよほどのことが起きないかぎり変わらないのだが……。

よほどのことが起きてしまった。

本作の構成は、第六章から、家族三人の日常に「俺」の回想が交じるようになる。幼年期から少年時代、青春の日々……。

最初のうちは、「俺」の人物像に陰影をつけて物語に叙情性を与えるための仕掛けなんだろうな、とタカをくくって、あいかわらず寝ころんだまま読み進めていた。

ところが、すぐに――具体的には能勢のおばさんが出てきたあたりから、「おや?」と気づいたのだ。ただの彩りにしてはモヤモヤが残りすぎる。謎《なぞ》めいている。不穏な予感もする。

さらに従兄《いとこ》の隆が登場し、二人で竹井のおばあちゃんのウチに泊まりに出かけた第十二章から先は、もう、寝ころがってなどいられない。ベッドに起き上がって居住まいを正し、息を詰めて、「俺」が「俺」になるまでの歳月のドラマをたどっていった。

そして、認めた。

これは一筋縄ではいかない小説である。

時間がいくつもの層になって流れ、何人ものひとたちの声が響く。「シングルファーザーの子育て奮闘記」の主軸は揺らぐことがなくても、光の当たり具合によって、それは「多感な少年の自己形成の軌跡」にもなり、「少年の出生の秘密をめぐるミステリー」にもなり、「荒ぶる一族の歴史」や「昭和三十年代の大阪歳時記」「一九六〇年代終わりの新宿のスケッチ」という側面も見せつつ、「気まぐれな猫と中年男との奇妙な友情物語」にさえ、なるだろう。

音楽に譬《たと》えるなら、ラヴェルの『ボレロ』と相通じるだろうか。メロディーやリズムはどこまでもシンプルだが、それを奏でる楽器の音色の重なりによって、音の世界に譜面を超えた広がりと奥行きが生まれる。

小説も同様。どんなにストーリーが波瀾万丈《はらんばんじよう》でも、作品のフトコロの広がりと奥行きに乏しい作品は（残念ながら）少なくない。そういう小説は、ストーリーをたどり終えたあとは（まったくもって残念なことなのだが）あっという間に感興が薄れてしまう。その一方、静謐《せいひつ》でささやかなストーリーであっても、読後いつまでも余韻が残り、再読のたびに新たな発見をするフトコロのデカい小説だって、確かに、ある（それを信じているからこそ、ボクは小説を読みつづけ、書きつづけているのですよ）。

本作は、紛れもなく、後者である。

その証拠に、初読から七年後のいま、ひさしぶりに本作を読み返した僕は、なつかしい友だちに再会するような気分で頁《ページ》をめくることができたのだ。

やあ、パセリ。

元気だったか、ユタカ。

あいかわらずいい味出してるねえ、ナカジマさん。

ヒロリン、ボクはね、いまでも早稲田の穴八幡の交差点を通りかかるたびに「いちご大福」の逸話を思いだして、プッと噴き出しているんですよ……。

七年ぶりに会う登場人物は、もちろん、あの頃となにも変わっていない。ただ、読み手の僕は、七年ぶん歳を取ってしまった。あの頃四十代半ばだった僕は五十の坂を越え、七年前には元気だったひとを何人も亡くした。

そのせいもあるのだろう、今回の再読は、初読のときにはさらりと読み流してしまっていた箇所に、いちいち立ち止まりながらの読書になった。たとえば、こんな箇所——。

〈なア、ポン太、ただ生きてくだけでも大変だよなァ〉

〈育てなくちゃいけない。／俺は唐突に思いついたように、そう思う。この暮らしがたとえどれだけつづこうとも、俺はこの子たちを育てなければならない。責任でもなく、懺悔《ざんげ》の真似ごとでもなく、まるであらかじめ決められていた宿命のように、俺たちのいまの三人の暮らしをつづけなければならないと思う。エゴイスティックにそう思う。最悪、この小さな骨が、俺の骨とともに野の風に晒《さら》されるかもしれないとしてもだ〉

〈どこへ行ってもいいよ、どこまで行ってもいいよ。でも迷ってしまったら、死んでしまいたくなったら、そのときには死なずに私のところへ帰ってきなさい〉

そして、幸福や不幸、やさしさについての、いくつかの場面と、いくつかの言葉……。

そうだ、七年前にはいなかった「家族」が、いま、僕のそばにいる。

猫が、三匹。ポン太ほどヤンチャではないし、もうちょっとお上品な三匹ではあるのだが、そんな猫たちにちらちらと目をやりながらの再読は、ポン太の登場する場面の味わいをひときわ深めてくれたような気もする。

この素晴らしく魅力的な脇役を、なにかの象徴や隠喩《いんゆ》にしてとらえようとするのは、文学に毒された人間のつまらない悪癖かもしれない。それでも、僕は、本作の美しいラストシーンを読み終えたあと、古い古い歌を、つい、口ずさんだのだ。喜多條さんとも深い交流のあった浅川マキの『ふしあわせという名の猫』（作詞・寺山修司）――そういえば、彼女の急逝もこの七年の間の出来事だった。

もちろん、それはあくまでも僕の、個人的で独善的な読み方である。読み手のあなたの年齢や、立場や、生い立ちや、家族観や幸福観によって、きっと本作はさまざまな顔を見せてくれるはずで、僕がここで伝えるべきことはただ一つ「折りに触れて、繰り返し読んでみるのを、ぜひお勧めします」に尽きるだろう。「ほら、お気に入りの歌のように」と付け加えてもいいかな。

本作の中盤に、ストーリーとは直接からまないものの、印象的な場面がある。「俺」が子どもたちを連れて作曲家のクジラ先生を訪ねたときの、クジラ先生の言葉だ。

〈お前さんの書く詞なんてモンは、まだまだ「聞き歌」だろ。ひとりでジトッと聞いてりゃ、いい歌かもしれねえが、風呂場で鼻歌で歌って気持ちがよくなる歌なんて、お前さん、まだ一曲も書けちゃいない。「歌い歌」が書けるようになんなくちゃな〉

小説も同じかもしれない。ストーリーを追うだけで終わるものもあれば、読み手の胸の奥で「もう一つの物語」がゆっくりと熟成をしていくものもある。僕にとって、本作はそんな「『歌い歌』のような小説」なのだ。

もちろん、小説は歌と違って、一節を暗誦《あんしょう》したり書き写したりしても、あまり意味はない。けれど、覚えていなくても忘れられない（これ、矛盾じゃないんだぜ、絶対に）場面や言葉を胸に抱いていることは、できる。そして、「いつか、どこかで、この小説の登場人物たちに会えるといいなあ」と願いながら街を歩くことだって、できる。

喜多條さんの作詞の中でも僕のとびきり好きな『いつか街で会ったなら』のように、〈それでもいつか／どこかの街で会ったなら／肩を叩いて微笑《ほほえ》み合おう〉と思っていられること――それこそが素敵な小説の魅力的な登場人物たちと出会うことの一番の幸せなんだと、僕は信じているし、その幸せを与えてくれた作品の紹介文を書けることを心から誇りに思いながら、そろそろパソコンの前から離れよう。ウチの三匹の猫が、さっきからオヤツをご所望でうるさいのである。

（しげまつ・きよし／作家）

この作品は、二〇〇八年十月に幻戯書房より単行本として刊行されました。

Haruki Bunko
ハルキ文庫

き6-1

女房《にょうぼう》逃《に》ゲレバ猫《ねこ》マデモ

著者
喜多條《きたじょう》忠《まこと》

2015年5月18日第一刷発行

発行者
角川春樹

発行所
株式会社角川春樹事務所
〒102-0074 東京都千代田区九段南2-1-30 イタリア文化会館

電話
03(3263)5247(編集)
03(3263)5881(営業)

印刷・製本
中央精版印刷株式会社

フォーマット・デザイン 芦澤泰偉
表紙イラストレーション 門坂 流

ISBN978-4-7584-3896-4 C0193 ©2015 Makoto Kitajo Printed in Japan
http://www.kadokawaharuki.co.jp/[営業]
fanmail@kadokawaharuki.co.jp[編集] ご意見・ご感想をお寄せください。

JASRAC 出 1504938-501